阿罕霧戰記

秀霖・著

人物表

林文察　清代臺籍將領，臺灣阿罩霧林家第五代族長，剿太平軍及戴潮春之亂有功，官拜武一品福建陸路提督。

林文明　福建陸路提督林文察胞弟，隨兄長剿太平軍及戴潮春之亂有功，官拜武二品副將。

謝琯樵　福建詔安人，林文察的莫逆之交，並成為替林文察軍隊獻計的策士。

曾玉明　福建泉州人，欣賞林文察武勇，於其身陷囹圄時保舉為義首，使林文察能戴罪立功擊退小刀會，後官至福建水師提督，與林文察共赴福建漳州抵禦太平軍。

丁曰健　安徽懷寧人，曾任臺灣嘉義縣知縣、淡水同知，後任福建布政使及臺灣兵備道，素與阿罩霧林家因爭功之事甚多過節。

李世賢　廣西藤縣人，太平軍侍王，為忠王李秀成最重要大將，視被林文察所敗為奇恥大辱，誓言擊殺仇敵，後於萬松關與林文察進行最後決戰。

游　捷　阿罩霧林家家丁，是林文明戰場上最得力的助手。

左宗棠　湖南湘陰人，清末中興大臣，湘軍重要領導人物，極力提拔林文察，一路拔擢至福建陸路提督。

林奠國　林文察叔父，曾於戴潮春之亂死守阿罩霧，抵禦林日成猛攻，後隨林文察共赴福建漳州防守太平軍進犯。

林文鳳　林奠國之子，冷靜沉著，屢次化解阿罩霧林家危機。

林日成　戴潮春之亂最強勇將，素與阿罩霧林家積怨已深，趁勢圍攻阿罩霧，欲將林家滅族。

戴乞　阿罩霧林家家丁，是林文明的得力助手之一。

羅冠英　臺灣彰化東勢角庄客家人，粵勇首領。

凌定國　廣東化州人，曾任彰化縣令，與臺灣兵備道丁曰健素有交情，後以候補知府身分，任命為阿罩霧林家訟案的審案委任專員。

楊斌　湘軍奇士，雖無軍籍卻為左宗棠文武雙全的貼身親信，素有「湘公瑾」之稱。

林朝棟　林文察之子，林文明之侄，為阿罩霧林家第六代族長。

楊水萍　林朝棟之妻，出身彰化縣城望族，聰敏果敢，不遺餘力輔佐林朝棟。

林戴氏　阿罩霧林家第四代族長林定邦之妻，為林文察及林文明之母，後受清廷頒為一品夫人。

李老馬　阿罩霧林家家丁，是林文明的得力助手之一。

李祥　阿罩霧林家家丁，是林文明身為族長時最信賴的左右手。

林應時　四塊厝後厝林家族長，因受戴潮春之亂牽連，捐罰贖刑而使大量田地遭奪，誓言向阿罩霧林家討回祖產。

王文棨　山東海豐人，凌定國奉命來臺擔任審案委任專員時的彰化縣令。

史料圖文及照片

▍圖一、基隆獅球嶺俯瞰基隆港（Tony Huang提供）

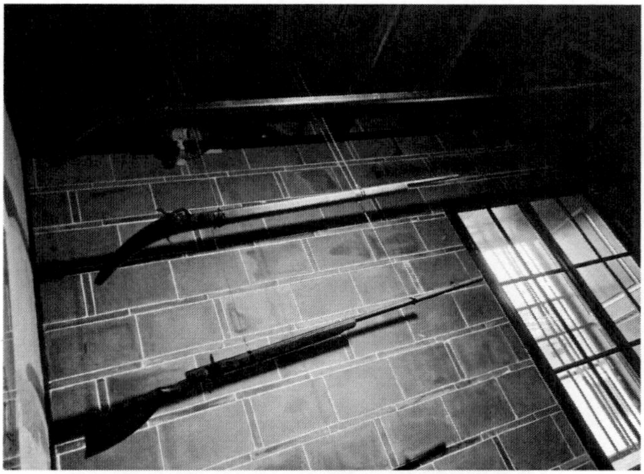

▍圖二、臺勇火槍（林本堂股份有限公司提供）

▌圖三、臺勇以趾架槍（林本堂股份有限公司提供）

▌圖四、武一品麒麟補官服（林本堂股份有限公司提供）

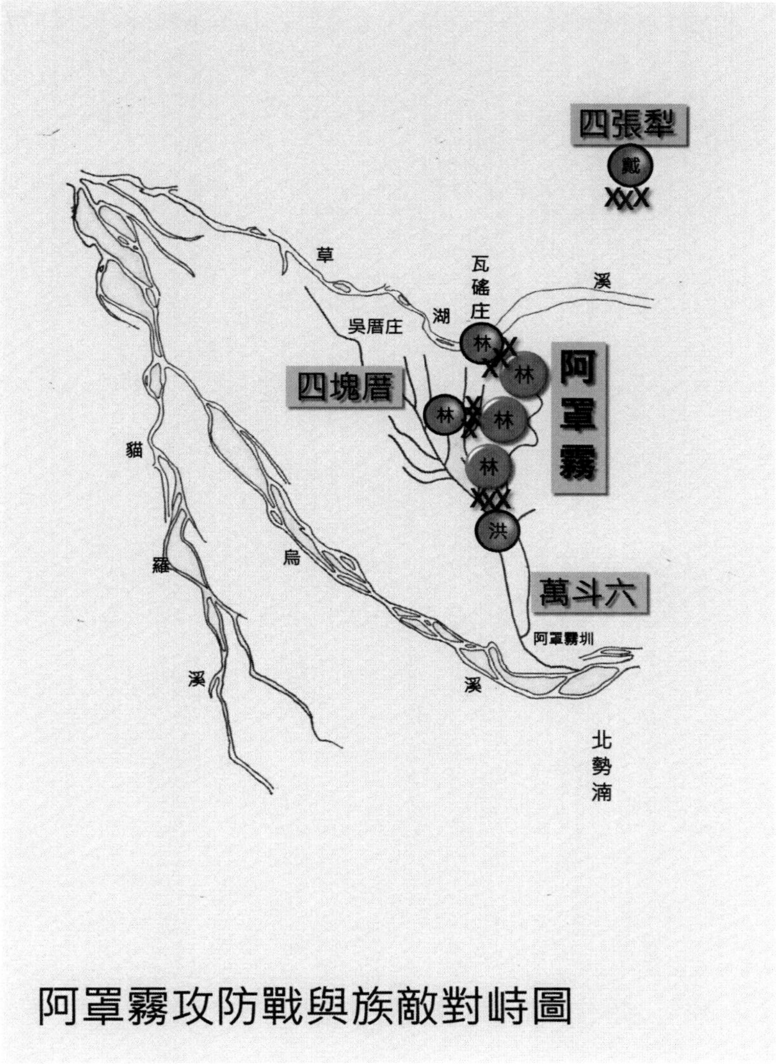

▌圖五、阿罩霧攻防戰與族敵對峙圖
（依據中央研究院黃富三教授提供資料重新編排繪製）

▌圖六、漳州府志萬松關（中央研究院黃富三教授提供）

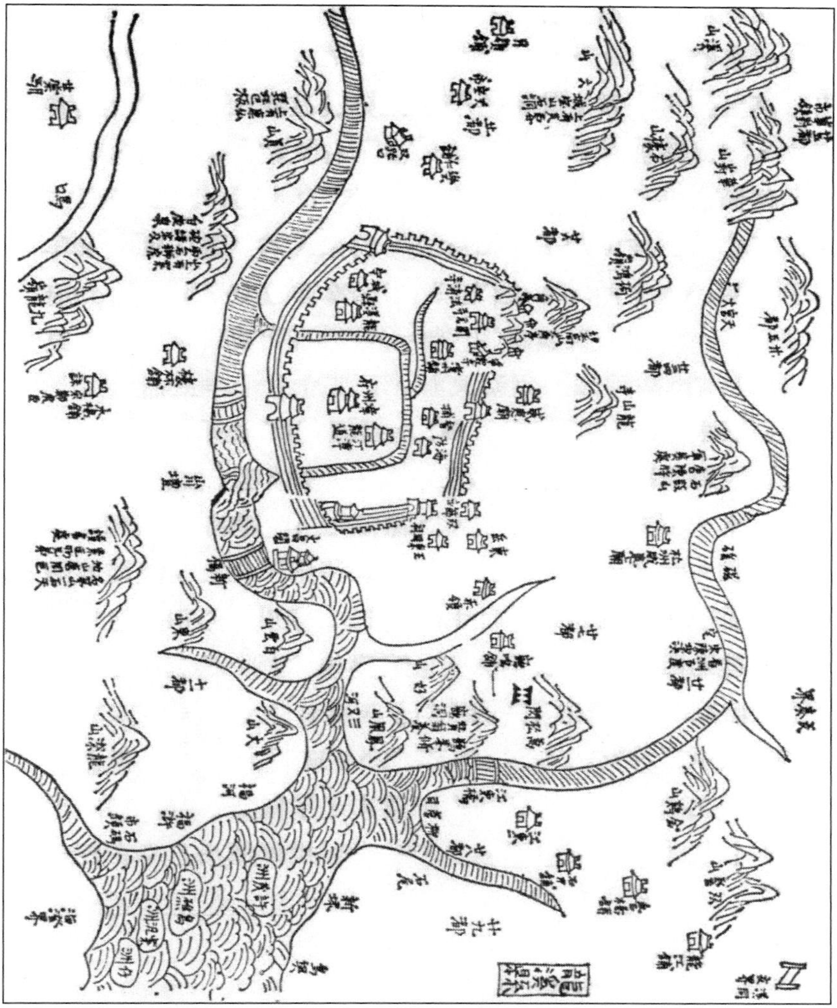

圖七 、漳州府志萬松關形勢圖（中央研究院黃富三教授提供）

▍圖八、通往萬松關蜿蜒崎嶇之路（中央研究院黃富三教授提供）

▍圖九、萬松關關口居高臨下（中央研究院黃富三教授提供）

▌圖十、宮保第匾額（林本堂股份有限公司提供）

▌圖十一、宮保第大門（林本堂股份有限公司提供）

▌圖十二、林宅正廳參考圖【圖為下厝大花廳正廳，後由林朝棟所建】
（林本堂股份有限公司提供）

▌圖十三、林文明將軍府【二房厝】（林本堂股份有限公司提供）

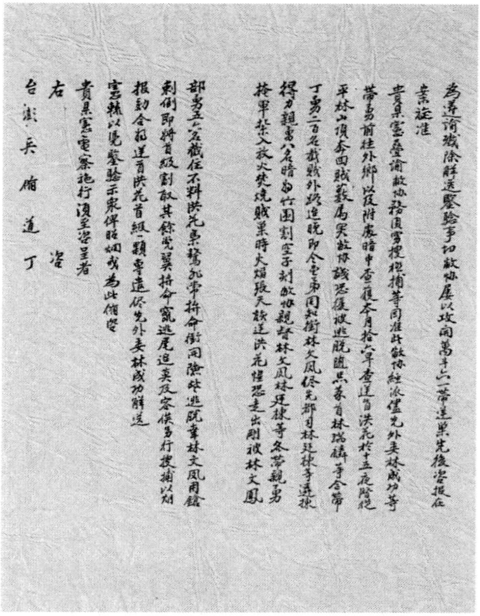

為遵諭擒除解送鑒驗事切敝職屢以攻剿萬斗六一帶逆巢先後咨報在
案旋准
貴県憲臺諭敝職務須實力搜捕等因准此敝職經派候先外委林成功等
帶勇前往外鄉以夜附處暗中查獲本月拾六早查逆首洪花於十五夜潛從
平林山頂奔回賊藪為此敝職恐復被逃脫飭黑旗首林瑞麟等令帶
丁勇二百名截賊外路追晚即令堂弟同知銜林文鳳偕先部司林廷棟等選揀
得力親勇八名暗由竹圍割室子刺敝職親督林文鳳林廷棟等各帶親勇
撞甲举入放火焚燒賊巢時火焰張天該逆洪花惶恐走出副被林文鳳
部勇五六名截住不料洪花梟驁非常拚命衝圍陳姓逃院章林文鳳用鎗
剌倒即將首級割取其餘黨羽拚命竄逃尾追莫及容候另行搜捕以期
報勦合將逆首洪花首級一顆專遣候先外委林成功解送
憲轅以憑鑒驗示眾俾昭炯戒為此備咨
貴県憲電察施行須至咨呈者
右　咨
台灣兵備道丁

▌圖十四、林文明報萬斗六洪家庄之役斬殺敵將
（中央研究院黃富三教授提供）

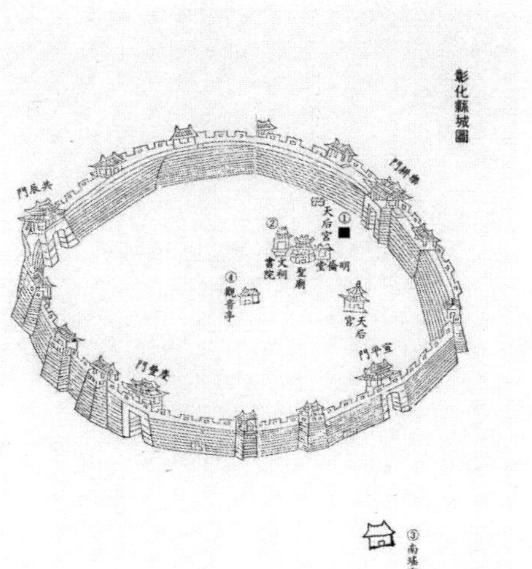

▌圖十五、彰化縣城圖
林文明「壽至公堂」事件相關地點：①林家公館之概略位置；②白沙書院：審案與受害處；③南瑤宮：信徒迎此媽祖赴北港；④觀音亭：官府將媽祖神像移置於此
（中央研究院黃富三教授提供）

▍圖十六、彰化南瑤宮（謝中一先生提供）

▍圖十七、南瑤宮正殿媽祖神像及前排「媽祖生誕辰」輪祭之老五媽會所有三尊媽祖神像（謝中一先生提供）

▌圖十八、清彰化孔廟原貌模型【該模型置於彰化孔廟崇聖祠，左下方為白沙書院】（莊淩溦小姐提供）

▌圖十九、白沙書院模型，清戴潮春之亂後充當彰化縣府（莊淩溦小姐提供）

▌圖二十、彰化觀音亭【又名開化寺】（中央研究院黃富三教授提供）

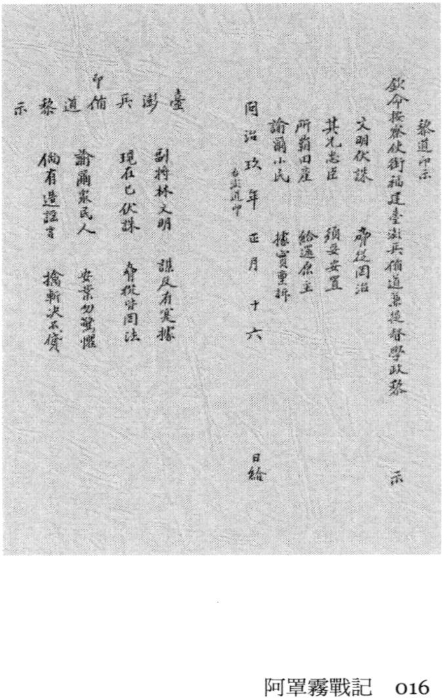

黎道印示

欽命按察使銜福建臺澎兵備道兼提督學政黎　示

文明伏誅　脅從罔治

其尤忠臣　須妥安置

所霸田產　給還原主

諭爾小民　據實稟訴

同治玖年　正月　十六　日給

台灣道印

臺澎兵備道黎示

副將林文明　謀反有實據

現在已伏誅　脅從皆罔法

諭爾眾民人　安業勿驚懼

倘有造謠言　擒斬決不貸

▌圖二十一、誅林文明告示
（中央研究院黃富三教授提供）

【推薦序】

黃富三（中央研究院臺灣史研究所兼任研究員）

回首前程，個人會走入歷史這行實因國小五或六時讀到一本章回小說，發現跟國語課文大異其趣，而竟然入迷了，此後即一本又一本地讀，尤其是歷史故事性高的作品，例如三國演義、東周列國志等等。記得讀初中時，有外省同學對我說：「你國語那麼差，怎麼出口成章？」我才想到，對耶！章回小說的對話與敘述採用淺近文言文，文句優美，處處有成語、對句、詩文，本身就是很好的教材，遇到類似情境，腦海中的文辭不覺脫口而出，也因此對國文、歷史課興趣特高，在班上成績遙遙領先。

話說霧峰林家歷史，我應邀撰寫也是偶然機緣促成的，當時原定以一年時間撰寫一本交差。未料在林家老宅中竟挖掘出前所未見的大批舊文書，因此一頭栽下去整理，並寫了三本書跟不少論文，迄今幾十年了，竟未能脫身。稍感遺憾的是，歷史著作重視考證史實，不易引起讀者共鳴。幸而各界不少高手竟以拙著為藍本產生各種形式的出色作品，而且引人入勝，例如李崗先生的「阿罩霧風雲」、中國大陸的「滄海百年」電視劇，及最近公視的「霧疑公堂」等，甚至還有學者抄襲撰成論文升等。

的確，霧峰林家歷史故事性之高及其歷史之曲折，不僅在臺灣而且在中國也少有其匹，我一直在想怎樣讓它普及化，有如三國演義。但受限於時間與個人文才，只是冥想而已。如今本書捷足先登了，並採取啟蒙我的章回小說形式，是傳承，也是創新，相信必能獲得各界認同，引起熱潮，而個人將與有榮焉。

【自序】

秀霖

這本《阿罩霧戰記》能夠完成問世，必須感謝兩位名導演李崗老師及許明淳老師，當初兩位老師突破各種困境，完成了歷史電影紀錄片《阿罩霧風雲》，讓更多臺灣人接觸並瞭解到霧峰林家的歷史。也是在欣賞完這部意義深遠的電影，才知道原來臺灣人有參與太平天國戰役，並多次擊敗戰力甚強的太平軍，甚至福建陸路提督林文察更與晚清四大名臣之一的左宗棠關係如此密切，而以往自己所念到的歷史教科書卻隻字未提，但霧峰林家的歷史，幾乎可說是這段時期臺灣歷史的縮影，想來也甚為可惜。後來公視新創電影《疑霧公堂》則以霧峰林家林文明「壽至公堂」事件為核心，拍出一部相當優異的歷史懸疑電影，也讓觀眾更能瞭解這段臺灣歷史故事，而發起製作人思宇學長對本土歷史創作素材推廣向來貢獻良多，此外也對這類題材規劃許多長遠目標，也讓人非常期待之後的其他優異作品。而在更早之前還有鍾喬老師的歷史小說《阿罩霧將軍》，整本小說主要圍繞在阿罩霧將軍林文察的內心世界，以相當細膩的筆法描繪其在領兵時的各種掙扎，更以魔幻寫實的方式呈現阿罩霧林家所陷入的急流漩渦，宛如一幕幕呈現眼前的精彩舞台劇，是一部相當具有藝術意境的文學作品。

在研讀黃富三教授《霧峰林家的崛起》及《霧峰林家的中挫》這兩本極富研究價值的歷史專書時，發現不只林文明的冤案，整個圍繞在霧峰林家第五代為核心的這段故事，就包含了多起值得深入探討的事件，再加上看到李崗老師及許明淳老師的相關專訪，兩位老師為推廣這段臺灣歷史所作出的努力及付出，深深令人感動，遂萌生應該也要撰寫一部讓讀者能想更深入瞭解霧峰林家林文察及林文明這對兄弟的臺灣歷史小說創作。

在反覆翻閱黃富三教授兩本霧峰林家歷史專書時，不得不感嘆黃教授的遠見與付出。後來閱讀黃教授的專訪，更發現當初撰寫這兩本書時，資料蒐集及修復工具不似今日那麼便利，必須全以人工方式蒐集、修復及過濾如此龐大的資料量，確實是極為浩大的工程。好在黃教授很有遠見，克服當時的艱困環境，完成這兩部極富價值的歷史專書，也因此保存了許多珍貴的霧峰林家歷史資料。否則，即便後來處理資料的工具更多，但因年代更為久遠，資料會更難蒐集，而耆老凋零則會是另一個更大的問題。這本《阿罩霧戰記》幾乎可說是架構在黃教授這兩本歷史專書而成的歷史小說，在此也很感謝黃教授當年撰寫這兩部歷史專書，內容不但對史料反覆辯證，更以官方奏章或地方書信的原文呈現，輔以各項詳細解說，整理得相當清晰明瞭，又修正補足美國歷史學者麥斯基爾所著《霧峰林家——臺灣拓荒之家》，即便這已是一本被評為最好的霧峰林家歷史書籍，但還是有部分因語言隔閡而產生的誤解之處。而黃教授這兩本架構在麥斯基爾之後更為詳盡的研究內容，更是可供後人深入瞭解霧峰林家最珍貴的歷史專書。

除架構在黃教授的歷史專書外，這本小說也在電影《阿罩霧風雲》及《疑霧公堂》的影像輔助下，更有助於在構思劇情時能更快融入當時的事件歷程及時代氛圍，尤其是《阿罩霧風雲》對於瞭解霧峰林家整段歷史的來龍去脈更可謂獲益良多。在小說初稿完成後，也研讀鍾喬老師《阿罩霧將軍》、陳欽育副教授《清同治年間臺灣的民間故事〈壽至公堂〉所反映的歷史事實》專文及參酌駱芬美副教授所編著的暢銷臺灣史研究三部曲《被誤解的臺灣史》、《被混淆的臺灣史》及《被扭曲的臺灣史》，進行最後的歷史氛圍及環境的多面相比對，盡可能避免出現年代錯誤的人事物。

此外，為增加讀者朋友探索這段臺灣史料的興趣，也特別在本書前頭依小說劇情時序及場景增添史料圖文及相關照片，希望讀者朋友除了閱讀這本小說外，更可以再參考相關歷史專書或親訪古物遺跡，探尋這塊我們共同生長的土地上，曾經發生過的軼聞往事。在此一定要特別感謝黃富三教授、霧峰林家宮保第園區及林本堂股份有限公司的大力協助，提供許多珍貴的歷史資料及展區照片。另外還有旅遊作家Tony Huang、彰化信義國中周殷瑞主任、謝中一先生、研究所同門陳佩君小姐及其好友莊淩濰小姐，也協助提供許多相關場景的寶貴照片。在建置整個史料圖文的過程中，也非常感謝陳欽育副教授、國史館臺灣文獻館、漢寶德紀念論壇及李乾朗教授的協助。當然，最重要的還有責編齊安，為了史料圖文也一同付出許多心力。

如今這本《阿罩霧戰記》能夠出版，也算是完成想要為阿罩霧林家林文察、林文明兄弟以通俗小說方式立傳及推廣這段臺灣歷史的心願。最後，再次感謝黃富三教授、李乾朗教授、李崗老師、許明淳老師、鍾喬老師、駱芬美副教授、陳欽育副教授、張經宏老師、既晴學長、柏青學長、思宇學長、富閔學弟、責編齊安、霧峰林家宮保第園區、林本堂股份有限公司及林俊明總經理，引領我進入創作領域的兩位恩師林明進老師及蔡振豐教授，以及我最親愛的家人，尤其是一路協助、不時鼓勵我的賢妻，更還有長年支持的讀者朋友及出版社夥伴，未來也希望能繼續為推廣臺灣歷史更盡一份微薄的心力。

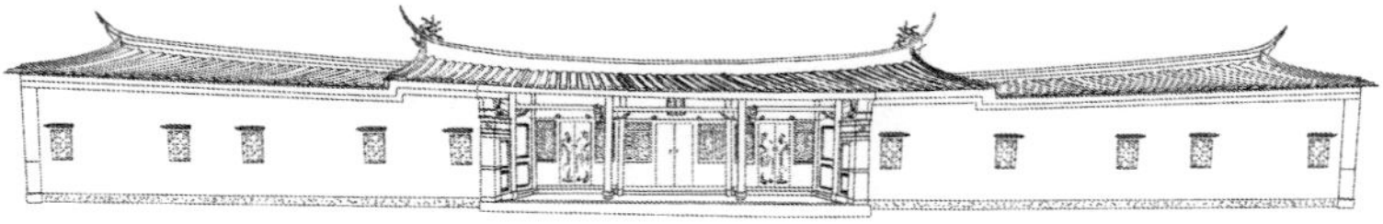

目次

引子

鴉片戰敗門洞開　投筆從戎效關岳

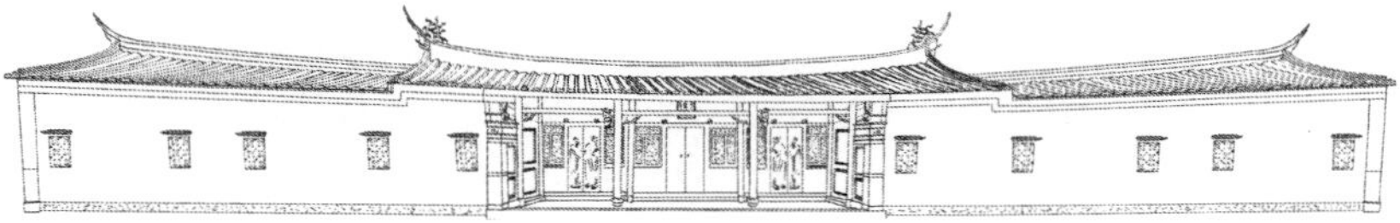

——清道光二十三年（西元1843年）九月，臺灣彰化縣城。

一名眉清目秀十五來歲的白面書生少年，穿著褐色的輕便服裝，坐在一顆大石頭上，手中揮舞樹枝大聲喊著。

「殺啊！殺啊！」

斜陽半落，讓彰化縣城光影交錯，城內的大樹下傳來一陣孩童的嘻鬧聲。

「阿兄——」另一名滿臉稚氣、同樣穿著褐色衣裝的男孩，只是一臉疑惑回頭望著。

「關二爺——」少年手持樹枝指著男孩大聲斥著。「我岳大帥叫你衝鋒就衝鋒，難道還等著敵人殺過來嗎？快去把曹賊和金狗全都趕盡殺絕吧！」

「是！大帥！」這名男孩儘管年僅十歲，卻長得人高馬大，身高比少年還高了一些，如果沒有特別注意，可能還以為是少年的哥哥。不過再仔細一看，還是可以發現男孩稚嫩的臉龐，與高大的身軀頗不相稱。

「關某來啦！」男孩手舉已然有些壞掉的歪頭掃把，充當偃月刀迅速衝向前去。

男孩前方站著五、六名年紀相仿的男孩，不過個頭都小上許多，各個手持粗枝、木棍，充當各式各樣的武器，共同守護著後面石頭上所放的一包布袋。

男孩衝鋒陷陣，兵臨城下突然掃把一揮，勁力過於猛烈，還掃出了一陣強風。前頭的其他男孩見狀後，只好先四散閃避。

「側翼！就是現在，側翼可攻！」少年依舊端坐在石頭上揮動樹枝高聲喊著。

男孩手舉掃把凌空一躍，再一個俐落橫掃，一下就讓追兵望而卻步，輕輕鬆鬆就已攻破敵圍。

「拿到啦！金狗城破，收復燕雲十六州啦！」

男孩將掃把倒拄在地，另一手高舉剛搶獲的戰利品，興高彩烈大叫著。

「不公平啦！林文明，你那麼高大，誰打得過你！」

敵方陣營的一名男孩相當不悅地說著。

「哼，金狗、曹賊，還不乖乖受縛——」少年將樹枝舉在胸前，就像一把利劍，緩緩走向敵方陣營。「我岳大帥立志精忠報國，快快還我山河！」

「文察哥哥，不公平啦，每次都這樣，誰敢跟林文明打啦！」另一名敵方陣營的男孩哭喪著臉說著。

原來這名長相斯文、手持樹枝的「岳大帥」少年，就是阿罩霧林家第五代長子林文察，而身材高大、揮舞掃把的「關二爺」男孩，則是小他五歲的弟弟林文明。

由於林文察自幼即愛與朋友們玩起戰爭遊戲，儘管已經拜入彰化縣城孝廉楊廷鰲門下受學，雖也善於詩文，卻還是更愛關羽及岳飛的忠義報國故事，更是鑽研各種兵書及勤練武術。

儘管因為年紀已較其他男孩大上許多，本不該與這些小男孩一同嬉戲，但拗不過弟弟林文明一再請求，只好陪著這群男孩再次回味年幼時的戰爭遊戲。雖說三國時代的關羽和宋朝的岳飛根本不可能同時出現，但出於個人的喜愛，林文察還是讓這兩名英雄同時在戰爭遊戲中現身。

說著。

「金狗，還想狡辯！」林文察揮舞樹枝指向敵營男孩。「敗軍之將還有何言？我岳大帥以寡擊眾，只派了關二爺就收復故土，靠的是陣法戰術，還有我倆兄弟同心，並非猛將一人就能破城，你們是服輸還不服輸，不然本大帥再把你們七擒七縱，諒你們還敢不服！」

「不服、不服，我就是不服，文察哥哥，林文明那麼高大不能玩啦！」敵營男孩猛搖頭說著。

「對啊，不公平，嗚——」另一名男孩說著說著竟哭了起來。「嗚，我不玩了啦——」

「我也不玩啦！」另一名男孩見狀後將粗枝丟在地上後轉身就走。

「哼！」

所有敵營男孩一個接著一個，將充當兵器的樹枝、木棍丟在地上後紛紛走人。

見到玩伴全都離去後，林文明反倒再也沒有勝利的喜悅，只是沮喪地說著：「阿兄，為什麼會這樣？」

林文察見到弟弟林文明，明明就身材高大，卻因為洩了氣，看起來矮了一截，只覺得又好氣又好笑，隨手丟棄原本握在手上的樹枝，拿起林文明懷中的布袋，並從裡頭拿出了一顆饅頭分給林文明說著：「打了勝仗，怎麼還這麼沮喪，現在是分賞戰果的慶功時刻！」

林文明接過饅頭後一口咬下，這下總算露出笑容說著：「每次只要有阿兄在，就覺得可以安心衝入敵營，沒有後顧之憂——」

林文察微微一笑，或許弟弟林文明本人都還沒有察覺，但看著這個年僅十歲的小男孩，卻有著異於常人的魁梧身型，或許有一天真的能夠成為一代猛將。

兄弟倆繼續坐在原本充當敵營的大石頭上吃起戰利品，過了一段時間，林文明突然滿臉愁容問著：「阿兄，我真的不是很懂，關公有個好主子劉皇叔，還是他的義兄，處處都會為關公著想，知恩圖報、奮勇殺敵本來就是應該的。但岳大帥的主子親信奸人秦檜，想來這主子那麼愚昧，也不是什麼好東西，岳大帥幹嘛還要這樣赴湯蹈火，最後卻落得被奸人陷害的下場！」

「唉——」林文察放下已拿到嘴邊的饅頭，只是搖頭說著。「這阿兄也想過，但為國盡忠，本就是臣子該有的節義。哪有不想保家衛國的主子，可恨那高宗卻只是誤信讒言，不然岳大帥早就收復河山——」

「是、是嗎？」林文明儘管聽到兄長林文察這樣解釋，但看到林文察的語氣也不是十分堅定，不覺有些懷疑林文察是否真心這麼認為。

「不用懷疑——」林文察這下總算眼神堅定說著。「一代名將無論主子是否賢明，都一定是忠義之士，才能留名千古，大丈夫當如是！」

「咦——」林文明一臉疑惑地低聲叫著。

「還不相信阿兄說的嗎？」

「不是——」林文明指著一旁麵攤座位上的一名壯年男子，並壓低聲音在林文察耳邊說著。

「阿兄，那個人幹嘛一直盯著我們看？剛剛還在笑，我記得好像從我們遊戲開始時，就一直待在那邊看呢——」

林文察無奈地搖搖頭，再看向林文明說著：「他要吃麵吃那麼久，關我們何事，而且——」不過林文察還沒說完，就被一名在大街上慌慌張張奔跑的男子所打斷。

這名男子被夕陽照得滿臉紅光，邊跑邊大聲喊著：「完了、完了，大清打敗仗了！洋人打敗我們，竟然還簽了不平條約求和！」

「什麼！」林文察從大石頭上突然跳起，手中的饅頭還因此掉落地上。

「這位阿叔——」林文察一下就跑到男子面前激動說著。「怎麼可能？我們之前在雞籠和大安不是把洋鬼子打得落花流水，讓他們落荒而逃，還斬殺無數洋鬼子，他們根本就不是我們的對手啊！姚道台和鎮總兵那時還有請王提督鎮守澎湖，不是還因為打了大勝仗而被朝廷嘉許，我們怎麼可能被打敗呢？」

林文察口中所指的，便是起於道光二十年的清英鴉片戰爭，臺灣戰場在道光二十一年的雞籠之役及隔年的大安之役，均獲得了勝利，甚至後者的戰役中，更俘獲百餘名英人，並押解至臺南臺灣府城。負責臺灣軍政的臺灣兵備道姚瑩及臺灣鎮總兵達洪阿，也因此獲得道光帝的嘉許，姚瑩成為「太子太保」，達洪阿成為「二品頂戴」。後來由於寧波戰敗，英軍進逼南京，道光帝便下詔怒斬百餘名臺灣英人戰俘。

「小、小兄弟，這你就有所不知——」男子上氣不接下氣說著。「我、我可是剛從福建回來，這些都是我親耳聽到的消息。聽說那主戰場可是戰事不順，洋人早把我們打得悽慘，只能與他們求和。現下姚瑩跟達洪阿因先前斬殺英人，怕洋人生氣，早已被押解上京，更已下罪入獄等候審訊，這朝廷還真不可信。說來也可氣人，小兄弟剛剛說到的那王提督，當年也被大大擺了一道，還不是因為這次被洋人侵犯，這才重新起用，還可真是——」

男子本來愈說愈激動，但想想接下來的內容不適合在大街上說出，也就突然嘎然而止閉口不言，看了林文察兄弟倆一眼後，男子覺得多說無益，一口悶氣已有所發洩，沒多久又繼續向前頭跑去，繼續嚷著「完了、完了，大清國被打敗了」。

林文察聽著男子不斷嚷叫的重複內容，實在不明白男子的用意，又看著逐漸遠離的身影，不覺心情相當沉重。如果真如男子所言，大清被英國打敗，固然相當震憾，但後頭為了求和，而犧牲掉臺灣兵備道及鎮總兵，就更令人難以接受。這件事對於才剛與弟弟林文明談過的盡忠報國，好似直接打了林文察一個響亮的巴掌。

先前林文察及男子都有提到的王提督，便是當時最著名的臺籍將領王得祿。王得祿為臺灣諸羅縣人，因協助平定林爽文之亂有功，深受嘉慶帝賞賜，並勘平許多沿海亂事，官至浙江提督，成為臺籍將領官階最高者。不料在道光帝繼位後，王得祿光彩不再，先被降職警告，後又因舊疾復發，導致右眼失明，只好告老休養退隱，道光帝也並未留任。一直到清英鴉片戰爭爆發後，朝廷因無水師良將，道光帝這才想起已高齡七十二歲的王得祿，命令其進駐澎湖，協助臺灣兵備道姚瑩共防英軍攻擊，不過因為年事已高，隔年因為風寒引發舊疾，病逝於澎湖。

浙江提督王得祿向來也是林文察所景仰的對象，更因為同樣出身臺灣，更讓林文察覺得成為關羽、岳飛這樣忠勇報國的英雄人物，似乎並非完全不可能的事。

「阿兄，你怎麼了——」林文明見到林文察坐回大石頭後，只是沉默不語，又看到兄長的饅頭先前已經掉在地上，便將自己手中剩下的饅頭剝了一半，塞到林文察手中。「別相信剛才那人的瘋言瘋語，大清那麼強大，怎麼可能輸給洋鬼子！」

林文察只是看了林文明一眼，又將饅頭還給林文明，並開口說著：「我不餓，你多吃點吧！」

本來林文明還想推托，不過大街上又出現另一名顯眼的人物走了過來。

「鐵口直斷、鐵口直斷，不準不算錢！」

一名頭戴瓜皮帽、身穿長袍的老者，手中拿著「鐵口直斷」的掛條，一拐一拐走著。

「快走快走——」林文察這時總算回復炯炯有神的雙眼，並刻意壓低聲音對林文明說著。

「彰化城騙錢的怪人又出現了——」

就在林文察拉著林文明想要離去時，這位算命仙打扮的老者，突然停下腳步大叫一聲：「兩位小兄弟，先別急著走人！」

「沒錢、沒錢！」林文察回瞪一眼，便拉著林文明繼續遠離，不過這位算命仙竟然追了上來。

算命仙繼續喊著：「小兄弟，我看你相貌堂堂，一副白面書生的模樣，將來必成大器——」

林文察當然知道算命仙指的是自己，但這種憑著外貌的胡亂猜測，根本就是任誰都說得出口。

「兩位小兄弟，別急著走啊——」算命仙這下總算拉到林文察的衣角說著。「你、我今日相逢即是有緣，你日後一定大有成就，會是一代名將！」

——一代名將，這句話深深打動了林文察。

原以為算命仙依據林文察的清秀外貌，一定會說是什麼科舉中榜之類的阿諛話語，想不到一開口竟是林文察最嚮往的軍馬生涯。

算命仙見到林文察兩兄弟這下總算停下腳步，繼續開口說著：「小兄弟，這不算錢的，我只是看到你名將面相，才忍不住洩漏天機的。」

「我？不是吧？」林文察儘管聽了內心相當澎湃，卻還是刻意隱藏雀躍的心情說著。「我阿弟才比較像大將吧！」

算命仙輕瞇雙眼來回打量著林文察兩兄弟，又掐指一算，不覺緊皺雙眉，過了好一會兒才又開口：「你弟弟也是良將之材，惟成就不及於你，但會是你最得力的助手！」

林文察兩兄弟聽了不覺滿心歡喜，尤其林文明更因長期受到兄長林文察的影響，自是很早就接觸關羽、岳飛的說書故事。不過有別於林文察所嚮往的盡忠報國，林文明認為主子不管是正是邪，只要是對臣子夠好，都值得效忠，每每聽到被認為是大奸臣的曹操麾下，夏侯惇及夏侯淵兩族兄弟的武勇軼事，更是嚮往不已，總是滿心期待有朝一日也能跟兄長成為這樣的猛將兄弟。然而看到兄長後來在父親的安排下學文習詩，也就再也沒有這種念頭，只能一再拗著兄長一同玩起戰爭遊戲。但剛剛聽到算命仙這樣的話語，倒也讓林文明欣喜異常。

「你想幹什麼！」一名壯年男子突然出現在算命仙身後大聲喊著。

「沒、沒有——」算命仙見到這名壯年男子來勢洶洶，不覺連忙揮手說著。「看到這兩位小兄弟，必是將來良將，我才忍不住洩了天機！」

林文察兄弟倆再仔細一看，發現這名壯年男子就是先前一直待在麵攤盯著自己發笑的怪異男子。

壯年男子一把拉住算命仙繼續說著：「光天化日下，還想騙錢，竟又找小孩下手，你羞還不羞啊！」

男子說完更亮出了官方軍事文件，雖然看不清楚上頭的文字，不過從算命仙難堪的表情看來，顯然就是一名身著常服的高階軍官。

「唉——」算命仙嘆了口氣。「我就只是道出事實，不信就算了、不信就算了！」

算命仙顯得相當不悅，甩開這名壯年官兵的手，轉身準備離去，不過臨去前，又對林文察兄弟倆一臉正經說著：「兩位小兄弟，你們將來成就非凡，哥哥你允文允武，是要走平步青雲的文官，還是殺戮戰場的大將，端看你的抉擇，弟弟你則只能走上武官之路。但哥哥你切記不要進入『松林』，而弟弟你切記要遠離『公堂』，否則你們倆必有劫難啊！」

「公堂？沒事誰會想去公堂啊？」林文明只是一臉疑惑，低聲呢喃著。

算命仙微微頷首，接著對林文明開口說著：「因為一個進『松林』會有血光之災，一個則是『壽至公堂』——」

「『壽至公堂』？這是什麼意思？」林文明追問著。

算命仙儘管聽到林文明的質疑，卻只是輕閉雙眼不再言語，再次睜開眼睛，突然對林文明露出苦笑：「小兄弟，我只能說那麼多了，這我就不能再洩漏更多天機了——」

由於算命仙背對斜陽，全身散發耀眼的紅光，讓林文察兄弟倆一時之間根本無法直視身影，真有那麼一瞬間讓人以為就是仙人下凡。

壯年軍官本來還想說些什麼，不過算命仙早已轉身離去，並背對眾人縱聲大笑著：「哈哈哈，不信也罷、不信也罷，此處不留爺，自有留爺處！」

見到算命仙的身影逐漸遠離，林文察兩兄弟都覺得相當惋惜，不過這名壯年軍官也是出於好意，怕兩兄弟被騙徒纏上，這才出手相救，還刻意亮出官方文件嚇唬算命仙，兩兄弟即便有所不滿，也不好再說些什麼。

壯年軍官認為已替兩兄弟解圍，只是對兩兄弟露出一抹奇特的微笑，便心滿意足轉身離去。得知這名壯年男子是軍官後，不知為何，兩兄弟都覺得這名軍官快步離去的身影相當威風。

「阿兄——」林文明低聲說著。「我們要不要回去阿罩霧了，明日阿兄還要——」

「文明，阿兄已下定決心——」林文察一臉嚴肅地說著。

「阿兄，什麼事——」林文明再次望向林文察問著。

林文察看了林文明一眼，又凝視遠方即將西沉的斜陽，接著只是揮手示意要林文明跟著走。由於兄長沒有要繼續說下去的意思，林文明也就沒再追問下去。

兄弟倆漫步在灑滿夕陽餘暉的彰化縣城街道上，又走了好一會兒，林文察這才突然喃喃自語著：「有文事者必有武備，大丈夫欲立功於千里之外，能文不能武，怎可稱一世之雄？」

林文明雖然沒有完全聽懂兄長這段文謅謅的呢喃話語，但只要看到兄長的背影，便覺得十分安心，還是緊跟上兄長林文察的穩健步伐，踏上了前頭盡是一片耀眼紅光的漫長道路。

第一回

兄弟剖心報父仇　戴罪立功平小刀

——清咸豐四年（西元1854年）七月，臺灣雞籠獅毬嶺。

「稍安勿躁，耐心等待吧——」

一名二十六歲眉清目秀的青年，手中緊握長管火繩槍，蹲在地上壓低聲音說著。這名青年便是阿罩霧林家第五代長子林文察，經過十多年的歲月，儘管林文察身高並沒有高上許多，但清秀的面容下，體型卻已變得十分壯碩。

而林文察身旁還蹲著一名顯得有些煩躁的彪形大漢，便是弟弟林文明。林文明正值二十一歲，粗獷的臉龐已完全擺脫稚氣，身形變得更為人高馬大，一身粗壯的體魄與那銳利的眼神讓人望而生畏，手中還緊握一把仿照三國時代關雲長所打造的長柄偃月刀。

深夜的黑暗中，伸手不見五指，儘管是炎熱的夏日，不過因為不時有海風吹來，又有規律的浪淘聲，讓伏擊在山腳下的兩人還是可以感受到微微涼意。而在林文察及林文明身後，還有近兩百名手持兵器的鄉勇，蹲伏在後頭等待指示。

林文察抬頭仰望獅毬嶺，這個位於雞籠港南方的山頭，因地勢高且位居內陸，又可以俯瞰整個雞籠港口，一直都是臺灣北部的重要防線。

不過此刻山頭上以石頭堆砌成的石圍碉堡，卻滿佈著百餘名「小刀會」亂黨賊人，更有四臺大砲架設其上，石圍四周插滿一把把火炬，照得連亂黨賊人的臉龐都不時隨著火光搖動。好在這火炬雖多，卻也照不到埋伏於山腳下林文察部隊。

話說這「小刀會」亂黨，就必須先從道光三十年（西元1850年），驚動中國大半江山的「太平天國」說起。太平天國由洪秀全及馮雲山創立拜上帝教，自廣西金田村舉事，一下就攻破佔領東南各省。因太平天國並不薙髮，反而是蓄髮、披髮，故太平軍被稱為「長毛賊」或「髮逆」，因起事者來自廣東及廣西，故又被清廷稱為「粵匪」。而小刀會原與太平天國沒有關聯，只因成員都會帶著小刀護身，傳以反清復明為目的，故集結而成小刀會。小刀會趁著太平天國亂事，欲與太平天國合流，不過卻被清廷強力掃蕩，故而從福建沿海轉而流竄到臺灣北部，雞籠獅毬嶺也因此被這批流亡的小刀會所佔領。不僅如此，這些小刀會不但四處劫掠，甚至還有攻城掠地、長久發展的意圖，也讓臺灣淡水廳不堪其擾。但因中國內陸尚有太平天國亂事，駐守臺灣的士兵及軍餉均不足以平亂，這才轉而請求當地鄉勇增援。

「阿兄，我看那丁曰健根本不安好心，只是想讓我們打頭陣犧牲吧——」林文明一臉憂心忡忡說著。「官府的人根本就不可信，要不然我們先前還犯得著親自動手宰殺仇人嗎？」

「文明，別這麼說——」林文察搖搖頭。「這得感謝曾副將的力保，不然阿兄現在可還押在臺南府大牢裡——」

林文明所說的丁曰健，便是現今擔任淡水廳同知，本是科舉出身的文人，不過歷來治理軍政風格均以嚴酷聞名，也是此次掃蕩亂黨的指揮官之一。

而林文察之所以能夠成為這支義勇軍義首，則起因於兄弟倆為父報仇的一段往事。

道光三十年，阿罩霧林家族人林連招疑因玷汙四塊厝林家婢女，被四塊厝林家族長林媽盛所擄，阿罩霧林家族長林定邦，也就是林文察兄弟倆的父親，先派家丁前往談和，不料家丁也被拘禁，林定邦只好再帶著次子林文明親自前往四塊厝理論。

早期臺灣中部開發，各同姓或同鄉家族自成聚落，往往因為灌溉水源或農耕地產的爭奪而結下積怨，這四塊厝林家與阿罩霧林家同姓不同宗，雙方並無血緣關係，一下就因水源地產問題結下深仇。未料林定邦於前往談判途中，遭受伏擊中彈身亡，林文明亦在此場衝突中身受重傷，最後才由林文察以鉅款贖回父親屍首及弟弟林文明。

阿罩霧林家將此事告發縣府，但縣府早被林媽盛買通，以至於無疾而終。因為「父之仇，弗與共戴天」，林文察及林文明兩兄弟心有不甘，為替父親雪冤，經過將近三年的追擊，總算將林媽盛押至父親林定邦墓前，活剖其心為父報仇。仇敵既滅，林文察為免家族受累，事後直接至臺南府城自首而關入牢中等待判審。

在過往傳統倫理中，報殺父之仇被視為盡孝，法律不應予以制裁，斬殺孝子更是逆天之罪。清律中也無相關制裁條文，過去歷史上也有許多因力行孝道復仇而減刑的判決，再加上林文察為父報仇的孝行早已傳遍大街小巷，更讓官府難以審判。正好此時臺灣北部小刀會亂起，北路協副將曾玉明欲借重林文察的影響力，便保舉林文察組成鄉勇部隊助陣，希望他能藉此戴罪立功。

「文明啊，你就靜靜等待阿兄的指示——」林文察見到林文明又有些躁動，趕緊開口說著。「曾副將說這次官兵會五路進攻，一定要攻下這個最重要的山頭。」

「阿兄——」林文明突然一臉疑惑地叫著。

「又怎麼了——」林文察顯得有些失去耐心。

林文明繼續開口說著：「你不覺得那個曾副將有些面熟嗎？」

「什麼，原來你也有這種感覺？」林文察雙眼微睜說著。

林文察當初面見北路協副將曾玉明時，原本也有這樣的疑惑，不過經林文明這麼一說，可見應該不是自己的錯覺，兄弟倆可能真的曾經在哪裡見過。

——不過林文察的思緒一下就被打斷了。

「哎呀，幹什麼啊你——」一名四十來歲的壯年男子不耐地嚷著，被其中一名鄉勇硬拉到林文察面前。

「報告家主——」這名鄉勇放開壯年男子後，壓低聲音說著。「這人鬼鬼祟祟的，看起來很可疑，所以想請示家主該怎麼處置——」

「哎呀，就跟你說我看這兒風景優美，想來作作畫啊——」壯年男子一臉不悅地說著。

這名壯年男子看起來年約四十，臉型俊瘦，身後卻如其言，揹著擺滿畫具的布袋，一身清新脫俗的打扮，確實很像一名風雅之士。不過就算真是名畫匠，為何會選擇在這種時候前來作畫，確實也令人摸不著頭緒。

「先生——」林文察見來者氣質非凡，故以先生敬稱。「這可不是鬧著玩的，此地不宜久留，還請先生速速離去——」

「這位小哥，這兒等一下會有被賊人屠殺的風景——」畫匠從身後的布袋中抽出一枝畫筆，並將畫筆打直對準山頭，好似就在測量著作畫比例。

「先生——」林文察眼看這位畫匠不聽勸阻，還打算要繼續作畫，已有些失去耐心。

「阿兄，我來把他轟走！」林文明起身提起偃月刀，但被林文察一把攔下。

畫匠見到林文明的舉動，絲毫沒有畏懼，反而只是一抹輕笑，讓林文明見了更為光火，但還是被林文察用力拉住。

「這位小哥——」畫匠測量完畢，轉身對林文察一臉嚴肅說著。「你覺得這山頭有多高？」

「這瘋狗，大難臨頭還在那——」林文明咬牙說著。

林文察輕皺眉頭，揮手示意要林文明退下，直覺這名畫匠雙眼炯炯有神，一點也不瘋狂，好似這些舉動並非全無意義。

「仰之彌高，鑽之彌堅——」畫匠閉上雙眼輕仰著頭，邊揮舞手中的畫筆邊說著。

「瞻之在前，忽焉在後——」林文察突然打斷畫匠說著，這段有關孔老夫子的話，林文察也不是沒有讀過，但實在不知道這名畫匠為何突然朗誦起論語的內容。

這下倒讓畫匠瞪大雙眼說著：「哎呀，小哥，想不到你，有趣、有趣，還可真不是一般的魯莽義首！」

林文明聽到畫匠挖苦說著魯莽，本想上前教訓一下，但看到兄長林文察回瞪一眼，只好又負氣退了回去，接著只是別過頭去，不想再理會兄長林文察與這名怪異畫匠。

林文察再看看畫匠，依舊還是那副高深莫測的模樣，看著看著腦中突然閃過一個念頭，驚恐地說著：「先生，恕我阿弟魯莽無禮，還請見諒，先生是想說這仰攻不易嗎？」

「是也，是也——」畫匠點頭如擣蒜，接著微微一笑。「憑高視下，可勢如破竹——」

「先生——」林文察露出苦笑說著。「這不是三國時代那馬謖失守街亭前所說的話嗎？」

「不錯、不錯，小哥真的不錯——」畫匠再次滿意地點點頭。「小哥也愛聽那三國說書，不過那馬謖是被魏軍團團包圍斷截水源，但你看看現在官兵才多少，這獅毬嶺有多廣，還能夠團團包圍嗎？而這雞籠多雨，更難如法炮製，況且他們有強大火槍、火砲，我看這居高臨下，是真有優勢，那群官兵才會久攻不下——」

林文察聽了以後，只是滿臉愁容，停頓了好一會兒，才又開口問著：「不知先生有何高見？」

「這位小哥——」畫匠突然面露哀傷說著。「你以為那丁曰健真安什麼好心，曾玉明為人還算正直，丁曰健那自詡為讀書人的迂儒，可還是要小心為妙——」

林文察聽到畫匠竟能確切指出主導這次進攻的兩名指揮官，可見他真不是一般普通畫匠。不過這名畫匠看來也是飽讀詩書的讀書人，竟然會對文人有這樣的想法，倒也令林文察覺得相當新奇。

畫匠繼續開口說著：「那丁曰健不過是想利用你們這些名不見經傳的鄉勇來打前鋒，假使戰事順利還好，會賞你們一些戰功，但他可是會佔有最大功勞。要是此次你們這些前鋒出擊失利，官兵根本不會跟著進擊，什麼五路進兵拂曉出擊，根本就是個幌子。頂多就曾玉明會出兵，到時若是兵敗，丁曰健也會將過錯全推給曾玉明。犧牲掉你們這些鄉勇，對他們文官來說根本就無關痛癢，也不會將此次敗仗上報，一切就跟沒發生過一般——」

聽到此處，林文察不覺內心一沉。不是沒有想過這種狀況，其實早在林文明一直嚷叫之時，林文察也很清楚淡水廳同知丁曰健的用意。原本林文察是在曾玉明的極力保舉下，才得以自牢獄中脫身，不過率領鄉勇抵達雞籠時，文人出身的丁曰健，對於林文察這種鄉勇根本就不屑一顧，況且林文察又是戴罪之身，丁曰健目空一切的態度，好似林文察這些人都只是目不識丁的殺戮莽夫。

原本曾玉明規劃親率官兵和林文察的鄉勇一同打前鋒，但丁曰健突然提議由林文察打頭陣，官兵則兵分其他五路隨後支援。原以為丁曰健只是怯懦怕事，但經過畫匠這麼一分析，這才知道丁曰健背後更深沉的用意。這下真讓林文察開始有些不安，但對於副將曾玉明的知遇之恩，林文察也很想就此立下汗馬功勞，因為這就是他從小和林文明所嚮往的兵馬沙場。

「先生——」林文察眼看今日就要開戰，這支先鋒鄉勇卻處於極為不利的局面，趕緊單膝跪地說著。「還請先生惠賜高見！」

「小哥快起、小哥快起——」畫匠沒想到林文察會突然跪地，趕緊伸出雙手將林文察拉起。「我看小哥氣概非凡，將來一定會是英雄人物，也不想小哥就此殞命山頭，才會特意前來此處。」

「先生，還請受小弟一拜！」林文察又再次單膝跪地合掌一拜。

畫匠又再次拉起林文察笑著：「哎呀，不謝、不謝，叫我老謝就好！」

「啊？」林文察輕聲叫著。

見到林文察一臉疑惑，畫匠趕緊開口笑著：「我知道小哥是林文察，後頭那位是你弟弟林文明，你們兄弟倆就是阿罩霧那為父報仇的孝子。還沒自我介紹，我是謝穎蘇，不過我現在的字是『琯樵』，儘管叫我『琯樵』即可，或是你愛叫我『老謝』也可以。現在是板橋林家的幕客，在那兒教畫畫的——」

原來這名畫匠就是大名鼎鼎的謝琯樵，久聞謝琯樵是名極具盛名的風雅之士，也是各政商名流爭相邀請作客的對象，想不到會在戰場上遇到這名大人物，也難怪他能知道這麼多政治情報。

「不、不，謝先生，還請再受小弟一拜——」林文察眼見這謝琯樵看似輕浮瘋癲，卻絕對不是普通人物，一下就又彎身想要再拜。

「哎呀，文察，別鬧了——」謝琯樵再次一把拉住林文察，並露出苦笑說著。「我可是想把你當作聊三國的好兄弟，那些讀書人自命清高，以為說書不過小伎，根本不屑一顧，但哪知那三國說書可是滿滿的兵法道理，我可真苦無論三國的好對象啊！況且你這樣把我當神像一拜再拜，都拜得我快折壽了啊！」

「謝先生，這沒問題的——」林文察不覺笑了起來，但一下就又斂起笑容，雙手合掌說著。「小弟今日若能凱旋而歸，他日一定邀請謝先生到阿罩霧把酒話英雄，但眼下這山頭——」

謝琯樵順著林文察的目光望去，獅毬嶺山頭上滿佈小刀會賊人，更有那火槍、火砲鎮守，確實易守難攻。

「文察，且聽我老謝一言——」謝琯樵斂起笑容說著。「你看看那山頭上一堆堆的石圍，每個石圍中都有一名拿著紅旗的賊目。因為這小刀會，是仿照那長毛賊的軍制，那執旗的就是每個小隊的總指揮。所謂擒賊先擒王，這小刀會不過是沒受過訓練的烏合之眾，若能先擊斃那執旗的，這些賊人失去指揮，一定會自亂陣腳。因曾玉明是極重義氣的武人，無論如何都會增援，但那丁曰健可就要看局勢有利才會出兵。只要先擊斃賊目，賊人大亂後，丁曰健見大勢可為，便會大舉出兵，這山頭就能順利拿下。」

確實如謝琯樵所言，每個石圍中都有一名手握紅旗的賊目，這點林文察即使在此觀察已久，卻也沒有發現，不得不讚嘆謝琯樵過人的觀察及豐富的學識。

聽完謝琯樵的建言後，林文察這下總算有了進攻山頭的戰略，先是合掌向謝琯樵致意，接著走向後頭將林文明招了過來。

林文明見到兄長林文察終於結束與這名怪異畫匠的漫長對話，這才總算鬆了一口氣。不過就在林文察和林文明交頭接耳後，只見林文明顯得有些慌張，又跑到後頭的隊伍中，招來了十數名鄉勇。

由於戰術更動，一群鄉勇圍在林文察兄弟倆身邊細細聽著解說，而謝琯樵也在一旁頻頻點頭，並以相當滿意的眼神望著林文察。

經過一段時間後，鄉勇們又各自回到所屬的隊伍位置。

拂曉時刻來臨前的漫長等待，讓林文察兄弟倆都顯得有些忐忑不安。儘管為維護家業及追擊殺父仇敵林媽盛，阿罩霧的家勇組織由來已久，甚至都還有自己的兵器庫。但畢竟這不同於以往的鄉間械鬥，是兄弟倆第一次與官兵協同作戰，儘管經過謝琯樵的分析，他們可能僅是官方隨時會犧牲的一顆棋子，然而過去也曾有鄉勇因協助官兵作戰平亂，因而晉升為正式將領的前例。林文察所景仰的臺籍將領王得祿，最後還官至浙江提督，便是其中最好的例子。

阿罩霧林家過去儘管經商有成，在當地擁有龐大的家業，但至今卻沒有人正式當官，這次的出擊不僅能戴罪立功，還是一個晉升官途的大好機會。

天色已有微亮的跡象，眼看朝陽就要升起，林文察先囑咐五名壯漢保護謝琯樵，之後便緊盯山頭，準備下令出擊。

林文察抽出腰際大刀，接著高舉過頭。所有人已從蹲姿起身而立，屏息以待林文察的指示。而林文察身旁的林文明，也提起他的偃月刀，對於人高馬大的林文明來說，這個長兵器恰到好處。林文明的丹鳳眼、臥蠶眉，讓他看起來更為威風凜凜，除了沒有那美髯以外，真好比關二爺再世。

就在下一刻，林文察迅速揮下大刀，並身先眾人向前奔跑，口中還不斷高喊著：「殺！」後頭的鄉勇聽到義首林文察已發動攻擊，也跟著大聲吼叫。林文明手提偃月刀，緊跟林文察向前奔去，其餘鄉勇各個手持長管火繩槍，更後頭的則是手拿大刀、長槍，也跟著林文察兄弟倆衝鋒陷陣。

山頭上的小刀會賊人，這時已經發現山腳下來勢洶洶的殺兵，掌紅旗的賊目，一下就揮旗指向林文察的部隊，沒多久山頭上傳來隆隆槍響，不一會兒，竟然還有一顆大砲從天而降。

「砰！砰！砰！砰！砰！」

儘管身陷槍林彈雨，林文察兄弟倆依舊沒有畏懼，而前頭的火槍先鋒部隊，不同於後來才招募的鄉勇，屬於阿罩霧直屬親信，也跟著主子往前衝去。

小刀會賊人繼續在賊目的指揮下發出猛烈的砲火，不過儘管砲聲隆隆，因為天色還有些昏暗，都不是瞄得很準，前頭的鄉勇們反倒沒有什麼損傷，但後頭的部隊則有不少人受到大砲攻擊而血流不止。

就在此時，朝陽已冉冉升起，盤踞山頭的賊人這才發現獅毬嶺已被五路官兵團團包圍。不過除了林文察的先鋒鄉勇部隊外，僅有一路官兵跟著殺了過來，其餘四路不但佈署得遠遠的，根本就像看好戲般按兵不動。

「就是現在，通通瞄準拿紅旗的！」

林文察見距離已夠，天色又已明亮，直接下令先鋒火槍部隊蹲地仰擊。

「砰！砰！砰！砰！砰！」

上頭其中一個石圍的執旗賊目中彈倒地，紅色大旗跟著滾落山坡，整個石圍失去指揮後，不知該將火槍瞄向何處，頓時陷入混亂。

「砰！砰！砰！砰！砰！」

又一處石圍的執旗賊目被林文察的先鋒火槍部隊所擊落，只見賊人亂竄，不知該防守後方還是迎擊前方，已有人開始向沒有進擊的其他四路官兵方位逃離。

一名高踞山頭、看似賊首之人，這時已發現先鋒部隊的義首是林文察，下令將大砲及火槍全都瞄向林文察。林文察見到槍口及大砲紛紛對準自己後，儘管知道身陷危機，仍繼續帶領先鋒部隊往上進攻。

「砰！砰！砰！砰！砰！」

一顆大砲擊落在林文察身旁，一陣塵土飛揚，讓視線全被遮蔽，而林文察更被這顆大砲震得倒地，頓時有些失去行動能力，原本手中的火槍和大刀也全都不翼而飛。

等待塵土散去後，眼見山頭上的賊人在賊首的指揮下，已停止施放火槍，改率隊舉刀殺了下來，而倒在地上的林文察，這時從模糊的視線中，發現身旁已有幾名家勇被大砲擊中，滿身是血已然死去。

眼見數十名舉刀賊人全往林文察這頭衝了下來，就在賊人快要揮刀砍向林文察之際，一柄鋒利的偃月刀，一次便將三、四把大刀反壓回去。原來是身型魁梧的林文明已趕到兄長林文察身旁，一下就將眼前的三、四名賊人揮刀砍倒，後頭的賊人見到這怪物般的林文明，不禁看得有些愣住，紛紛停下腳步，不敢冒然上前攻擊。

林文察見林文明已在身旁護衛，雖然仍躺臥在地，但上半身已恢復行動能力，將一旁家勇的長管火槍撿起，以躺臥姿勢將槍管架在腳上，瞄向山頭上的帶頭賊首。這林文察原就善使火槍，素以百發百中聞名，機緣巧合下，發現躺臥在地以趾架槍，竟能使長槍更為穩固。

「砰！」

一聲巨響後，山頭上的賊首竟應聲倒地滾落山下，這下整個小刀會亂黨，眼見最高領導者已中槍殞命，以為大勢已去，全部陷入一片混亂。

此時林文察已恢復行動能力，撿起陣亡鄉勇身旁的大刀，開始與林文明一同攻向山上陷入慌亂的賊人，另一頭曾玉明所率領的部隊也已順利攻上山頭。

其他四路官兵，見獅毬嶺上已有鄉勇先鋒部隊及曾玉明所屬官兵的大旗，又有兩門大砲已被攻破，眼看局勢大有可為，也開始向山頭上進擊。小刀會亂黨見其他四路官兵也發動攻擊，已有許多賊人失去戰意，紛紛棄械投降。

原以為小刀會就要放棄，山上卻突然湧出一隊數十人的賊人部隊，因為其他五路已被官兵團團包圍，先前鄉勇先鋒部隊因與賊人激戰，故傷亡最為慘重，反成為防守最弱的方位，所有賊人都往這個方向逃竄。

「保護先生，保護先生！」

在山頭上的林文察發現賊人的意圖後，瞪大雙眼吼著。眼看賊人就要接近謝琯樵，當初只留五名壯漢守護，這下恐怕真有危險，恨不得自己能夠跳下山頭，直接飛奔到謝琯樵身邊守護。

「哎呀！」謝琯樵眼看數十名賊人迎面而來，不但沒有懼怕，反倒笑了起來。

五名守護謝琯樵的壯漢，已拔刀擋在前頭護衛，不過身後的謝琯樵卻突然不斷嚷著：「給我刀槍、給我刀槍，我也想玩玩啊！」

其中一名壯漢實在不明白謝琯樵的用意，甚至覺得謝琯樵相當煩人，但因為是義首林文察交辦的保護對象，無奈之下，只好隨意撿起地上一柄長槍塞給謝琯樵，好讓這名瘋瘋癲癲的畫匠就此閉上嘴巴。

「哎呀，這槍可比畫筆長上許多，也沉了不少！」謝琯樵把玩長槍笑著。

林文察及林文明見到賊人殺向謝琯樵那頭，也跟在賊人後頭追趕下來，不過畢竟賊人率先下山，兩人也只能苦苦追趕。

眼見賊人已與五名壯漢短兵相接，賊人見敵人只有五名，又看似保護重要人物，原本應該拔腿逃命，卻還是向五名壯漢攻了過去。

這五名壯漢也是阿罩霧親信，自是身懷武技，不過因為賊人眾多，為了保護謝琯樵也陷入苦戰。

就在賊人繞過五名壯漢，想要直接攻擊謝琯樵之時，只見謝琯樵突然揮舞長槍向前反擊，動作之俐落，根本就是習武之人，讓賊人各個瞪大雙眼無法置信。前頭的幾名賊人，還來不及面露驚訝之色，已先被長槍刺倒在地。

「哎呀，長槍雖長，卻也不比畫筆難使啊！」謝琯樵悠哉悠哉地說著。

後頭的林文察及林文明，原以為謝琯樵只是文弱書生，卻有如此矯健身手，驚訝程度不亞於小刀會賊人。

謝琯樵繼續搶先於五名壯漢，向迎面而來的賊人短兵交擊，卻一下就佔了上風。沒多久，林文察及林文明也已趕至山腳。眾賊人見謝琯樵身手不凡，又有林文察及林文明前來助陣，尤其是那揮舞偃月刀的林文明，更是讓賊人望而生畏，只好紛紛四散逃竄，但沒多久都還是被趕回來的鄉勇部隊所擊潰。

「先生，好身手！」林文察收起大刀，喜出望外對謝琯樵說著。

「哎呀，沒有、沒有，小試身手——」謝琯樵繼續把玩長槍笑著。「老謝我崇敬三國英雄，平時作畫之外，也喜歡舞槍弄棍的。」

林文明見到謝琯樵有如此身手，倒也另眼相看，手持偃月刀拄地，合掌向謝琯樵說著：「多謝先生獻策！」

謝琯樵見原本對自己不大友善的林文明前來道謝，倒也十分開心笑著：「哎呀，不謝、不謝，叫我老謝——」

不過林文明因為聽不懂謝琯樵的雙關語，只是顯得有些困惑。

謝琯樵繼續笑著：「文察、文明，你兩兄弟真是武勇，我老謝在山腳下看得真是手癢，尤其是文明你使的那偃月刀，還有文察你竟能躺地開槍，真讓我老謝大開眼界，有趣、有趣——」

不過三人的對話，一下就被打斷。原來是一名身穿鎧甲的軍官騎馬而至，這名軍官年近五十，黝黑的臉龐及堅定的雙眼，一看就是沙場老將。再仔細一看，便是那北路協副將曾玉明，而後頭還有一名身著官服的中年男子也騎在馬上，是另一名指揮官兵的淡水廳同知丁曰健。

丁曰健滿頭斑白髮絲夾雜其中，不過一絲不苟的打扮及那銳利的雙眼，確實給人很難親近的感覺，同時身上又帶有一股明顯的傲氣。

「文察、文明，好武勇啊——」副將曾玉明特意下馬向林文察兄弟倆敬賀。「日後報上戰功，一定要大書特書一番——」

丁曰健見到曾玉明似乎對於自己保舉的罪人非常滿意，又怕自己的戰功被搶走，即便林文察所率的先鋒鄉勇部隊，可說是這場戰役的首功，眼神卻仍是透露些許不悅，什麼也沒說，只是盯著林文察兄弟倆騎馬而過。

「可惡——」

林文明見到丁曰健如此無禮，也很清楚丁曰健根本只是在利用鄉勇部隊，要不是經過謝琯樵的指點，恐怕只會是白白犧牲的棋子。林文明愈想愈氣，本就要發作，卻被林文察一把拉回。

「唉——」曾玉明見到丁曰健如此無禮，又見到林文明的豪氣反應，只是臉色一沉，長嘆了口氣。「我也不甚喜歡那種文人迂儒來充當指揮，就只會按兵不動，事後又極力在奏摺上以文字作戰爭功，想來也是氣人。此番我一定會極力爭取替文察贖罪，更望文察、文明日後能正式加入官兵陣營——」

曾玉明說完後，因戰事仍有許多善後需要處理，轉身上馬便要離去。

林文察兄弟倆，本就對副將曾玉明頗有好感，本想藉戰事結束順道詢問是否曾在哪兒見過，但看曾玉明仍有要務在身，也只好作罷，兩人紛紛合掌致意，目送曾玉明策馬離去。

等到曾玉明離去後，林文察倒是想起謝琯樵，轉頭四處搜尋，卻也不見這名奇士的蹤影。

天色已全然亮起，整個獅毬嶺在陽光的照耀下，四處可見橫躺其上的具具屍首，以及被砲火猛烈攻擊所留下的處處窟窿。

仰望山頭，一場激烈的戰役總算結束，砲臺上空盤旋著一隻翱翔的老鷹，不一會兒，老鷹朝著大海方向俯衝而去，一下就消失在視野之中，不知道最後會飛往何處。

第二回

臺勇援浙驚太平　潮春陷彰亂事起

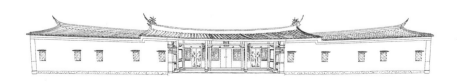

——清同治元年（西元1862年）四月，浙江松陽。

松陽縣城外，因太平軍進犯，四萬大軍早已將縣城圍得水洩不通，並增建近二十座堡壘意圖長期圍城。而在松陽縣城南方，太平軍堡壘外，相隔一片密林的更遠之處，則有大批官兵紮營於此。

在一個悶熱的午後，官營的兵帳之中，此刻正聚著三人圍在地圖邊商討進軍事宜。

「那左巡撫是什麼人，會不會僅是個昏官，真值得我們這樣去賣命營救嗎？」林文明一臉嚴肅地說著。「那前任王巡撫在杭州被長毛賊圍困後，不也選擇自縊，況且那左巡撫真的是在松陽城中嗎——」

此時林文明已年近三十，眼神已變得更為老練，嘴上也蓄起八字鬍，再搭配下巴的短鬚，讓整個人顯得更為穩重。

「文明——」林文察點點頭。「這左巡撫先前援浙時阿兄就接觸過，言行舉止是個值得信賴的忠義之士，而又頗具遠見及才幹，就連曾總兵也對他稱讚不已。左巡撫雖說個性古怪，但絕計不是那輕視武人的迂儒。若松陽城真被長毛賊攻陷，左巡撫又真困在松陽城，要是真有個萬一，那可真會是我大清的極大損失。目前長毛賊也不確定左巡撫是否困在松陽城，但時間一久，恐怕這些長毛賊也會注意到——」

正值三十三歲的林文察，也與弟弟林文明一樣，嘴上蓄起鬍鬚，儘管身型沒有林文明來得高大威武，不過那對炯炯有神的雙眼，不時流露出滿滿的幹勁，已是一名身經百戰的勇猛大將。

林文察當年因小刀會平亂有功，在曾玉明的力保下，獲得六品頂翎，展開正式的軍事生涯。經過將近八年的征戰，又得到門下幕客謝琯樵的協助，多次援浙平閩，屢屢擊敗太平軍獲得勝仗，一路從游擊、參將晉升到副將，而當初提拔林文察的曾玉明也已晉升為福寧鎮總兵。

「非也、非也——」謝琯樵搖頭說著。「我看長毛賊早已推測那左巡撫困在城中，不然長毛賊的偽侍王李世賢也不會親率大軍前來圍城——」

謝琯樵此時已年近五十，儘管已有許多白髮相間其中，但因平日寫字作畫外，仍甚愛習武。面容雖然依舊瘦俊，卻還算保養得宜，看起來不過像四十出頭的壯年男子。因為謝琯樵和林文察無論在三國或兵法上總是相談甚歡，多年來兩人早已成為莫逆之交。雖然謝琯樵並非歸屬於任何人，是一名自由自在的畫匠，不過這幾年幾乎已成為林文察固定的門下幕客。

三人所討論的左巡撫，正是晚清鼎鼎有名的中興大臣「左宗棠」，不過此刻左宗棠才剛經由兩江總督曾國藩拔擢，接替先前抵禦太平軍死守杭州而殉國的王有齡，成為接任的浙江巡撫。

左宗棠為湖南湘陰人，雖為文人出身，不過因屢試不第，功名僅止於舉人，但因頗具才氣，成為各官員爭相延攬的奇士。即使身負才略，但因個性古怪，恃才傲物，難容於士人。而在家鄉辦有團練湘軍，與林文察所應募組織的臺勇性質相近，倒讓林文察與左宗棠意外相合，比起口蜜腹劍的文人，左宗棠倒還比較喜歡和直來直往的武人相處。

原本左宗棠率領湘軍前來浙江平亂，因湘軍訓練有素，戰鬥力甚強，也是晚清平定太平天國之亂的主力軍隊，掃蕩浙江亂黨的前期還算順利，一直到堪稱太平天國後期最強將領的侍王李世賢入侵後，局勢才有了極大的轉變。太平天國為取得福建的控制，以解除南京的圍困，必須先打通浙江，所以天王洪秀全派侍王李世賢親率大軍前來進攻，就是為了一舉拿下通往福建的要道。但清廷也很清楚太平天國的如意算盤，閩浙總督慶瑞更因林文察前次援浙表現優異，特別將福建軍系中，在山林中作戰能力最強的臺勇部隊遣至浙江救援，就是為了守住福建的前線。

不過林文察所屬千人臺勇部隊沿路掃蕩，收復多處縣城，並與多支官兵合流，卻遲遲不見左宗棠的蹤影。原本外界就一直盛傳左宗棠先前遭遇李世賢的強襲，匆忙逃入松陽城，如今已被困住。儘管松陽為進入福建的要道，但太平軍如此佈下重兵長期圍城，恐怕左宗棠真的就受困城中。

「嗯——」林文明微微頷首。「那偽侍王倒聽說是長毛賊當今最強將領。幾日前交戰，若不是先生獻策反擊，以我軍千人之眾，勢必難敵李世賢的上萬賊兵。」

「文察、文明啊——」謝琯樵笑著。「我老謝真的只能紙上談兵起個頭而已，若要真的領軍作戰佈局，那可是只有你們兄弟倆才辦得到，而且文察你本身就極富兵法軍略，實在是一點就通，也省得我老謝口沫橫飛。你以為那諸葛孔明再厲害，若沒有五虎猛將領略督軍，都不過是紙老虎罷了。你看那後期沒了懂得兵法領軍的猛將，諸葛孔明再神通廣大，蜀國還不是打不了幾場勝仗。哎呀，不說這個，倒是這松陽之圍該怎麼解呢？那賊將李世賢確實難纏，所率軍隊又身經百戰，那年小刀會襲擊執旗者的以寡擊眾方式必定不可行——」

太平天國的侍王李世賢，即忠王李秀成的堂弟，太平天國原本聲勢浩大，襲捲東南各省，天王洪秀全更大封東王楊秀清、西王蕭朝貴、南王馮雲山、北王韋昌輝及翼王石達開，但經過諸王多次內鬨及翼王石達開率兵出走後，突然面臨「朝中無將」的局面，但因李世賢少勇剛強，遂成為後期最強猛將。

「嘖，拿酒來啊——」謝琯樵搔頭說著。「讓我老謝好好想想——」

「先生——」林文明輕皺雙眉說著。「大敵當前，這萬萬不可，我方部隊因適應林地尚且無事，但友方官兵陣營中已有近百人因水土不服病故——」

「唉，文察啊——」謝琯樵轉向林文察求助。「你看文明不給我喝酒，我老謝要怎麼——」

「轟！轟！隆！」

謝琯樵還沒說完，兵棚之外傳來了一陣悶雷，謝琯樵聽到後突然跑出兵棚嚷著：「這天又要下雨，都已下了幾日，好不容易稍停下來，看來文明不給我酒喝，連老天都要發怒啦！」

謝琯樵才剛說完沒多久，突然又瞪大雙眼跑進兵棚嚷著：「哎呀，我看這天父、天兄真的大大不悅，這老天發怒倒是可用——」

謝琯樵所說的天父、天兄，正是那太平天國創始者洪秀全，當初託言自己是上帝天父耶和華之子，而同為上帝之子的耶穌則為洪秀全的天兄，所有的太平軍皆須信仰拜上帝教。當初東王楊秀清為取得更高的權位，更多次假借「天父下凡」名義起乩，讓信眾直覺認為楊秀清的地位甚至高於上帝之子洪秀全，這些荒唐軼事早已傳至官軍耳中，此時謝琯樵所說的話，一聽就是刻意挖苦太平軍的盲從。

儘管謝琯樵沒多久又像發瘋似地開始自言自語，不過林文察兄弟倆早已習慣這名怪傑畫匠的詭異行徑，也就見怪不怪。

「哎呀，文察、文明——」謝琯樵雙眼發亮說著。「這下倒恐怕還需要這邊民團的相助啊！」

林文察本來還想發問，不過謝琯樵突然又往兵棚外跑去，兄弟倆因為早已見識過謝琯樵的能耐，倒也只能耐心等待。

這場雨又持續了好幾日，某日入夜後又開始下起大雨，儘管太平軍擁有四萬人之眾，將松陽縣城團團包圍，但松陽縣城南方密林之後尚有千名林文察所率領的臺勇部隊，太平軍李世賢即使再驍勇善戰，還是很怕松陽縣城開城出兵與南方官兵南北夾擊。如此一來，林文察的部隊對於李世賢來說真如芒刺在背，將想盡辦法去之而後快。

「報，侍王——」一名探子模樣的太平軍在堡壘內向侍王李世賢報告著。「聽說在南方密林之後紮營的妖人，大都來自那隔海的邊陲荒野臺灣，這連綿大雨，已有上百妖人因水土不服病逝營中。今日各路探子回報，南方部隊多有臺灣番人，生性野蠻，其習俗遇人病故則須放置山林回歸。此刻南方的林間已滿佈妖人遺體，從那些負責搬運屍體的妖人看來，這些妖人恐已無戰意——」

因為太平天國視滿州胡虜為妖，因此只要是清廷陣營的士兵，均被太平軍稱作「妖人」或「滿妖」。

一名身穿鎧甲的青年，身型十分魁梧，頭戴包巾批髮肩上，一張俊俏的臉龐，卻顯得殺氣騰騰，正是那太平軍當今最強猛將李世賢。

李世賢揮手示意要探子退下，輕閉雙眼陷入沉思，等到再次睜開雙眼，突然將身旁的長柄兵器提起，直接走向堡壘之外。

雨勢有逐漸變小的趨勢，但依舊還是沒有停止的跡象，這場雨讓黑夜中的視野更為有限。過了好一段時間，紮住在松陽城外南方堡壘的太平軍，由侍王李世賢親自率領五千名士兵往南方林徑進行夜襲。

雖說圍困松陽縣城的太平軍高達四萬人，不過就屬這支侍王親率的部隊最為精良。夜襲部隊快速行軍，僅有帶頭的侍王及其百名貼身護衛騎著慢馬。天空依舊下著雨，這雨聲恰巧能將行軍聲響掩蓋過去。

經過靠近官兵紮營的林徑時，果如先前探子所言，沿途滿佈一具具蓋上草蓆的屍體，這些屍體數量之多，讓進行夜襲的太平軍看了都覺得有些怵目驚心。

李世賢勒馬停止前進，囑咐幾名士兵掀開林邊草蓆，果然在草蓆之下盡是發黑腐爛的官兵屍體。

侍王李世賢早已見慣這種場面，根本不以為意，繼續帶領夜襲部隊向前推進，必須趕在雨勢停止前，對官兵陣營在無聲無息中發動奇襲。

等到整支部隊已經沒入林徑之中，後方隊伍突然傳來一陣驚叫。

「有鬼啊、有鬼啊，那地上屍體剛剛動了一下！」

前頭領軍的李世賢聽到後大為吃驚，並不是驚訝於鬼魅的出現，倒是想到另一種更糟的可能性。

不過李世賢還來不及繼續思考，後頭軍隊已經亂成一團。

「砰！砰！砰！砰！砰！」

太平軍根本不知道這槍響來自何處，林徑四周早就搜查已久，根本沒有伏兵，更何況還有下雨聲響掩蓋，大部分的人也未必有聽到槍聲，只見到身旁的伙伴一個接著一個瞪大雙眼倒下。一陣慌亂後，面對這看不見的敵人，大部分的士兵已開始慌張失措。

李世賢策馬回身，卻怎麼樣也找不到敵人究竟身在何處，在這樣的大雨之下，就算有火槍，引信早被淋濕，又要如何擊發？只見後方士兵已經亂成一團，甚至有人開始後退。

李世賢本想虎吼喝令穩住軍心，但沒多久躺在地上的一具具屍體，竟掀開草蓆緩緩站了起來，各個面色發黑，手持大刀追趕而來，並不斷以恐怖的聲音嘶吼著：「天父、天兄，賜我不死神力，大斬假妖侍王！」

太平軍一聽到是天父、天兄賜予起死回生的神力，再加上那先前不知從何而來的槍聲，更讓太平軍認為自己遇到了神兵，紛紛往後逃竄。由於太平軍人數眾多，又擠在狹小的林徑，慌亂的逃兵你推我擠，再加上天雨路滑，一下就讓整支軍隊陷入互相踩踏的混亂局面。

侍王李世賢當然很清楚這不可能是神兵，一定是林文察部隊所設下的陷阱，但這些篤信拜上帝教的太平軍可就不這麼想了。

眼見軍隊已經亂成一團，李世賢還不知道該下令進擊或撤退之時，卻看到後頭部隊中出現一名身穿鎧甲的威武官兵，鶴立雞群揮舞長柄兵器，後頭還有身著臺勇號衣的精銳部隊，殺得太平軍抱頭逃竄。

李世賢見狀後，直接高舉長柄兵器策馬殺進，一下就把那名大將前頭的官兵全都砍倒在地。

「鏗！」

馬上的李世賢與高大的官兵兩把長柄兵器交手過後，發出清脆的響聲。兩人身型相當，均是高大魁梧，就連手勁都是威猛過人，最意想不到的是，竟連兩人所使的長柄兵器均是那偃月刀。

——這名威武官兵便是率領臺勇伏兵的大將林文明。

由於官兵與太平軍擠在一起廝殺，再加上道路泥濘，馬上的李世賢不好移動，乾脆蹤身下馬，與眼前的林文明來個捉對廝殺。

李世賢高舉偃月刀大聲吼著：「來將何人，既要受死，還先報上名來！」

「哼，是誰受死還不一定——」林文明將偃月刀拉引至腰際後方蓄勢待發。「臺灣阿罩霧林二爺林文明，好好給我記住！」

林文明因在家族中排行第二，再加上善使偃月刀，自然在鄉里間早已被人比照關羽的「關二爺」而稱作「林二爺」。

李世賢當然聽過臺將林文察還有一名身型魁梧的弟弟林文明，但聽到這彪形大漢的稱號及所使用的兵器，想當然與他崇拜的關羽息息相關，彷彿自身景仰的英雄遭受妖人侮辱，李世賢自是更為光火，高舉偃月刀就要朝林文明猛劈下去。

「逆賊李世賢，受死吧！」林文明奮力揮舞偃月刀，雨水順著刀鋒全都灑向李世賢。

「鏗！」

兩把長柄兵器再次交手，又發出了清脆的聲響。但李世賢萬萬沒想到林文明的勁力會比先前更為猛烈，雙手虎口一震，反倒退了一步。

林文明見大勢可為，再踏步向前舞刀，李世賢一個迴旋轉身也把偃月刀迅速揮出，這次換作李世賢的刀鋒將雨水灑向林文明，林文明一個彎身回躍架住敵方刀鋒旋轉下壓，眼看李世賢就要露出破綻，但畢竟侍王也非等賢之輩，迅速猛力回抽刀身，將林文明強拉過來。但林文明也早有準備，趁勢將刀鋒刺向李世賢，而李世賢一個長柄回轉，又將林文明的偃月刀鋒撥開。

兩人趁勢退開後，均再次蓄勁舞刀，「鏗」的一聲，兩把兵器第四度交手，但這次兩人均被強震震到雙手虎口發麻。

李世賢的親信騎兵部隊見情勢未必有利，這時早已衝破兩人對峙，而將侍王團團圍住保護，並將侍王的戰馬牽至李世賢身旁。

「侍王，別打了，快撤啊！」一名侍王的貼身護衛大聲嚷著。

「本王就是要戰！這妖人林文明——」李世賢瞪大雙眼說著。

「萬萬不可，全軍還需要侍王，先撤退回去，我們兵勢眾多還有勝算，否則上萬大軍失去統帥，那還得了！」另一名護衛苦勸著。

這下李世賢總算被說動而躍上座騎，而沒被臺勇打亂的太平軍，這時也已集結在李世賢身旁，替侍王殺出一條撤退的血路。

林文明本想繼續追擊，不過畢竟太平軍眾多，還是讓李世賢在團團護衛下向後撤了回去。

「可惡！」一名來不及跟上逃離的太平軍，這時乾脆直接舉起大刀殺向林文明。

林文明本想揮刀反擊，但在此之前一名精壯的臺勇衝了出來，先將這名太平軍一刀砍倒。

「好！」林文明對這名臺勇大聲叫好。「看你今日奮勇殺敵，我記得你是阿罩霧的家勇，叫什麼名字？」

「二家主，在下游捷！」這名臺勇將大刀反握，低頭合掌說著。

「很好！」林文明點點頭，對於這名家勇游捷本就有些印象，看到今日他的奮勇殺敵更是相當滿意。

林文明接著手持偃月刀拄地，眼看敵將李世賢已經逃離，但也沒有繼續追擊的意思，反倒再次提刀率隊斬殺落在後頭的太平軍。

侍王李世賢騎著戰馬與親信騎兵快馬加鞭回撤堡壘，不過沿路上都是慌亂失措的太平軍，泥濘的地上更是一具具太平軍屍體和哀鴻遍野的負傷者，而林徑兩側更有臺勇部隊不斷殺出截擊，算一算臺勇部隊的人數似乎遠遠超過兩千人。

這些太平軍看來並非受到臺勇的直接攻擊，反倒這些臺勇更像虛張聲勢，刻意讓太平軍落荒而逃，讓自亂陣腳的逃兵互相踩踏出現傷亡。

儘管如此，李世賢還是無法明白，臺勇部隊據探子回報只有兩千人，又有近百人病逝，林文察也不可能發動全營進行埋伏，怎麼可能整個林徑中冒出那麼多伏兵。

「砰！」

不過李世賢還來不及思考，前方突然出現一聲巨大槍響。

「嗯——」李世賢感到左肩下方吃痛，但隱忍之下只是悶哼一聲。

大雨之中，視野更為迷茫，但遠方逐漸浮現幾柄高舉在上的開張油傘，而其中一柄由旁人所撐的油傘之下，更站著一名威武將領，手持冒著煙的長管火槍，正是臺勇部隊的威風將領林文察。

林文察很清楚自己已經擊中李世賢，眼見李世賢近百名鐵騎快要接近，林文察收起火槍，抽出腰際大刀，率領後頭近千名臺勇衝向李世賢。

「不要交戰！快撤！快撤！侍王負傷了！」一名李世賢的貼身護衛，這時已發現李世賢左肩下方不斷冒出鮮血，趕緊代替侍王大聲發號司令。

林文察的臺勇部隊驍勇善戰，儘管侍王李世賢在親衛騎兵的層層保護下，已順利突破林文察的突擊，但後頭幾十名騎兵卻也已命喪林文察的臺勇部隊。

李世賢這下總算穿過密林，就快要回到太平軍在松陽縣城外的南方堡壘。儘管後頭仍有林文察的千名臺勇部隊，但只要回到太平軍堡壘，就有三萬多名太平軍可作反攻，林文察的千名臺勇根本不足為懼。

不過李世賢的算計並未成真，因為落難而逃的太平軍，逃回堡壘後，也將對於臺勇部隊的恐懼帶回太平軍陣營，擁有天父、天兄護衛，因此死而復生的臺勇神兵，消息一下就傳遍整個太平軍。

侍王李世賢逃回南方堡壘，所有人馬全都前來接應，李世賢示意要眾人退下，自己只是伸手壓住左肩下方不斷冒血的槍傷，原以為可以稍微喘一口氣，不料此時松陽縣城南門突然緩緩開啟，等到大門開到一定程度後，受困城內的湘軍竟整隊殺出，有如千軍萬馬踏著飛濺的雨水和更南方的臺勇部隊真的呈現前後夾擊。

李世賢看看前頭殺出的湘軍來勢洶洶，後頭又有千名臺勇部隊不斷追擊，就連那先前棋逢敵手的強將林文明，這時也已手舉偃月刀，出現在南方臺勇部隊中殺了過來，讓李世賢只能瞪大雙眼呆坐戰馬上頭。

從南門湧出的湘軍，最後頭騎在馬上壓陣的，是一名五十來歲的中年男子，這名中年男子身型有些矮胖，但雙眼炯炯有神，一嘴黑白相間的鬍鬚，看起來頗具威嚴，正是那浙江巡撫左宗棠。而左宗棠身旁，還有一名面容十分清秀的年輕男子，一下就策馬殺進太平軍中，左刺右劈，沒一會兒已殺得太平軍遍體鱗傷。

李世賢本來還在觀望這名年輕男子的武勇氣概，正想讚嘆的當兒，突然被人打斷。

「侍王，我們真的不行了，快撤啊！」一名親信鐵騎不待李世賢答應，已拉著侍王的戰馬轠繩，一齊逃向松陽縣城外的西側堡壘。不過三萬多名太平軍早已因為對於臺勇的恐懼和湘軍的強勢出擊，再加上侍王李世賢負傷的消息，讓整個太平軍亂成一團，這下子就連守在松陽縣城外的太平軍也開始出現互相踩踏的慌亂拔營場面，現在就連東、西兩側堡壘也已經不戰而退。

李世賢回頭一望，南方幾座太平軍堡壘已被拉倒，守營的太平軍更是死傷無數，李世賢不禁瞇起滿佈血絲的雙眼，看向已攻進南方堡壘的臺勇部隊，心中只有無比屈辱，尤其是帶頭的那個林文察，先前埋伏在林徑中的臺勇到底是怎麼樣在雨中發槍，甚至是從何處發槍，或是到底確實帶了多少臺勇，種種意想不到的奇策，都讓李世賢無法想透。被荒野邊陲的臺灣將領打得如此落花流水，更是讓李世賢恨之入骨。

原本應是勝券在握的戰役，如今卻受到如此慘敗的奇恥大辱，李世賢巴不得現在就提起偃月刀砍下臺將林文察的項上人頭。

李世賢儘管內心滿滿怒火，卻還是被戰馬帶向更遠之處，讓整個湘軍、臺勇以及被屠殺的太平軍，全都消失在視野之中。不過李世賢很清楚，這股仇恨永遠都不可能消失。

松陽縣城外，太平軍的南方堡壘，經過一陣短兵交接後，太平軍眼見帶頭的侍王早已逃離，根本早就了無戰意，只是爭先恐後逃離戰場。

經過一段時間，雨勢已趨於緩和，只剩下綿綿細雨，松陽縣城外的太平軍全都拔營而逃，太平軍死傷無數，更有千名賊兵被俘，此刻林文察和左宗棠都騎在馬上，並肩來回巡視著戰果，而左宗棠的後方，則跟著先前那名奮勇殺敵的年輕男子，顯然就是左宗棠的貼身護衛。

「文察啊，多謝相救，你不但年輕有為，又還足智多謀——」左宗棠頷首笑著。「這戰功如此彪炳，只屈居副將實在可惜，我定要向上保舉，趕緊補上總兵之缺啊！實在不只長毛賊的內憂，現今列強對我大清虎視眈眈，都想侵佔邊境，大清實在需要更多像文察這樣的忠勇志士！」

確實，不僅太平天國的內憂，早在兩年前的第二次英法聯軍，外患更是直搗皇城所在的北京，又燒毀圓明園，還簽訂了不平等條約，這些都是忠誠志士所無法忍受的內憂外患。向來忠君報國的林文察，自是同樣與左宗棠一般憂心忡忡，兩人前已多次談論過富國強兵的方針，在想法上竟不約而同認為，邊陲之地如新疆及臺灣更需提防西方列強的侵略。

「左巡撫——」林文察一臉嚴肅地說著。「倒是我們上回談論的船政局確實有其必要，那西方列強均不安好心，船堅砲利才能富國強兵！我阿罩霧的火槍也是向洋人所學自行製造，雖然無法如洋人那般精巧，但在戰場上也算是堪用的利器，這些確實是我們必須慎重思考的強兵之計！」

「好！」左宗棠拍掌稱好，並滿意地笑著。「文察一片赤誠，我左某將來若能左右政局，定將此案上奏實行！倒是今日這戰文察真是戰得漂亮，如此奇兵真是神乎其技！」

「左巡撫，過獎了——」林文察合掌說著。「其實也是門下幕客謝先生獻策，我軍才能以寡擊眾，更何況敵人又是那最難對付的逆賊李世賢！」

「喔——」左宗棠雙眼微睜。「真有如此策士，那我倒想見見——」

「呃——」林文察顯得有些遲疑。「不過那謝先生脾氣倒也有些古怪，屆時還請左巡撫——」

左宗棠不待林文察說完，反先開口笑著：「若要說古怪，難道這謝先生還有我左宗棠古怪嗎！」

林文察聽完倒也不禁露出笑容，兩人接著只是相視而笑。

回頭一瞥，林文察又看到跟在左宗棠身後的那名年輕男子，林文察已經不只一次在戰場上見過他的武勇，本想上前詢問，卻突然被打斷了。

「阿兄，不好了！」林文明手提偃月刀，奔向林文察面前。

「文明，怎麼這樣慌慌張張的——」林文察輕皺眉頭，接著指向一旁開口說著。「這位就是和你提過的左巡撫，是我大清的中流砥柱。」

「是，參見左巡撫！」林文明手提偃月刀合掌對左宗棠說著。「在下林文察副將之弟阿罩霧林文明。」

「免禮、免禮，我不在乎這些繁文縟節——」左宗棠揮手笑著。「久聞文察之弟也是名猛將，想不到竟是如此高大威武！」

林文明抬頭看了看左宗棠，確實如兄長林文察所言，不同於一般輕視武人的文官，不過左宗棠身後那明俊秀的年輕男子，更是吸引林文明的目光。

年輕男子見到林文明看向自己，本想開口，但林文明因有要務在身，趕緊轉向尚在與左宗棠說話的林文察說著：「阿兄，不好了，據家勇傳回，臺灣阿罩霧被亂黨進攻了！」

原本臉上還掛著微笑的林文察，突然板起臉孔說著：「什麼亂黨，我聽不懂！」

「是戴潮春那逆匪聚眾攻打彰化城，聲勢浩大，已攻佔彰化城——」林文明緊皺眉頭說著。

「原先阿叔和四塊厝林日成一起率家勇跟著官兵勦匪，但那林日成竟然陣前倒戈，反攻打阿罩霧加入亂黨，聽說、聽說——」

「文明，快說！」林文察不耐地催著。

林文明高舉起偃月刀重重敲地，並憤恨地說著：「那林日成久攻阿罩霧不下，竟還將我們的祖墳挖出來洩憤！」

「林日成這狗賊，可恨、太可恨了，這太可恨了！」林文察眥目可裂，儘管左宗棠還在身旁，還是忍不住大聲吼了出來。

整個臺勇部隊及湘軍本來還短暫沉溺於勝戰的喜悅，卻一下全被大將林文察的怒吼嚇得噤若寒蟬。

第三回

憨虎猛攻阿罩霧　文明渡海援莫國

——清同治元年（西元1862年）四月，臺灣阿罩霧林家。

「鳳兒，這到底該如何是好？」

一名年近五十的中年男子，站在阿罩霧林家大宅外地勢較高的大草坪上憂心忡忡問著。中年男子身旁還有一名二十來歲的青年，望著遠處山腳下來回踱步。

阿罩霧位於臺灣中部，是一個雲煙時常繚繞的美麗地方，不過此刻在熾熱的太陽下，天空中沒有一朵雲兒遮蔽，讓整個視野相當清晰可見。

青年走了好一會兒才開口說著：「阿爸，讓我再想一下——」

這名中年男子留著八字鬍，頭髮有些斑白，便是阿罩霧林家「下厝」的族長林奠國，而一臉書生氣息，但面色帶有病容的青年，則是林奠國的長子林文鳳。

而阿罩霧林家之所以還分為「頂厝」及「下厝」，必須由阿罩霧林家開臺祖說起。阿罩霧林家開臺先祖林石渡海來臺，在彰化大里杙庄購地墾耕，多年後累積財富，更成為當地林姓族長。原已發展至相當規模，不過乾隆五十二年（西元1787年）爆發的林爽文抗清之亂，林爽文雖同居大里杙，但並非林石族人，卻因居住地相近，林石又為大里杙族長，即便在林爽文亂起，林石更極力勸阻，林石仍被清廷認為與林爽文之亂有關，而被捕下獄並抄沒財產，後病死於獄中。

林石長子林遜早逝，在林爽文亂平後，因林石家族也被牽連，林遜遺孀黃端娘獨自帶著二子林甲寅及林瓊瑤，由大里杙逃往阿罩霧。長子林甲寅頗具祖父林石風範，在阿罩霧重新展開經營，規模甚至超越祖父林石，為阿罩霧林家奠定堅實的經濟基礎，其長子林定邦及次子林奠國，後分別發展為阿罩霧林家「下厝」及「頂厝」兩大分支，兩家大宅都建在阿罩霧比鄰而居。而「下厝」林定邦的長子即為林文察，次子則是林文明，「頂厝」族長則為林奠國，其長子則是林文鳳，林文鳳的姪子更是後來的「臺灣議會之父」林獻堂。

「可恨，林日成這狗賊！」林奠國恨得牙癢癢。「竟敢陣前倒戈，還擅殺秋知縣，這下就要率大軍圍攻我們，到底該如何是好？」

林文鳳見到父親如此焦急，再看看阿罩霧庄上，因為主力家勇都跟隨林文察及林文明赴大陸征戰，經過清點後，整個阿罩霧的頂厝及下厝，合起來只剩下七十二名壯丁。

見到林文鳳還是沒有回應，林奠國焦急地說著：「鳳兒，為了保全阿罩霧，你覺得阿爸去跟林日成議和好不好？」

「阿爸，這萬萬不可！」林文鳳輕皺眉頭說著。「這『憨虎晟』敢這樣叛亂，就是下定決心與『戴逆』合流，而四塊厝『憨虎晟』此時舉事，恐怕就是為了替族人林媽盛復仇，我想他不可能接受議和，一定是想藉機滅掉及併吞我們阿罩霧林家。這點阿姆也很清楚，都已準備好短刀在身，也囑咐所有女眷，隨時準備殉身，就是不願被亂黨侮辱，再來就只能指望文察阿兄及文明阿兄他日率兵回來復仇。」

林奠國一聽，不覺內心更為沉重，就連下厝林文察及林文明母親林戴氏，都已抱必死決心，看來這次亂黨舉兵攻來，恐怕阿罩霧林家已是凶多吉少。

「咳、咳——」林文鳳不禁輕咳了幾聲，但咳嗽止住後，依舊還是來回踱步，細細回想著這一切的變故。

話說臺灣清治時期三大民變，分別為朱一貴、林爽文及戴潮春事件，其中尤以同治元年戴潮春事件為臺灣歷時最長及範圍最廣的反清民變。林文鳳先前口中所說的「戴逆」及「憨虎晟」，便是那「戴潮春之亂」的「戴潮春」及「林日成」，兩人皆為亂事中最關鍵的人物。

戴潮春，字萬生，為臺灣中部地主，家境十分富裕，原由彰化縣知縣委辦鄉勇以遏制當地盜匪，不過戴潮春卻藉機發展天地會組織，僅僅數月便將團練「八卦會」擴張至十餘萬人。而後因勢力過大，受到官府鎮壓，戴潮春部下八卦會總理洪氏遭到殺害，激起反清勢力群起反抗。時任彰化知縣的秋曰覲除親自帶領官兵鎮壓外，並招募阿罩霧頂厝林奠國與四塊厝林日成共同掃蕩。不過阿罩霧林家素來與四塊厝林家積怨已深，沒多久四塊厝林日成陣前倒戈，反而擊殺知縣秋曰覲，一時官方陷入混亂，使八卦會勢力更為龐大，戴潮春也順勢被推上領導地位，正式舉兵抗清。不久，戴潮春攻克彰化縣城，自封東王大元帥，並封林日成、陳弄與洪欉為南王、西王與北王，廣設官位與建立制度，控有近乎整個臺灣中部與部分北部地區。

戴軍南王林日成，又名林晟，綽號「憨虎晟」，便是先前遭林文察兄弟倆為父報仇而活剖其心的林媽盛族人。當年林媽盛被殺害後，林日成等族人更高掛死者血衣祭於庄上，誓對阿罩霧林家報此血仇。因此生性好鬥的林日成，更藉由戴潮春起義，想趁機攻打仇敵阿罩霧林家。

「咳、咳——」林文鳳繼續踱步思索，不禁又咳了幾聲。「阿爸，這戴逆來自四張犁，而憨虎晟則是四塊厝，還有那萬斗六的洪家，早與我們因田產及水源結仇也不可信，這樣一來這三家必連成一氣，我們阿罩霧將會被三面包圍，之後恐怕僅能靠後頭的山路與外界求援。」

「鳳兒——」林奠國一臉憂心忡忡。「這不用你說，阿爸也知道啊——」

「阿爸——」林文鳳打斷說著。「我有一計，或許可行，但不知道能撐多久，最終還是得靠外援才能長守——」

林奠國這幾年偶爾也會跟隨姪子林文察，四處參與平定臺灣大小亂事的戰役，向來也只會領著鄉勇向前殺敵，倒沒有長子林文鳳那麼沉穩。雖然不知道林文鳳有什麼計謀，但看著這體弱多病的長子林文鳳，不禁有些感慨，要是他能像堂兄林文察及林文明那般身體健壯，以林文鳳的冷靜沉著及足智多謀，一定也能如林文察及林文明一樣立功沙場。

經過林文鳳一整日的佈署，這僅剩的七十二名壯丁，眼見大難臨頭，但因長久受到阿罩霧林家的照顧，都表示願意效死，不管是頂厝或下厝的人馬，全都聽著林奠國及林文鳳的指示。林文鳳將這七十二名壯丁分為數隊，扼守阿罩霧所有聯外要道，每一小隊更是配上數十支火槍及數量龐大的彈藥。

因阿罩霧林家所在位置地勢較高，聯外道路較為有限，只要在適當的位置架上火槍及大砲，或許還是可以有一拚高下的機會。

傍晚，阿罩霧壟罩在夕陽的一片慘紅，而林日成近上萬大軍已將阿罩霧林家三面包圍，帶頭的南王林日成，個頭粗壯，濃眉大眼，身穿鎧甲殺氣騰騰，在地勢較低的山腳下不停叫囂著：「林奠國，你、我一場舊識，只要乖乖受降加入大元帥陣營，不再受命於滿賊，我等定會不計前嫌，從輕發落！」

林日成口口聲聲希望阿罩霧林家能直接投降，就既往不究，不過林奠國及林文鳳當然很清楚，一來阿罩霧林家林文察已是大清國的武官，不可能投入亂黨，另一方面林日成為報林媽盛之仇的意圖已相當明顯，這一切不過都是林日成的信口胡言。

「阿爸，我們絕不能上當——」林文鳳眼神堅定說著。「那憨虎晟並不知道我們阿罩霧還剩下多少男丁，但知道我們槍砲相當充足，家勇也善於火槍，根本就不敢冒然攻上。況且他們人勢雖眾，大多是被脅迫的農民，未必就有戰意，只要固守要道，我們還是有一較高下的本錢。」

儘管林文鳳這麼說著，林奠國還是顯得愁容滿面，看著山下蠢蠢欲動的上萬名亂黨賊人，林奠國更是眉頭深鎖。

山腳下的林日成經過無數次的叫囂，眼見阿罩霧林家不願回應，林日成終於還是拔出腰際大刀向前一揮，在夕陽餘暉的照耀下，上百人的部隊開始向上進攻。

「咳、咳——」林文鳳輕咳幾聲，而後趕緊揮舞令旗開口說著。「開砲，就是現在！分次開砲！」

兩座大砲原本就瞄準山下要道，聽到林文鳳的號令後，一座大砲先是「砰」的一聲，將山下炸了一個大洞，也讓林日成的先鋒部隊傷亡慘重，而沒被大砲波及到的賊兵，卻因為這震憾的場面不禁停下進攻腳步。但這些賊兵還沒來得及想好是否繼續進擊，第二座大砲又朝向他們發射過來，這下這些猶豫不決的賊兵，便直接被砲擊所炸飛。

剩下的殘存部隊，大多都是未經戰事的農民，見到同伴多已傷亡，又見到大砲如此恐怖，早已失去戰意往回撤離。

林日成見到先鋒部隊如此不堪，憤恨地大吼著：「誰敢陣前逃亡，斬！」看到部隊潰散，根本不聽指揮，林日成氣得直接揮刀將經過身旁的逃兵砍下，卻也無法阻止士兵繼續潰散。

林文鳳見機不可失，又揮舞令旗變換戰術。這時扼守要道的所有壯丁，及換上家勇服裝、假扮男裝的女眷，全都聚集在兩座大砲旁，男丁在前、女眷在後層次排開，雙手紛紛高舉不同兵器，由男丁不斷大聲叫囂著。

在西沉夕陽的照耀下，林日成的賊兵仰頭望去，實在看不出在阿罩霧林家內到底有多少家勇。乍看之下，光是這兩座大砲就有上百名家勇守護，整個阿罩霧林家恐怕少說也可能有上千名家勇留守，也難怪林奠國面對林日成近上萬大軍，還能老神在在守在山頭。

林日成不甘先鋒部隊如此不堪一擊，想要自己領軍上攻，卻因為阿罩霧火槍部隊向以精準聞名，也遲遲不敢親自領兵前進。將先前數十名逃兵就地斬首後，其餘賊兵見狀也只好硬著頭皮乖乖聽從林日成的指示，在入夜後發動第二波攻擊。

這第二波攻擊，林日成直接派了近千名部隊一次上攻。而林文鳳對於這第二波攻擊早有準備，眼見萬斗六洪家並沒有加入林日成的圍攻，林文鳳已將原本佈署在其他要道，防守萬斗六洪家的壯丁及另外兩座大砲全數調回，僅留女扮男裝的女眷在要道守候，必要時再回報戰情適時調動。

面對千名賊兵來勢洶洶的進攻，這次阿罩霧林家擁有四座大砲輪番砲擊，儘管裝填大砲需要時間，但在四座大砲輪流發射之下，已成為不間斷的砲火，而阿罩霧林家向來自行生產火槍、彈藥，並擁有自己的兵器庫，因此這些砲火數量可說完全沒有後顧之憂。

「砰！轟！砰！轟！砰！轟！」

黑夜之中，林日成的部隊根本不知道阿罩霧林家究竟擁有幾座大砲，只見砲火不停飛來，不擅長作戰、受林日成所迫的農民賊兵，一下就成為砲火下的犧牲品。幾支屬於四塊厝林家家勇的百人部隊，因為擁有較豐富的作戰經驗，好不容易在人海戰術的保護下攻上山頭，回頭一望根本已無後援。再看向前方，黑暗之中的阿罩霧林家山上要道竟無守兵，想來先前都只是虛張聲勢。

「砰！砰！砰！砰！砰！」

這幾支林日成直屬的家勇部隊，原以為有機可趁，但萬萬沒想到，阿罩霧林家家勇就是擅長躺臥在地以趾架槍，早就分隊佈署，佈滿山道間瞄準敵人。

「砰！砰！砰！砰！砰！」

在林文鳳的戰術下，每一小隊輪番開槍，每一隊並有另一群女眷負責不斷填彈，也讓這火槍成為完全不間斷的連續槍火。

「他們到底有多少人啊！」一名賊兵慌張嚷著。

在黑暗中，儘管星空閃耀，但這群林日成的家勇，根本就不知道阿罩霧林家究竟擁有多少壯丁守護，只見身旁的同伴不斷中槍倒下，而這無情的槍火根本就完全沒有停止的跡象。

這名賊兵還來不及繼續開口，也被彈藥擊中應聲倒地。

山道上的砲火還是沒有停止射擊，儘管林日成眼見情勢不利，又揮軍發動第三波攻擊，但此刻山頭上，卻滾落近百名賊兵遺體，讓第三波進攻的部隊各個表情慘澹，很不想就這樣上去白白送死。

後頭被林日成所逼迫的賊兵，見情勢不對，又看黑夜之中林日成也難有作為，這領頭將帥如此無能，又不願意身先士卒，盡逼其他人上前送死，早已有上百名農民相約逃竄。因為逃兵眾多，林日成也無法阻擋，這一連串的效應，一下就讓林日成的萬人賊兵，少掉了上千人。儘管聲勢依舊浩大，不過整支軍隊的士氣已大受影響。

第三波攻擊還是在阿罩霧林家輪番的大砲及永不間斷的火槍攻擊下，愈來愈多賊兵只是上前一段路，看見猛烈砲火來襲，也就拐彎逃竄，根本不想向上進攻。

林日成後續又發動第四波、第五波攻擊，依舊沒有任何部隊攻上山頭。曾有一支部隊甚為接近，還是在火槍陣的直接掃射下，一一滾落山下。林日成眼見情勢不利，也逐漸無力進行更大規模的進攻，不知不覺中，阿罩霧林家的猛烈砲火，竟也已持續至隔日黎明。

眼見刺眼的朝陽再次冉冉升起，山頭上的阿罩霧林家，在林文鳳的指揮下，家勇已分批進行短暫歇息。

「咳、咳、咳——」林文鳳雙眼滿佈血絲，忍不住猛咳一陣，手中依舊緊握著令旗。

「鳳兒，身子本就不好，快去歇息吧——」林奠國輕拍林文鳳後背說著。「這裡有阿爸我坐鎮，我看林日成那狗賊也暫時不敢發兵進攻，快去歇息吧！」

儘管一整夜父親已苦勸多次，林文鳳就是不願意放手，無時無刻不親掌令旗調度指揮。曙光乍現，照得阿罩霧山腳下一片亮光，原本林日成的上萬賊兵，這時一看數量確實減少將近一半，並非賊兵陣亡千名，而是在阿罩霧砲火猛烈攻擊下，再加上林日成領導無方，潰散的賊兵遠比陣亡的人數多上好幾倍。

「咳、咳——」林文鳳這時又狂咳一陣，原本林奠國想要上前扶持，卻被林文鳳揮手制止。林文鳳知道自己身體已有些撐不下去，看起來山下的賊兵也暫無進攻之意，這下總算將令旗交給父親，自己則搖搖晃晃往阿罩霧林家大宅走去。

不知道過了多久，返回大宅穿廊倚牆而坐的林文鳳，本只想短暫歇息，再次甦醒時，卻發現已身在自己的床上，被人這樣搬動竟完全沒有察覺，可見自己真的沉沉睡去。

帶著昏昏沉沉的身子，林文鳳走到大宅外的草坪上，天空已滿佈星辰，想不到這一睡竟已過了一日。四周寂靜無比，想來在父親林奠國接手指揮後，林日成經過前一夜激烈的戰火，依然久攻不下，也只能採取圍庄策略，未再發動任何攻擊。

儘管入夜以後，陣陣微風吹拂而來，令人相當涼爽。不過林文鳳眼下還是相當關心目前戰情，便繼續往前線山道方向走去。

半路上，聽見遠方傳來一陣騷動聲，林文鳳趕緊加快腳步一探究竟。

原來十名身穿阿罩霧林家家勇服裝的壯丁，此刻正一拐一拐往林文鳳這方向吃力走著，各個身上滿是刀傷痕跡，有幾名傷勢較為嚴重的家勇，更是需要在旁人的攙扶下才能行走。

「少家主，這些是從山腳下戰場逃回的阿罩霧家勇——」一名身材較矮的精壯男丁反握大刀合掌說著。

「咳、咳——」林文鳳咳了幾聲後，抬頭看看天空，上頭繁星點點，若不是阿罩霧此刻正被圍攻，將會是一個相當舒適的夜晚。林文鳳想想自己也已經過一日的沉睡，不過因為前一日不眠不休領兵作戰，身體上還是極為不適。

林文鳳停頓了好一會兒後，突然湊到這名家勇耳邊說著：「我記得你是下厝的家勇，叫做戴乞是吧？」

這名叫作戴乞的家勇，見到林文鳳刻意壓低聲音說話，也默不作聲只是微微頷首回應著。

林文鳳繼續在戴乞耳邊說著，沒多久，戴乞便領命退下。林文鳳繼續向前走去開口說著：「諸位勇士，辛苦了——」

這些負傷的家勇眼色警覺看著林文鳳，接著其中一名家勇才開口說著：「是啊，少家主，那林日成真的勢不可擋，當日他宰殺秋知縣後，竟又向我們進攻，我們被賊兵衝散後，這可是好不容易拼了老命才又逃回阿罩霧——」

林文鳳掃向這些負傷的家勇，接著滿意地點點頭，沒一會兒，林文鳳身後出現一名在戴乞帶領之下的中年男子迎面而來。

「文察阿兄，你來看一下——」林文鳳輕拉著中年男子說著。「這些家勇拚命跑來阿罩霧，該不該重賞？」

這幾名負傷家勇，一聽到林文察竟出現在阿罩霧庄，各個只是瞪大雙眼無法置信。

眼見這名被林文鳳稱作「文察阿兄」的中年男子沒有說話，只見林文鳳又湊過去和中年男子交頭接耳，這才轉過來和這些負傷家勇們說著：「好的，就依文察阿兄之意，這些家勇們有賞，而且還是大賞！」

負傷的家勇們聽到後均雙眼一亮，不過林文鳳接著繼續開口說著：「戴乞，帶這些四塊厝家勇領賞！」

眼見一群壯丁在戴乞的帶領下圍了過來，林文鳳突然大吼一聲：「全都拖下去宰了！」

「少家主，這是怎麼一回事啊？」一名負傷士兵帶頭哀求著。

「咳——」林文鳳輕咳一聲，接著指向一旁的中年男子說著。「這頂厝族長林奠國都不認得，你們還敢自稱是阿罩霧的家勇，根本就是憨虎晟那狗賊的奸細！」

「這——」這群偽裝負傷的家勇，有些因為沒看過林文察或林奠國，就算先前見過，也因為這兩人有血緣關係，又對兩人均不甚熟識，以為只是長相接近，對於林文鳳剛才的話語，自然也就信以為真，但萬萬沒想到這是林文鳳所設下的陷阱。

這些奸細本就想利用地方豪強家勇甚多，而阿罩霧林家又分為頂厝及下厝，兩者的家勇也未必會全部認識，更何況家主要認識全部的家勇更是難度甚高。奸細們眼見計謀被林文鳳識破，紛紛想要抽出腰際大刀，而一旁的戴乞等其他家勇早有準備，搶先一步揮刀砍人，沒多久便將這群奸細幾乎全數解決，僅剩幾名奸細想要逃跑，卻還是被更後頭的家勇所斬殺。

「鳳兒——」林奠國看了看這些奸細全被剷除後，露出滿意的笑容說著。「好眼力，竟識破林日成那狗賊的奸謀！」

不過林文鳳絲毫沒有喜悅之色，只是微微搖頭，接著對戴乞開口吩咐著：「戴乞，將這些奸細屍首全都丟下去，讓憨虎晟看看自己的計謀是何等高明！」

戴乞退開後，林文鳳想要繼續走向前線山道，卻被林奠國一把拉住說著：「鳳兒，身子不舒服，就不要勉強，我看林日成那狗賊已暫時歇兵不攻，想來是要進行長期圍庄，才先派奸細前來刺探——」

「阿爸，我身子還行，反倒是阿爸才該去歇息——」林文鳳將父親林奠國手中的令旗搶過說著。「這圍庄不攻，雖可讓我們暫時歇息，但因大部分水源已被賊兵截斷，長期下來也非好事，一定要等待外援反攻，才能讓賊人退兵——」

林奠國見林文鳳說完後又再次勉強自己往前走著，但他也知道自己兒子雖頗有兵略，個性卻也有些執拗，也只能看著林文鳳慢慢離去。

過了好一陣子，林奠國已經過短暫休息，但還是放心不下，又往山頭要道走去。只見林文鳳端坐在椅子上，靜靜俯瞰山下動靜。

「鳳兒，一切可還安好——」林奠國見到林文鳳便面露擔憂問著。

林文鳳只是凝視山腳下冷冷說著：「一切還好——」

儘管林文鳳如此說著，林奠國卻還是看見山腳下的某處，有熊熊烈火燃燒著。這不看還好，再仔細一看，林奠國這才發現那群賊兵點燃烈火焚燒之處，便是那阿罩霧林家的祖墳。

「可恨！可恨啊！」林奠國滿臉怒容，抽刀高舉吼著。「全部都跟我下山斬殺畜生！」

「咳、咳，阿爸——」林文鳳站起身來擋在林奠國面前，儘管林文鳳面有病容，但那對堅定的雙眼，氣勢一點也不輸給極為憤怒的林奠國。「你這是要去誤入憨虎晟的陷阱嗎？挖人祖墳、毀人屍骨，這是何等缺德之事，那憨虎晟敢作這擋損陰德的劣事，他日族人必遭報應。況且先祖屍骨已被毀，阿爸這樣率領剩餘的七十餘名家勇衝下去，再來就是整個阿罩霧林家的滅亡，這便是那賊人的算計。只要我們置之不理，這一切都還算安好，不是嗎——」

「哼——」林奠國儘管知道林文鳳的戰局分析非常有理，但實在嚥不下這口氣，用力將大刀插回刀鞘，接著還是相當氣憤，只是來回不停踱步。

林文鳳本想繼續開口說些什麼，這時卻有一名家勇慌慌張張跑過來說著：「報、報告家主、少家主，後面、後面山頭——」

「什麼！後面怎麼了！」林文鳳瞪大雙眼說著，那處便是林文鳳最為懼怕的防線缺口。

林奠國看到平時冷靜沉著的林文鳳，竟也顯得有些驚慌失措，也不覺跟著緊張起來。

這名家勇繼續吞吞吐吐說著：「後、後頭山林中出現近兩百名壯漢，但就只是站在那邊沒有動作，帶頭的自稱是『羅冠英』，要求面見家主——」

「咳、咳，羅冠英？是那東勢角的羅冠英嗎？」林文鳳驚叫著。

「這我就不知了——」通報的家勇說完後只是低下頭去。

「戴乞，這裡交給你守著——」林文鳳將手中令旗交給戴乞，接著轉身對林奠國說著。「阿爸，我們快去看是怎麼一回事——」

林奠國與林文鳳這對父子帶領幾名家勇，以極為快速的步伐，通過林家大宅，一下就出現在大宅後的草坪上。

眼見後頭山林前真如先前家勇所言，已有近兩百名壯丁聚在那頭，而站在整個隊伍最前頭的，則是一名濃眉細目的壯年男子，手持火槍扛在肩上，臉上堆滿笑容說著：「拜見林家主，聽聞阿罩霧被賊人所圍，我們星夜繞過山頭趕來救援，還好並未來遲！」

林奠國只是一臉嚴肅合掌說著：「羅勇首，幸會，幸會，好久不見！」

原來這羅冠英是東勢角粵人，平日急公好義，熱心為地方主持正義，同時也是名使用火槍的高手。之前也曾多次率領所屬粵勇跟隨林文察的官兵在臺灣四處平定大小械鬥亂事，就連林奠國也曾與羅冠英同陣殺敵過，當然也認得眼前這名漢子。

「晚輩是林奠國長子林文鳳——」林文鳳帶著微笑迎向前去說著。「感謝羅勇首翻山增援，真是我們阿罩霧的大幸，歡迎至極！」

有別於林奠國一臉嚴肅，見到林文鳳如此熱情迎接，羅冠英微微回頭揮手，示意要身後的兩百名粵勇向前移動。

林奠國見到羅冠英率領兩百名粵勇特別前來增援，本應該是一件很高興的事，但此刻林奠國的臉色卻愈形暗沉，接著將林文鳳拉往一旁小聲說著：「這、這羅勇首我是認得，也和他一同隨文察作戰過，但此刻局勢不明，先前又有林日成那賊人的奸細混上山來，這些粵勇真的沒問題嗎？阿爸我是有些反對讓他們進入阿罩霧——」

「咳、咳——」林文鳳此次是假意發出咳嗽聲，接著壓低聲音對林奠國說著。「阿爸，那後頭山林本就是我最擔憂的防線缺口，他們從那頭翻山而來，人數如此眾多，若是敵方大可直接進攻，不需如此拐彎抹角混入我方陣營，若是友軍這就是我所期盼的外援，豈可如此怠慢。我軍虛張聲勢暫時擋下憨虎晟猛攻，但時間一久還是可能會被識破，這裡就交給我處理，阿爸你可以先去山道那邊防守——」

林文鳳說完後，突然走向羅冠英縱聲大笑：「哈、哈、哈，我阿爸還有事要忙，但阿爸說得是，我怎麼如此無禮呢？各位英雄好漢，如此辛苦奔波，還請先隨我進林家大宅的院埕前稍作歇息吧！」

林奠國見到林文鳳完全不聽勸告，直接將這兩百名粵勇引入林家大宅，儘管覺得甚為不妥，不過由於知道林文鳳富於謀略，也就只能努力壓抑自己忐忑不安的心情。

林文鳳帶領以羅冠英為首的兩百名粵勇進入頂厝大宅院埕後，又不顧其他族人反對，吩咐家僕殺牛款待，接著又請家僕搬出一箱箱沉甸甸的木盒置於院埕前。

其實阿罩霧林家上上下下，都跟林奠國有著同樣的疑慮，根本不知道這群粵勇是敵是友，紛紛對於引入這群壯漢表示反對，不過林文鳳力排眾議，還是一一說服族人相信他的決定。

「少公子，真是太客氣了——」羅冠英邊用著豐盛的晚膳邊說著。「協助官軍陣營抵擋亂黨，本就是我等地方義勇該做的事！」

「別這麼說——」林文鳳笑著。「羅勇首急公好義，向來廣為人知，款待諸位英雄好漢，本來就是應該的！」

林文鳳接著揮手要家僕打開那一箱箱的木盒，原來木盒內所裝的，竟然全都是白花花的銀兩，目測概算少說也有數萬兩銀。

「少公子，這是——」羅冠英突然瞪大雙眼說著。

「別見外、別見外——」林文鳳轉向所有粵勇大聲說著。「諸位英雄好漢，我阿罩霧林家大難臨頭，感謝各位好漢前來援救。這錢財乃身外之物，若是諸位英雄好漢願意奮勇斬殺亂黨，日後必有重賞！若是不幸遇難負傷者，也會以此慰問家累！」

「少公子，別這樣——」羅冠英輕皺眉頭說著。「我等本就該協助大清官兵抵禦亂黨，絕不是為了這些銀子！」

林文鳳搖搖頭：「羅勇首，這我知道，但諸位英雄如此辛勞，我阿罩霧有錢出錢，有力出力，就是要和諸位英雄齊心協力，共同對抗那亂黨賊人，不能讓諸位英雄有任何後顧之憂！」

羅冠英聽到後，雙眼不覺有些溼熱，突然單膝跪地合掌說著：「少公子，我等不過一介莽夫，竟然如此款待，又處處替我們設想，真令我們感動至極，明日一定為協防阿罩霧而奮勇殺敵！」

原來羅冠英本就因為拒絕加入戴潮春陣營，而遭受亂黨攻擊，造成不少同伴傷亡，這群粵勇自然對戴潮春亂黨痛惡至極，早就決心要協防阿罩霧削弱亂黨勢力。

後頭的兩百名粵勇本就對阿罩霧如此熱情款待及重金禮遇滿懷感念，又聽到林文鳳如此誠意相待，最後又見到勇首這樣單膝跪地宣示，也紛紛放下手邊碗筷，跟著單膝跪地合掌大聲喊著：

「少公子，我等願效死！」

阿罩霧林家原本可能失去強力外援，好在林文鳳冷靜沉著處理得宜，一下就增加了強大的兩百名勇丁。而林文鳳殺牛款待、重金禮遇的消息一下就透過後山補給傳遍各地，讓更多鄉勇聞風而至。幾天後，後頭山林中又出現三百名勇丁，讓協防阿罩霧林家的壯丁，一下就多了五百名。

這下這場激烈的阿罩霧攻防戰，在強力外援的協助下，守勢更為穩固，而林日成困守山下多時，也不知道山上的阿罩霧林家究竟有多少家勇守護，還是忍不住再次發動攻擊。但這次經過短兵交戰後，林日成因阿罩霧上頭衝下的上百名勇丁，皆因重賞而奮勇殺敵，儘管人勢雖眾，卻還是吃下慘敗。從此林日成再也不敢有任何動作，只能持續圍庄，阿罩霧林家也因此才在林日成的猛攻中倖存下來。

——經過三個月的堅守，阿罩霧林家的守勢總算有了轉變。

「阿爸——」林文鳳站在山道前凝視著山腳下說著。「我想文明阿兄近日可能已渡海反臺，我看戴逆和憨虎晸應該都撐不了多久了——」

儘管此刻阿罩霧看似一片風平浪靜，但前些日子，在林日成的猛攻之下，幾乎招致滅族的危機，這真是一段林奠國再也不願回想的痛苦記憶。

「可是我們都被圍住，你怎麼知道文明回來了？有人帶消息進來嗎？」林奠國一臉疑惑問著。

「阿爸——」林文鳳指向下方說著。「你看那山腳下圍庄的賊人日益減少，便是他們在其他地方可能遭遇強敵的徵兆。我想那官府的官兵並不足以對抗這群殺紅眼的賊人，你看前些日子曾總兵率六百名官兵渡海來臺增援，還是被賊人擊潰。唯一可能，就只有文察阿兄或文明阿兄返臺勦匪，但我看文察阿兄因為長毛賊前線戰事，應當不易告假，比較有可能的就是文明阿兄——」

這時山腳下傳來一陣騷動，林文鳳指向遠方說著：「來得早，不若來得巧。阿爸，你自己看——」

循著林文鳳所指的方向望去，遠處山腳下的賊兵，原本只是一如往常圍在要道上，這時卻不知道什麼緣故，竟然各個面露驚恐之色，只是一臉驚慌向四處逃竄。

再仔細一看，果然要道的更遠之處，出現一名手持偃月刀的大漢，便是人稱林二爺的林文明，揮舞大刀與所率家勇一同殺敵，而圍庄日久的賊兵早已失去戒心，一下就被林文明的偃月大刀擊潰。而另一頭則有一名身材精壯的年輕家勇率眾夾擊而來，正是那林文明戰場上的得力助手游捷。

面對官兵的兩面夾擊，眾多賊兵只能四處抱頭逃竄，賊兵見情勢極為不妙，一下便消失得無影無蹤。
又過了好一段時間，經過整軍盤點後，林文明手提偃月刀走在部隊最前頭，而游捷則緊跟在後，準備率領大批家勇返回阿罩霧林家。
不過就在這個時候，兩名轎夫抬著轎子賣力趕上隊伍，並一下就將轎子停在隊伍最前頭。沒多久，一名身穿官服的壯年男子從轎子裡走了出來。
「林二爺，行行好啊──」這名身穿官服的壯年男子一出轎便苦苦哀求。
「哼──」林文明先是瞪了一眼，接著以極為不屑的口吻說著。「要彈藥沒有，要軍餉也沒有，虧那丁曰健還是福建布政使，竟說向臺灣府領取，臺灣府說要向你彰化城討，你現在又說要由閩府撥款，你們這是存心弄人不是嗎？你們這些官府的人根本不能相信！」
原來這名留著八字鬍的壯年男子，便是彰化縣令凌定國。凌定國眼見林文明返臺後，因為閩府發不出軍餉的問題，先是沿途平定幾檔亂事，便憤而率軍返回阿罩霧解圍，並放話在軍餉未有著落前不再出兵。備受賊兵侵擾的彰化城，縣令凌定國這下只能不斷嘗試阻擋林文明的去路，卻還是被無情拒絕。
「哎呀，林二爺，行行好，這彰化城真的有難，軍餉的事好說、好說，這是上頭決定的事，就別為難小的，這要是搞砸的話、搞砸的話──」凌定國愈說愈激動，緊抓著林文明不放，只差沒有跪下去。
「凌定國──」林文明瞪大雙眼說著。「你只想到你的官途，也不敢為部隊極力爭取，有沒有想過我們這些弟兄已經多久沒領到軍餉，是要怎麼打仗，我阿罩霧可以短暫墊款，但不可能永遠墊款。他們已是官兵不是民間鄉勇，說到底還是得領官府軍餉，這意義大不相同，你還老想把我們當鄉勇看待。你到底懂不懂軍心，到底懂不懂領兵，只會坐在案頭咬文嚼字，賊兵就會自己散去嗎！」

「哎呀，林二爺，絕不是這樣的——」凌定國還想繼續解釋。

「游捷，我們走！」林文明重重甩開凌定國的手，同時手持偃月刀長柄尾端奮力震地後，頭也不回準備率隊離去。

懾於林文明的威武怒容，而一旁的游捷更是伸手作勢就要打人，凌定國一下就退到一旁，讓整支軍隊步向山道。不過隨著林文明高大身影逐漸遠離，經過的勇丁見到凌定國的落魄樣貌，再加上遲遲領不到軍餉，有人早已忍不住開始抱怨，更有人對凌定國發出無情恥笑。

自詡文人出身的凌定國，見到這群他向來不屑的莽夫竟然面露輕視，只是愈看愈氣，惡狠狠回瞪這些勇丁，最後更是瞇起滿佈血絲的雙眼，直瞪著遠方那帶頭的林文明，這股憤恨恐怕永遠都難以抹滅。

林文明萬萬沒有想到，這個對於官府不滿的坦率舉動，卻為日後的阿罩霧林家埋下了重大禍害。也由於林文明率兵渡海返臺，這下總算真正解除了阿罩霧的危機，但這聲勢浩大的戴潮春之亂，卻還是在整個臺灣中部持續延燒著。

第四回

戴軍堅守強弩末　奇計制敵湘公瑾

——清同治二年十二月，臺灣斗六城。

斗六城牆上戴潮春軍旌旗飄搖，而城門緊閉。城樓上有數名戴軍兵衛來回巡視，而城外遠方則有一名衣著輕便、頭戴瓜皮帽的清秀男孩，在斗六城外村落中四處遊蕩，更後方則有官兵紮營守陣。

早在年初之時，閩浙太平軍亂事稍獲舒緩，原浙江巡撫左宗棠因平定亂軍有功，升任閩浙總督，而林文察隨後也在左宗棠的極力提拔下，一路從副將、福寧鎮總兵升至福建陸路提督，成為掌管一省最高軍職，也是臺灣清治時期繼浙江提督王得祿後，官位最高的臺籍將領。

在清朝的官位制度中，為避免官員與當地有過深的利害關係，向來有讓官員至出身地以外省分赴任的慣例，因此在閩府中任職的主要官員如福建巡撫徐宗幹、福建布政使丁曰健及臺灣彰化縣令凌定國等，均非出身福建，不過這群祖籍來自不同省分的「閩官」，卻因為林文察後來的職缺均在外省，但因為太平軍亂事，又破例留任福建，再加上升遷迅速，種種優渥的待遇，也讓阿罩霧林家已成為福建閩官群極為不滿的眼中釘。在左宗棠原本的安排下，林文察其實已成為身兼陸路及水師的福建水陸提督，但因為軍權過大，受到所有閩官的極力反彈，左宗棠也只好在林文察上任前又改為陸路提督。

戴潮春在臺灣所引發的一連串亂事，儘管前一年在林文明告假率領千名臺勇返臺增援下，徹底解除了阿罩霧危機，但因為官府遲遲不發軍餉、彈藥，林文明也只是且戰且停。這樣的戰況一直延續到了今年八月，清廷為全力平定亂事，在閩浙總督左宗棠的保舉下，派出福建陸路提督林文察率兵自南部安平登陸平亂，但向來對阿罩霧林家不滿的閩官群，為了牽制林文察，由福建巡撫徐宗幹，另派任素與阿罩霧林家不睦的丁曰健任臺灣兵備道，領兵自臺灣北部滬尾登陸，兩者較勁意味相當濃厚。不過林文察在閩官群的抵制及牽絆下，一直遲至十月才正式抵臺。而後在林文察及丁曰健一南一北夾擊下，這才開始殲滅反擊戴潮春大軍。

儘管戴軍在丁曰健及林文察的猛攻之下節節敗退，此刻官兵更已收復彰化縣城，將戴軍勢力逼入斗六，但由於斗六城防禦堅固，又有戴軍精兵駐防，使戰情陷入前所未有的膠著。

林文察原以為門下幕客謝琯樵也能隨同返臺協助平亂，不過閩浙總督左宗棠另有任務交辦謝琯樵，僅承諾會另派智將協助，這也讓已經習慣與謝琯樵討論軍略的林文察甚為苦惱。眼看那斗六城土牆高聳，東有高山圍繞，北有東螺溪，西南還有虎尾溪環繞，易守難攻，就算林文察軍隊已身經百戰，也難以突破眼前的艱困障礙。

因為歷經多場大大小小戰役，斗六城外早已滿目瘡痍杳無人跡，放眼望去盡是斷垣殘壁。儘管四周寂靜無比，只有陣陣冷風吹過，原本就在城外遊蕩的男孩，依舊神情自若在一間間破屋中漫無目的來回晃著。

突然，斷瓦殘骸中跳出一個穿著破爛、手拄長柺子的男乞丐。

這乞丐倒也奇怪，不過二十來歲，好手好腳，為何不務正業，反倒做起了叫化子？而這塊地早已是一片廢墟，會在這裡遊蕩，想來並非乞討，而是想在殘骸中撿些好物。儘管叫化子滿臉黑漬，卻不難發現其五官頗為清秀，濃眉細目、雙眼有神，頗有書生面相，不過身上滿是補丁的破爛外衣卻顯得過於大件，微胖的體型與略顯消瘦的臉型倒也相當不符，會淪為乞丐還頗令人好奇究竟發生何事。

男孩被這突如其來的叫化子嚇了一跳，再仔細瞧瞧，叫化子的長拐子上頭以褐色破布層層包住，看起來活像個舉著蜂巢行走的怪叫化。

強作鎮定後，男孩微微轉頭繞過叫化子，想要繼續前進。

沒料到這叫化子突然一把拉住男孩，並開口說著：「這位小兄弟，你叫什麼名字？」

「哼──」男孩只是冷眼看向叫化子不打算回應，但這叫化子緊抓男孩的手臂，力氣超乎男孩想像，儘管試了幾次依舊無法擺脫，遲疑了一會兒才又開口。「『木易楊』！」

男孩的聲音出乎意料輕柔，這「木易楊」一聽就不是真名，倒可能是這男孩姓「楊」。

「喔──」叫化子輕挑雙眉說著。「這樣你我倒是同名，那我也叫做『木易楊』，不如今日合做兄弟吧！」

男孩面露嫌惡，惡狠狠瞪向叫化子說著：「要錢沒有，還不快滾！」

這叫化子聽了以後不但不以為忤，反倒還面露微笑說著：「聽哥哥我一言，莫在這凶險之地遊戲，速速返家歇息吧！」

男孩依舊緊皺雙眉不為所動，倒是叫化子繼續開口：「這兩軍對峙如此險惡，為何還執意在此遊蕩？」

「那你這臭乞丐又為何在這鬼鬼祟祟？我想返家也歸不得，這道路都被封住，兩軍對峙多日也不開打，不知還要多久才能回家，跟阿娘一起悶在阿姨家也無聊，不如來這邊玩玩。」

叫化子頗不以為然搖頭說著：「小兄弟未免太天真，這可不是兒戲，於兩軍對峙之際，隻身前來此地是多麼危險的事情？」

「我可不傻——」男孩顯得相當不耐，想要掙脫叫化子的手臂卻還是徒勞無功。「都已瞞過阿娘溜到這裡，沿路也閃過軍隊沒被發現，阿娘說亂黨快被平定，可以回彰化城。可恨這亂黨早早就攻破彰化城，就算能回去，家也不一定還在，又聽說林文察將軍率軍回去增援彰化城，我看彰化城恐怕又入亂黨手中。而斗六這邊雙方都已息兵多日，也沒個搞頭，反正我看這兩軍是不想打了，這裡倒也不甚危險。」

「你怎知今日兩軍不會交戰？」叫化子問著。

「我說不會就不會，這亂黨已無路可走，兩軍實力懸殊，只能死守此城等待官軍軍餉耗盡退去。」

叫化子雙眼微睜，眼前這男孩看來真的不傻，不但如此，倒對兩軍戰情剖析透澈。再仔細打量這名男孩，面容姣好清秀，看起來年紀大約十五來歲，衣著帽飾出自有錢人家，這樣的公子哥兒，只因戰事受困便隻身前來冒險。雖說兩軍對峙多日暫告休兵，但還是相當令人匪夷所思，不過能沿路閃過軍紀嚴明的林文察軍隊，這男孩確實也算有些本事。

就在叫化子還在思索之時，男孩突然奮力掙扎，這下總算掙脫叫化子的強力胳膊，往前方奔了過去。

「砰！」

一聲震天槍響劃過男孩耳際，並伴隨著刺鼻的硝煙味。

男孩被這驚天一響嚇得有些失措，不覺停下腳步，再轉頭一看，卻發現那叫化子右手緊握著不知從何而來的短小火槍，槍口還冒著白煙。再朝向叫化子槍口所對之處望去，遠方有一名身穿戴軍軍服的士兵，正手持長管火槍單膝跪地瞄向此處，但其胸口已逐漸染紅，沒一會兒便倒地不起。

叫化子一個箭步向前捉住有些目瞪口呆的男孩，並使力將男孩拉進破屋中。

不明白這叫化子究竟是何方神聖，男孩下意識從衣袖中抽出短匕反抗，卻還是一下就被叫化子給壓制在地。這一拉一扯之間，倒是讓男孩的瓜皮帽掉了下來，男孩雖結辮在後，前額並未剃髮。

叫化子再仔細一瞧，不覺驚叫一聲：「什麼！女的！」

「嗚——」

眼看這女扮男裝的女孩就要尖叫，叫化子趕緊摀住女孩嘴巴，並以手中短槍豎在嘴邊，示意要女孩保持安靜。女孩這才發現這短槍沒有火繩，恐怕是從洋人手中拿到的新款式。

由於先前已領教過叫化子力大無窮，儘管叫化子手上濃濃的硝煙味直入口鼻，女孩也無力反抗，瞥向這間舊屋牆壁上的破洞，女孩發現倒在遠方的戴軍士兵，周圍逐漸出現數名援軍，而且愈聚愈多。

女孩心想抵抗不過這神祕的叫化子，況且先前若不是叫化子即時開槍，女孩恐怕可能會成為那戴軍火槍下的亡魂，或許這叫化子並不是什麼壞人。即便如此，這叫化子到底絕非真的乞丐，但究竟是何方神聖？

見到女孩不再抵抗，叫化子收回摀住女孩嘴巴的左手，不過就在這一瞬間，叫化子感到背後有人接近，迅速拾起放置在地的長拐子轉身躍起。

「啊！別欺壓良善婦孺！」

一名十來歲模樣的小男孩，手上拿著木棍奮力揮向叫化子。

儘管小男孩根本不是對手，叫化子還是一下有些愣住，迅速回神後順勢輕撥慢繞，沒一會兒小男孩手中的木棍就被打飛。

這小男孩衣著華麗，看起來也是公子哥兒，不過左眼卻有白布眼罩蓋住，不知道是受了什麼傷。儘管叫化子一下就撥掉小男孩的木棍，但還是可以感受到小男孩的武家基礎。

「噓，這位小弟，別衝動，感謝相救，但他不是壞人，方才還救了我！」

女孩不知道什麼時候已跑到小男孩身邊，揪住小男孩衣領用力拉著，並指向可從破屋縫隙中看見的數名戴軍士兵。

叫化子原以為小男孩出身富家子弟，恐與這女孩系出同門，但從兩人互動看來並不相識，怎麼今日這麼不巧，有兩位富家子弟不約而同前來戰場前線遊玩。當然這小男孩也可能是迷路至此，但他又是如何躲過官兵陣營前來此處，難道林文察將軍部隊的軍紀真有如此渙散？連平民百姓都能自由進出戰場前線？想著想著倒讓叫化子頭疼萬分。

女孩這時已恢復冷靜，好似以姊姊的姿態牽著不知為何也出現在此的小男孩，一同潛伏在叫化子所倚的破屋斷壁旁。不過鑒於遠方已有戴軍士兵開始在各個破屋中來回搜尋，女孩刻意壓低聲音說著：「這位哥哥，你到底是何人？」

「妹子，我是誰並不重要——」叫化子顯得有些沮喪。「但這暗號已發，或許時機有些過早，事已至此，也無法再想。」

女孩馬上會意到先前叫化子應該已經發現那名持有火槍的戴軍士兵，才會刻意阻擋不讓自己繼續前進。而後因為要搭救自己所以擊斃那名士兵，因而提早發出火槍信號，這樣看來這叫化子恐怕與後方官兵有所關聯。

「啊！那邊，怎會這樣——」小男孩突然朝向後方小聲叫著。

循著小男孩所指方向望去，後方遠處的官兵陣營處處冒起柴草煙火，連一旁的甘蔗田也燃起燒煙，官兵陣營中軍馬慌亂聲四起。

「你！」女孩瞪大雙眼看著叫化子。

原以為叫化子是和後方陣營的官兵有關，但在叫化子發出訊號後，後方官兵陣營反陷大亂，一時之間女孩開始有些懷疑叫化子恐怕是與戴軍才有關聯。

「為何會這樣！」小男孩顯得格外焦慮，原本想要往官兵陣營方向跑去，卻被女孩一把揪住衣領。

「弟弟，不要衝動！」女孩說著。

眼看後方官兵陣營燒煙燃得更旺，陸續有軍馬開始向後撤退，這下讓女孩也有些擔心官兵陣營可能是被其他地方馳援的戴軍所襲擊。耳聞阿罩霧林文察將軍治軍甚嚴、所向披靡，想不到卻會被戴軍擊潰。

儘管天色已經有些昏暗，卻可以發現官兵陣營中竟出現戴軍的旗幟，而且愈豎愈多，亂成一團的官兵軍馬已開始大量撤離。

「阿爸！」小男孩叫了起來，女孩還是直接一把拉住。

「你這是要送死嗎！」女孩緊皺雙眉就像責備幼弟般說著。「你看看斗六城邊亂黨已愈聚愈多，這樣衝出去，不正好被逆黨追擊？官兵陣營又被亂黨援軍襲擊，現在進退都有困難了。」

「可是阿爸——」小男孩儘管只剩一隻右眼露在外頭，但可以明顯感覺右眼眼眶濕熱。

「你阿爸在軍中，會跟著軍隊安然撤離，倒是我們現在該怎麼平安脫身——」女孩轉向一旁的叫化子問著。「你到底和這亂黨有什麼關係？」

聽不到叫化子回應，女孩這才發現因為一直拉著小男孩，倒沒注意叫化子已經不在身旁，而是在另一側的斷壁邊觀望著斗六城的戴軍動靜。

原本緊閉的斗六城門這時緩緩開啟，沒多久，大門內衝出了大量戴軍士兵。

「殺！殺！殺！」

戴軍的震天喊聲響徹雲霄，沒一會兒如有千軍萬馬從城門傾瀉而出，破屋四周的殘瓦碎石被震得離地跳動。

叫化子右手緊握長拐子，伸長左臂將女孩及小男孩壓向牆邊，並以眼神示意兩人躲好後，便側著身體仔細盯著來勢洶洶的兵馬。

女孩愈想愈奇，這叫化子到底是官兵陣營，還是戴軍亂黨，著實有些模不著頭緒。由於天色昏暗，戴軍的目標就是前方的官兵陣營，飛馳而過的軍馬也沒注意到躲在破屋中的三人，或許三人真可藉此躲過這飛來的橫禍。

原本招逢這樣的亂事，沒見過真實戰爭場面的女孩與小男孩，應該非常驚惶失措，但不知為何跟在這叫化子身旁，卻有一種說不出的安心。

一波波的戴軍兵馬向官兵陣營直衝而去，奔騰而過的飛沙讓視野變得更為模糊。

「殺！殺！殺！」

過了一會兒，換上步兵隊伍高舉大刀向前狂奔，待到這波士兵的喧囂聲遠離後，四周又恢復一片平和。原以為這群士兵已全部朝向官兵陣營衝了過去，可以稍微喘一口氣，但沒多久，破屋外卻出現零星幾名士兵慢慢走著。女孩認出這些人正是先前聚在被叫化子槍殺倒地屍體附近的士兵，並沒有因為大軍衝鋒陷陣而放棄搜索可疑人物，其中帶頭士兵更舉著火炷而來，看來會在這些破屋間來回仔細搜尋。

「哈——啾——」

小男孩或許因為太陽下山後氣溫驟降，也可能是軍馬過境塵土飛揚，竟忍不住打了個噴嚏。

「是誰躲在屋裡，給我滾出來！」一名落在隊伍後頭的戴軍士兵對著破屋大聲喊著。

叫化子看向小男孩，小男孩自覺闖禍，只是摀住嘴巴低頭不語，但想想小男孩也非自己願意，實在也無法責怪，不過女孩倒是皺起眉頭，並伸手往小男孩頭頂輕捶下去。

「快出來！快出來！快出來！」

面對這樣的處境，女孩屏住呼吸輕皺雙眉，默默數著破屋外共有五名士兵，接著瞇起雙眼不知道在盤算什麼，沒一會兒雙眼一亮，微跆右足準備往屋外方向走去，卻被叫化子一把攔住。

女孩原還想掙脫叫化子繼續前進，但看到叫化子堅定的雙眼，或許他有更好的法子，也只好打消走出破屋的念頭。

叫化子轉身對女孩及小男孩伸出左手食指指向地上，示意要兩人留在原地，便提著長拐子緩緩往屋外移動。

「什麼！原來是死乞丐啊！」舉著火炷的帶頭士兵率先看到叫化子，因而不屑地說著。

「唉，還裝神弄鬼的——」另一名手舉大刀的士兵不悅地說著。

叫化子拄著長拐子一跛一跛走出屋外，並以左手指向自己的長拐子頂部笑著：「諸位大爺，我找到個好東西想給各位瞧瞧呢！」

眼見不過是個臭叫化，好似沒有威脅，而他手上的長拐子頂部倒是纏著層層褐色破布，活像個大蜂巢，倒也提起了士兵們的好奇心。

「臭乞丐，爺們倒想看看你拐子上的葫蘆裡賣什麼藥，要是你呼嚨我們，下場自然有你受的！」一名士兵刻意晃晃大刀訕笑著。

叫化子又向前走了幾步，圍住他的五名士兵也跟著往前移動，但他們當然不知道叫化子是刻意想引他們遠離破屋。叫化子停下腳步後，小心翼翼將纏在長拐子上的褐色破布層層卸下，漸漸露出銀白色的亮光，待到破布散去，才發現原來那長拐子是一柄銳利的紅纓長槍。

等到五名士兵意識到叫化子手中是把長柄兵器，還來不及反應，叫化子即以迅雷不急掩耳的速度，將紅纓長槍刺入帶頭士兵的胸膛，並抽槍把他手中火炷打向後頭士兵，使他們向後閃避而去，再回身一劈，從後頭偷襲的士兵已經喉頭湧血倒地不起。

剩下三名士兵齊力舉刀圍攻，但無情的長槍一下就深深陷入第三名亡魂的胸膛，沒多久這名士兵口吐鮮血斷斷續續說著：「這臭乞丐——是什麼怪物啊——」。

最後本想繼續進攻的兩名士兵見情勢不對，已轉身拔腿就跑。

叫化子將長槍抽回，往上輕甩後俐落反握，接著往前奮力一擲，倏地刺中逃命士兵的後背。士兵啊的一聲撲倒在地，也把前頭的逃命士兵絆倒。

被絆倒在地的士兵，或許因為重摔在地腳也負傷，也或許面對這怪物般的叫化子，早已癱軟在地，根本無法站起，只能努力往前爬行。

叫化子緩步慢行，先把長槍從倒地士兵身上拔了出來，接著從容走向賣力爬行的士兵身旁。

這名爬行的士兵滿臉恐懼說著：「大爺饒命、大爺饒命，我不過是被戴逆匪脅迫的無辜百姓啊！」

「哼——」叫化子瞪大雙眼忿忿說著。「逆匪亂黨，不為國盡忠，反辜負朝廷恩澤，死有餘辜！」

話語未畢，紅纓長槍尖銳的鋒頭，已深深刺入這名求饒士兵的喉嚨。

這一切的經過都看在躲藏破屋中的女孩及小男孩眼中，除驚嘆叫化子的武勇外，女孩聽到最後一名士兵的求饒聲，倒也有些同情。確實許多無辜百姓都是被亂黨所逼，不得不服從，否則只有死路一條，不過叫化子那無情的一刺，讓女孩不禁感到有些不寒而慄。

「啊——」小男孩拉著女孩輕叫一聲。「姊姊，妳看，斗六城又出現一批軍馬——」

循著小男孩所指的方向望去，不知道什麼時候斗六城城門前出現一批軍馬，明顯朝向破屋方向前進。這部隊除手持長槍大刀的騎兵外，後面更有一排火槍部隊。這群士兵鎧甲華麗，顯然與先前衝向官兵陣營的先鋒部隊有所不同，而部隊的最後方則是三輛插著戴軍大旗的華麗馬車。

叫化子知道自己已被這群部隊鎖定，倒也沒要逃跑的意思。紅纓長槍緊貼右臂，刀鋒輕劃斜前地面，早已擺好架式準備迎擊。叫化子這時突然微微回頭，左手藏於後背不斷擺著手勢，示意要女孩及小男孩趕快逃離。

女孩雖看得懂叫化子想要表達什麼，但還是非常擔心叫化子的安危，不好自己逃走。儘管先前已見識過叫化子的長槍功夫了得，但看這群軍馬人勢眾多，恐怕也非叫化子一人所能抵擋，更何況部隊後頭還有一排火繩槍兵。

「姊姊，我們要不要幫幫這位哥哥——」小男孩露出的右眼炯炯有神，不知道什麼時候，又將先前被叫化子打掉的木棍拿在手中。

「噓，不要躁動，出去會讓哥哥亂了陣腳——」女孩牽著小男孩的手小聲說著。

儘管女孩和小男孩一樣，都很想幫忙叫化子，但仔細想想，這樣猛然跳出破屋助陣，也未必對叫化子有多大的幫助，反而可能會使他分心陷入危險。

——若叫化子真的不幸落敗，一直躲在破屋中難道不會被戴軍所發現嗎？

女孩看看身旁的小男孩側臉，發現小男孩正咬牙望向叫化子的背影，雖然他戴著奇怪的白色眼罩，但頗具稚氣的臉龐相當可愛，實在不忍心小小年紀的他就命喪於此，真心希望這叫化子能渡過難關擊退這群兵馬，想著想著牽著小男孩的手不覺握得更緊。

帶頭的長槍騎兵鎧甲與其他士兵明顯不同，看來就是部隊將領，在叫化子前方不遠處比了個手勢，整個部隊停了下來。

「你這臭乞丐到底是何人，為何在此，身手如此矯健，是滿賊的奸細嗎！」帶頭將領在馬上威嚇著。

叫化子沒有回應，只是將身子擺得更沉，長槍壓得更低，好似隨時就要揮槍殺陣。

「全部上吧，看你長槍還能多威風！」

帶頭將領左掌一揮，後排的火繩槍兵全部抽出火槍單膝跪地，所有槍口全部瞄準眼前的叫化子。

就在這劍拔弩張之際，後頭的官兵陣營卻有了動靜。

「砰！砰！砰！砰！砰！」

女孩及小男孩轉身看向遠方的官兵陣營，就連追擊叫化子的部隊也停下手邊動作看向遠方，只有叫化子依舊不為所動，直盯著騎在馬上的帶頭將領，接著嘴角微微抬起。

原本衝入官兵陣營的戴潮春大軍，在所有部隊進入兵營殺敵後，營中原本高舉的戴軍旗幟突然全部倒下，兩旁的甘蔗田中瞬間炮槍齊發，火光閃得官兵軍營有如白日，也打得戴軍兵馬全部亂了陣腳，一匹匹戰馬受驚躍起狂奔，更直接重重踹在一個個來不及閃避的士兵身上。

「殺！殺！殺！」

兩旁的甘蔗田間倏地立起一片連綿無盡的官軍旗海，看來戴潮春大軍已被林文察軍隊團團包圍。

「怎麼，我們的援軍還有這麼多槍砲啊？看來滿賊必滅了！」

追擊部隊最後方的一輛馬車內傳來細細的男子聲音，聲音的主人說完後更拉開馬車布簾向外探望，是個身穿黃袍的中年男子。

帶頭將領看到中年男子探頭而出，隨即拉起馬韁移動過去慌張說著：「大元帥，不好了，大軍中計，被滿賊包圍了！」

「什麼，一群蠢材，大勢已去！」中年男子說完馬上把布幕拉回。「還不快撤，放棄斗六城吧！」

「撤！撤！撤！護送大元帥！」帶頭將領朝著部隊發號司令，沒一會兒所有士兵轉身往後撤退。

「那、那馬車內的是戴逆匪吧！」躲在破屋的小男孩難掩興奮之情對女孩說著。

女孩從沒想過會親眼見到那亂黨首謀，倒也和小男孩一樣驚訝，不過眼看官兵已經逆轉情勢就要反攻而來，這下女孩總算明白這叫化子是官兵陣營負責「佯退真攻」暗號的密探，而林文察將軍馳援彰化縣城應該也是刻意放出的假消息。

叫化子其實也已發現馬車內的中年男子，就是整起亂事的首謀戴潮春。眼看亂黨就要逃離，叫化子手持長槍疾步前奔，並喊著：「戴賊休走！」

但亂黨軍馬和那三輛馬車，畢竟四腿齊奔還是比較快速，一下就拉開距離，只剩下火槍步兵快被追上。這些士兵先前已見識過叫化子的威力，也管不著「大元帥」戴潮春，直接向四面八方逃竄而去。

斗六城內再次湧出一大群戴軍士兵，但因為主力部隊已中計被圍，而主帥又臨陣脫逃，這群士兵有如無頭蒼蠅般，不是向前殺敵，而是全部四散逃離，場面已完全失控。

叫化子原想繼續追討戴潮春，但回頭看見官軍已殲滅攻入官兵大營的戴軍，開始朝向斗六城反攻，一下便暗叫不妙，反而回頭往破屋方向奔去。

「殺！殺！殺！」

官兵氣勢如虹朝斗六城殺進，一下就要迫近女孩及小男孩躲藏的破屋。

叫化子使勁狂奔，心想要是官兵大舉進攻，沒注意到女孩及小男孩還算相安無事，要是一不小心被當作戴軍人馬屠殺或刻意趁亂打劫，倒可能讓他們受到傷害。過了一會兒，叫化子總算跑回破屋旁。

「哥哥好武勇！」小男孩見到叫化子又再次出現，難掩興奮之情叫著，而女孩也是滿臉喜悅望著叫化子。

就在官兵大軍即將入境之時，叫化子突然伸出左手將披在身上滿是補丁的破衣袍拉開拋起，原來這叫化子並不是身形微胖，而是破衣袍內穿的正是官兵鎧甲，才讓披上破袍的體態看起來有些臃腫。

這一身鎧甲華麗，顯然是將領階級，叫化子右手緊握紅纓長槍直立於地，一副雄壯威武之姿駐守破屋旁，長槍上頭的紅纓隨風飄盪，好不威風。

這官兵大軍沒一會兒就衝向斗六城內，斷瓦碎石再次被兵馬過境震得飛離地面，而官兵大軍看到身穿戰袍的叫化子紛紛退讓三分繞路而進。

這叫化子到底是何人？看到軍馬紛紛遠離繞路，讓女孩更加好奇叫化子的真實身分。

一波波官兵軍馬穿過大開的斗六城門，而城內也不時傳來陣陣廝殺聲。

大軍過境後，破屋四周又再次恢復短暫的平和。

「我說哥哥，你到底是何方神聖——」女孩走出破屋一改先前凌人氣勢，對叫化子輕柔說著。

「唉，我叫楊斌，木易楊，文武斌——」叫化子搖搖頭。「還好你們平安無事，這真是太亂來，要不是剛好遇到我，你們這兩個小鬼啊——」

「哎呀，還真多謝哥哥相救——」女孩不待楊斌說完，反面露喜悅搶先說著。「話說哥哥，我還真跟你同姓呢，妹妹我叫楊水萍，萍水相逢的水萍。」

楊水萍滿臉笑容轉向小男孩問著：「弟弟你又是誰呢？」

不過小男孩還沒開口，倒是有群身穿精裝鎧甲的火槍部隊，各個手持長柄火槍，步伐整齊劃一走了過來。帶頭的將領身穿高檔鎧甲騎在一匹壯碩的戰馬上，使他略顯嬌小的體型更為明顯，小男孩看到部隊接近後突然緊拉著楊水萍的衣袖躲在後頭。

這名將領高舉右掌，整個火槍部隊頓時停下腳步持槍拄地站立。將領緩緩下馬走向楊斌點頭致意，接著開口說著：「還多謝『湘公瑾』的奇計呢！」

湘公瑾？女孩聽得有些糊塗，叫化子不是自稱楊斌，為何眼前這名將領又會稱他為「湘公瑾」？

「提督大人，過謙、過謙——」楊斌微微一笑。「這計謀在下只是開端，後頭都是林提督的奇策啊——」

提督大人？楊水萍仔細打量這名將領，雖然身材較為矮小，但銳利的雙眼與整齊的鬍鬚，看來是名治軍甚嚴的統帥，儘管此刻面露笑容，卻還是渾身散發出懾人的威嚴，恐怕就是鼎鼎有名的福建陸路提督林文察將軍。

別說小男孩為何會躲到楊水萍背後，面對如此聲名遠播的阿罩霧威武名將，要不是楊斌正和林文察對話，楊水萍都想在楊斌身後躲著，想著想著不覺低下頭來，又往後退了幾步，而拉著楊水萍的小男孩也跟著後退遠離。

「啊，對了——」楊斌突然想起什麼似的，從鎧甲中拿出了先前使用的那把短槍。「提督大人，這短槍還真新奇，不需要點燃火繩就能直接擊發，這個寶貝就先還給提督大人。」

林文察見狀只是揮手苦笑著：「唉，你、我都是老戰友了，湘公瑾就別客氣，這把短槍就送給你吧。洋人的新玩意，說實在如此短小我是用不慣的。況且左督帥常給你危險任務，這玩意兒就隨身帶著比較安心。」

楊斌身為武人，當然知道精通槍砲的林文察不可能用不慣這新式兵器，對於林文察願意割愛這珍貴的寶貝，倒也難掩興奮之情笑著：「提督大人，哪裡話了，臺勇火槍部隊向以精準聞名，那些長毛賊可是聞風喪膽，況且提督大人的槍法更是當今大清中的佼佼者——」

「過獎、過獎，在浙江及福建一同剿殺長毛賊時就見識過湘公瑾的槍法不亞於我。」

「那是經過提督大人多次調整，槍法才能更上一層樓的。」楊斌說完，兩人相視而笑。

沒一會兒，林文察臉上所掛的笑容漸漸散去，微微轉頭望向斗六城說著：「這下戴逆匪恐怕已窮途末路——」

「唉——」楊斌輕嘆了一口氣。「提督大人，有些可惜，那戴逆倒是跑得快，在提督大人部隊攻入前已輕裝逃跑。不過載他逃跑的馬車共有三輛，恐怕是攜家帶眷，應當也跑不遠，我想再遣一部隊追擊即可，這逆匪氣數已盡了！」

「哼——」林文察憤恨說著。「今日斗六城破，彰化城已無亂黨牽制的後顧之憂，這倒是便宜了在彰化城的迂儒丁曰健。若不趕緊上奏捷報，真不知那廝又會怎樣混淆視聽。」

楊斌微微頷首，遠在隔海的福建閩官們，皆知臺灣兵備道丁曰健素與福建陸路提督林文察甚為不和。丁、林的交惡由來已久，因為林文察升遷過於迅速，除引來福建閩官群的極力反彈，丁曰健更因林文察當初不過是戴罪之身的鄉勇，逐步立功攀升武官之職，在閩浙總督左宗棠的極力提拔下，一下就超越自己多年任官的職等。而武人又不似文官注重禮節，林文察及林文明兩兄弟無形中得罪不少閩官，丁曰健也是其中之一。而在林文明回臺支援戴潮春之亂前夕，因閩府積欠援浙臺勇安家銀，再加上臺灣已發生戴潮春之亂，事亂之處又是臺勇的故鄉臺灣中部，臺勇牽掛故鄉親友安危，致使臺勇思鄉思變。林文明為替臺勇討回安家銀，竟率臺勇群赴省城索討，而當時負責安家銀的便是福建布政使丁曰健。丁曰健雖表面屈服於林文明，承諾發放六千兩銀，最後實際也僅發放一千兩銀，當然使林文明對丁曰健甚為不滿，但林文明率眾索銀的舉動，也犯了以下脅上的官忌，而深受閩官群的斥責。

丁曰健與福建巡撫徐宗幹向有來往，更可說是徐宗幹一手栽培的得力左右手，丁曰健也與現任彰化縣令凌定國關係特別密切，這些任職閩府的官員，早已連成一氣，處處想盡辦法對付阿罩霧林家。凌定國如今雖已奉林文察指示與林文明一同進攻各地，但林文察也很明白，凌定國雖表面上聽令於己，實際上卻是丁曰健的人馬，不可能為林文察盡力建功。丁曰健更時常誇大其辭，上奏控訴林文察的種種不是，所幸閩浙總督左宗棠向來欣賞林文察的武勇忠誠，而林文察提督一職也是左宗棠所提拔，倒還不至於為丁曰健所誤導。這場戴潮春亂事，由於閩府從平定太平軍起，就時常積壓臺勇軍餉不發，讓林文察和林文明不得不邊平定亂事又邊從亂黨據點籌餉，這些動作卻被丁曰健參了多本「屯兵不進，搜刮賊產，實有異心」的奏摺。

林文察愈想愈氣，這些甚至都可是說閩官群所刻意造成的結果，要是戴潮春真被丁曰健擄獲，又不知道他會怎麼搶功上奏。林文察本想咒罵丁曰健這誤國奸臣，卻在沉默了一會兒後，又開口對楊斌說著：「事不宜遲，我這就親自率兵去追擊戴逆匪，早早先擒殺逆賊，省得我軍這場苦勞又讓迂儒丁曰健爭去，再來就是專心對付那焚毀我林家祖墳的林日成那狗賊！」

原本林文察就要上馬離去，突然又想起什麼事，轉身對楊水萍開口說著：「多謝這位姑娘，真是女中豪傑，也一同協助湘公瑾完成奇計，報效盡忠！」

原本就一直不敢直視林文察的楊水萍，看到官拜一品的陸路提督對自己點頭致意，嚇得把頭壓得更低。

「什麼！你！」原本還好聲好氣的林文察突然一臉憤怒。

楊水萍微抬上額瞄到林文察的怒顏，被嚇得把頭低了回去，不知道作了什麼動作讓林文察如此生氣。

不一會兒，楊水萍總算發現林文察是對躲在自己身後的小男孩大發雷霆。

小男孩被林文察用力擰住耳朵叱著：「林朝棟！你好大的狗膽，你把戰場當成什麼了！」

「啊，原來這是提督大人的公子啊！」楊斌雙眼微睜說著。

「啊，痛痛痛，這一切跟楊姊姊無關，是我自己帶姊姊來這的——」林朝棟深怕父親林文察一同責備楊水萍而連忙解釋，不過林文察愈聽愈氣，又伸出另一隻手使勁擰住林朝棟另一隻耳朵，林朝棟只是「啊」的大叫一聲。

看到林朝棟想逞英雄，卻又被修理得更慘，楊水萍覺得很可笑，卻懾於林文察的威武，還是不敢抬頭。

「提督大人——」楊斌指向低頭不語的楊水萍說著。「因為我這計謀實需一對男女童子相助，好隱瞞敵人，林公子是我義妹楊水萍在兵營外捉來協助我的，只是沒想到這笨妹子卻沒發現林公子的身分，才讓林公子陷入險境，這我一定會好好責備妹子，還請提督大人不要計較。」

被楊斌硬扯進去，讓楊水萍很不是滋味，但面對眼前盛怒的林文察，讓楊水萍完全不敢開口反駁。

「哼——」林文察冷哼一聲，放開擰住林朝棟的雙手，斂起怒容轉向楊斌說著。「湘公瑾雖然智勇過人，我也還不至於看不出這野孩子就是貪玩，根本就是他把楊姑娘拖下水的。看在湘公瑾的份上，我就等凱旋回營後再跟這不肖子算帳！」

林文察言畢，直接跨上戰馬，「駕」的一聲，快馬便朝斗六城方向奔馳，而後頭的火槍部隊看到提督大人已經起步，也跟著向前快速移動。

林朝棟因吃痛早已留下淚水，望著父親逐漸遠離的身影，也只能輕撫脹紅的雙耳，不敢有任何怨言。

楊水萍看看林朝棟，小小的臉龐上有著大大的眼罩，想起他剛才護著自己的逞強模樣，不覺笑了起來。但看到一旁胡亂牽連自己的楊斌，楊水萍突然一陣怒意，但想想楊斌也是想替兩人解圍，也不好再說些什麼。

看著斗六城邊已陸續插上官軍旗幟，而城內仍不時傳來陣陣廝殺，今日斗六城破，還不知道這亂黨什麼時候才能完全平定。

儘管楊水萍聰明伶俐，也萬萬沒想到，今日三人的初次相遇，已與阿罩霧林家往後的命運緊緊相連。

陸路提督林文察的追擊並沒有奏效，戴潮春成功逃脫，並投靠其餘亂黨勢力，後被駐守彰化縣城的臺灣兵備道丁曰健擄獲斬殺，而丁曰健及林文察兩派人馬皆上奏捷報，這讓林、丁兩人的交惡更是雪上加霜，也讓日後阿罩霧林家更深陷重重的危難之中。

第五回

侍王憤慨誓殺仇　文察孤戰萬松關

——清同治三年（西元1864年）十一月，福建漳州萬松關。

福建漳州的萬松嶺，位於後岐山與鶴鳴山兩山夾峙之間，其上巨石林立，自古即為漳州通往福州及京城必經之路，有「閩南第一關」之稱，因地勢險要，為歷代兵家必爭之地。明代更在萬松嶺上建立以石頭砌成的環繞城牆，並取名為萬松關，關門上還鐫有「天寶維垣」雄渾有力的四個大字。

此刻鎮守在萬松關內的林文察，正看著兵棚內案上地圖反覆推敲，顯得有些苦惱，而一旁的謝琯樵則是一臉輕鬆自在。

入夜以後，萬松嶺上不時有冷風呼嘯而過，也讓萬松關內的兵棚大門布幕，不時被陣陣強風所吹起。

見到林文察一臉愁容，謝琯樵反倒悠哉悠哉說著：「文察啊，佈署此關不會錯的。聽探子說那偽侍王上回松陽之戰負傷大敗，視為奇恥大辱，可是對文察恨得牙癢癢，誓言一定要復仇，所以這次漳州賊兵雖被官兵兩側犄角圍住，卻還是對萬松關佈署更多重兵，聽說就是針對文察而來。但我們只要等援軍一到，與曾提督來個水陸夾擊，則長毛賊根本不足為懼！」

謝琯樵所指的曾提督，即為當年提拔林文察，向來欣賞阿罩霧林家兄弟的曾玉明。此時因先前與林文察勦平太平軍有功，也被閩浙總督左宗棠提拔為福建水師提督，與陸路提督林文察均為福建最高軍職。

「不瞞先生說——」林文察輕皺眉頭說著。「這萬松關雖險，長毛賊進攻不易，所以我們才會在急忙之中，僅先率萬人佔領，只要援軍一到，自然可與水師一同夾擊，不過——」

林文察原想繼續說下去，但畢竟謝琯樵只是門下幕客，並不清楚閩府情勢，恐怕也很難將自身的顧慮說清楚，只好就此作罷。

細細回想先前臺灣斗六之役後，亂首戴潮春為臺灣兵備道丁曰健所斬殺，功勞自然被丁曰健所奪去，林文察與弟弟林文明部隊合流後，經過一場激烈的四塊厝之戰，剷除戴軍最大勢力林日成，之後又勦平陳弄，這才將戴軍主要勢力大致平定。阿罩霧林家因受閩官刻意牽制而軍兵缺餉，只得奉准就地籌借，更侵犯丁曰健的職權，引來丁曰健的強力抨擊。而閩府因為發不出軍餉，又授意讓阿罩霧林家處置叛軍財產補充軍餉，但丁曰健卻又在事後以「倚勢作威，截水罷田」等文字上參阿罩霧林家，並與閩官群合力上奏林文察「滯臺不回、頓兵家園、撫匪過多，恐有異心」，促催林文察內渡福建，後來就連彰化縣令凌定國也加入上奏彈劾阿罩霧林家的行列，一時之間閩官群的合力上奏，真會讓人真假難辨。

閩浙總督左宗棠雖然知道這些都是閩官群刻意抵制，但因左宗棠甫一上任，曾致函福建巡撫徐宗幹，表示閩府的人事任命，盡量尊重在地意見，不過日後卻以浙江布政使張銓慶取代徐宗幹的親信丁曰健，成為新任福建布政使，又劾罷福建護理陸路提督石棟與水師提督吳鴻源，以左宗棠愛將林文察及曾玉明取代。這些人事安排均與閩撫徐宗幹意見相左，而左宗棠在任內不斷抨擊福建民政及軍政積弊重重，並加以強力整頓改革，皆使閩官對左宗棠極為不滿，背後不斷運作各種反制動作。而由閩浙總督左宗棠所迅速拉拔的陸路提督林文察，自然也成為閩官群的眼中釘，左宗棠也很明白閩官群這一連串的動作都是針對林文察而來。

林文察本想留臺處理亂黨善後事宜，卻在閩官群的不斷合力上奏下，將此事驚動朝廷，清廷素來對臺灣「三年一小反，五年一大亂」的問題甚為頭疼，此時也不得不懷疑林文察的行為，更因此不斷詢問林文察內渡之事。既已驚動朝廷，左宗棠也無法擋下，閩府更趁勢命副將林文明留守臺灣處理戴軍餘黨，由阿罩霧林家頂厝族長林奠國替捕副將，與陸路提督林文察率四百名臺勇一同內渡福建。閩府大動作同時徵調阿罩霧林家頂厝及下厝族長內渡，又將林文察最得力的助手林文明拆散，削弱勢力及就近監控的意味相當濃厚。

「不過什麼？」謝琯樵問著。

「這——」林文察話鋒一轉，突然提起別件事。「先生之前被留在福建，左督帥有交給先生什麼重要的任務嗎？」

「哈——」謝琯樵突然笑了起來。「我老謝原以為是什麼重要的任務，不過是要我畫幾幅畫作送給他罷了！這左帥倒也有趣，淨說些不像文人該說的話，真是有趣、有趣——」

「啊？」林文察顯得有些驚訝。

「文察啊——」謝琯樵突然斂起笑容說著。「你還不明白左帥的用意嗎？」

林文察搖搖頭，謝琯樵繼續說著：「他是想要哉培楊斌，刻意把我留在這裡，就是想讓那青年才俊跟在文察身邊學習、學習，左帥如此看重楊斌，他應當不錯吧——」

「嗯——」林文察回想起斗六之役楊斌確實智勇過人。「這楊斌確實是青年才俊，也對左督帥忠心耿耿，先生覺得如何？」

謝琯樵微微一笑說著：「我看左帥門下有楊斌和文察、文明幾員大將，將會如虎添翼，大清的復興指日可待！」

「唉，這就有點可惜——」林文察輕嘆一口氣。「楊斌倒是不入軍籍，只想留在左督帥身邊擔任親信護衛——」

「嗯——」謝琯樵點點頭說著。「聽說他當年舉家被長毛賊所害，只有他被左帥所救，所以為報答——」

謝琯樵話還沒說完，只見兵棚門前出現一名中年男子，便是此次頂替林文明擔任部隊副將的林奠國。

「文察啊——」林奠國顯得相當不耐。「那援軍為何都還不來，連物資也不運送，現在士兵連溫飽都成問題，這是要怎麼作戰！」

確實如叔父林奠國所言，林文察此次倉促內渡福建，除了四百名阿罩霧臺勇精銳外，其他兵力並非過往驍勇善戰的臺灣鄉勇，匆忙調集濫收當地文武兵勇，兵力雖近萬人，但因物資極為缺乏，向以火槍聞名的臺勇部隊，竟出現二十人只分配到一把火槍的窘境。

太平軍在湘軍攻破都城南京後，侍王李世賢率領十萬賊軍突圍，先入江西，再入廣東，最後北上攻至福建漳州，欲尋求西方列強外援，不過林文察已奉命奪回漳州阻止侍王，率兵搶先進駐萬松關，和佈署漳州沿海的曾玉明形成水陸兩側的犄角勢力。然而太平軍擁有十萬人之眾，攻下漳州後便開始堅守漳州城，又有那最驍勇善戰的侍王李世賢領軍。況且這一仗也關係太平軍的存亡關鍵，因此這支太平天國的最後大軍戰意十足，僅有近萬人的林文察只能困守萬松關等待兵力及物資的支援。

「這——」謝琯樵聽到林奠國的這番話後，也不禁皺起眉頭說著。「若這援軍不來，倒會是我們被困住，但這援軍沒理由不來啊！依照左帥的策劃，這援軍是會來的。文察，你不是說這戰略和左督帥還有徐巡撫當面商議過的——」

林文察搖頭說著：「都已經困守多少日子，也多次派人翻山前去催促，該來的早就來了，只怕是那閩撫徐宗幹刻意對左督帥陽奉陰違。左督帥此刻人應該是在浙江，我知道左督帥與徐宗幹甚為不和，才會不禁懷疑徐宗幹是不是暗地裡搞了什麼動作——」

「哼——」謝琯樵突然勃然大怒重拍案几，又把案上的地圖全數推落，接著緊皺眉頭說著。「這些奸臣，你、我還妄想什麼『文臣不愛錢，武臣不惜死，天下平矣。』，這下又是奸臣誤國、奸臣誤國，大好局勢就這樣白白葬送，這援軍若不來，一定會完蛋的！我老謝千算萬算，再怎樣也算不到敵人是在我們後頭啊！氣死我了，氣死我了！」

謝琯樵說完再也忍受不住，悻悻然直往兵棚外奔出。

「這——」林奠國見狀後，跑到謝琯樵面前攔著。

「哼——」謝琯樵瞪大雙眼說著。「死棋已定，死期將至，與其在這裡等死，還不如去作幾幅畫！」

謝琯樵轉身直接離去，林奠國本想追到兵棚外，不過卻被林文察一把攔住。

「阿叔，沒關係——」林文察面有難色說著。「這謝先生是性情中人，平生最痛惡的就是誤國奸臣，每每說到奸臣軼事，都會情緒激昂不已。倒是那援軍當真要如此見死不救，這些兵勇因為物資缺乏，已鬧得軍心渙散，這下要如何作戰？丁曰健也好，徐宗幹也好，對我再怎麼不滿也不該不以大局為重，長毛賊就剩這李世賢可以領軍，只要這次勦平就可大致平亂，這臨門一腳殺出內賊真是太可恨了！」

「唉——」林奠國嘆了口氣。「我們雖然懷疑徐宗幹在壞事，但也無法確定，我想也只能繼續苦等下去，或許援軍真被什麼事給耽擱了——」

林文察從衣領中拉出掛在脖子上，由母親林戴氏親自縫製的紅色香火袋，上頭寫著「既壽且康」四字，是這次遠渡福建前，由弟弟林文明所轉交的母親祝福之物，本想開口對叔父林奠國說話，卻突然被打斷了。

「報——」一名兵勇神情慌張闖入兵棚合掌說著。「提督大人，有名自稱湘軍『楊斌』的男子，帶著左督帥的印信文件，自後山而來在外求見，已等候多時又不願離去，但我們不知真偽無法判別，怕是奸細，又怕不是，剛才諸位大人尚在議事不敢打斷，這下還請提督大人裁示——」

「唉，你們連『湘公瑾』也不知道，這太失禮了，快請他進來！」林文察急忙揮手說著，不過這群當地倉促招募的士兵，確實可能並不識得「湘公瑾」楊斌。

兵勇出去後，沒多久一身輕裝的楊斌便進入兵棚，一見面便開口說著：「提督大人，還請快繞後山撤營！」

「湘公瑾，此話怎講？」林文察緊皺眉頭說著。

楊斌繼續說著：「那閩撫徐宗幹在左督帥不斷書信詢問下，只是回報戰況佈局順利，並不再多言。左督帥直覺有異，派我私下前來巡察，這沿路上我看援軍根本就沒有進軍之意，就連物資早已備齊也不願運輸，在我旁敲側擊下，才知道援軍根本就不打算前來此地增援，說什麼這是上頭的指示，怕賊兵來襲，不能擅離職守。左督帥惜才愛才，在此行前已授意，若是情勢不對，務須保全林提督，長毛賊若發現此處無援軍，將即刻陷入兇險。若待左督帥從浙江率軍回來營救，恐為時已晚，我才會直接先來此地報信，如今已別無他策，所以才請提督大人快快撤營！」

林文察聽完楊斌的這番話後，原本還懷抱一絲援軍的最後希望，這下真的完全斷念，先是來回踱步，過了好一會兒才又開口：「湘公瑾，我想這局勢已定，若是援軍真不來，我已徹底敗給那群閩官。此刻若我率兵撤營，這漳州險要被賊人所奪，令我方失勢，日後也必被那些閩官動作，這恐怕也會連累左督帥，況且身為朝中大將，本就不可棄守陣營。那些閩官就是要我孤立無援，為長毛賊所擊殺，事後未派兵支援的理由必然早已想好，才敢如此大膽妄為。我林文察何德何能，是在左督帥的提拔下，如今才能官至陸路提督，本想在左督帥之下平亂勦匪、大展鴻圖，更還想要一同實現富國強兵、抵禦外侮的戰略，我一生追求忠勇愛國，就是想效法那關公、岳大帥，只是萬萬沒想到、萬萬沒想到——」

楊斌見到林文察說到此處已有些哽咽，也跟著紅了眼眶，一旁的林奠國也只是不停嘆氣。

「湘公瑾——」林文察輕拉楊斌說著。「此地不宜久留，還是快請離開！」

「提督大人真是一片忠心赤誠！」楊斌突然雙眼泛淚，單膝下跪合掌說著。「我楊斌願與提督大人一同死守萬松關，若要殉國，我也心甘情願沒有怨言！」

「楊斌——」林文察別過頭去，接著轉身背對楊斌說著。「你年輕有為，左督帥日後還需要你的大力協助，還是快請離去！」

但跪在地上的楊斌說什麼也不願起來，就在兩人僵持不下之時，卻聽到兵棚外出現接連不斷的爆炸聲響，引發一陣大騷動。

「長毛賊襲營！長毛賊襲營！」

一名兵勇手持大刀闖進兵棚喊著。

林文察、林奠國及楊斌見狀後，紛紛拿起兵棚內兵器架上的武器狂奔而出。

三人奔出兵棚後，眼見萬松關東門城牆外不斷有火藥往內擲入，火藥的數量更達百捆之多，一下就讓鎮守城牆的士兵嚇得四處亂竄，沒多久更有上千名太平軍自東門攻入。

「砰！轟！砰！轟！砰！」

太平軍的火藥還是持續往關內擲入，讓附近的守兵進也不是，退也不是，已經不知道該如何是好。

「眾將聽令，隨我殺賊！」林文察高舉大刀放聲怒吼，就往東門方向衝去，熟悉戰場的臺勇部隊，一下就聚集在林文察身後，一些當地招募的兵勇，也跟在臺勇部隊後頭準備殺敵，沒多久就集結近千名官兵前往殺陣，但一些沒有作戰經驗的，見到太平軍襲營後，只是四處亂跑。

林文察親自奔向東門奮勇殺敵，一旁的林奠國也舉刀揮舞，而手持長槍的楊斌更是又刺又劈，三名勇將一下就斬殺無數太平軍的先鋒部隊，而身後的臺勇部隊也跟著發射火槍增援，一下就又擊殺數十名太平軍。

「殺！殺！殺！」

面對來勢洶洶的官兵部隊，又經過一段時間的激戰，太平軍的先鋒部隊倒是有些膽怯，一部分的賊兵又向城外退去。

林文察見機不可失，喝令兵勇重新關上已被炸毀半面的東門，再讓兵勇站回城門死守，並架上長管火槍陣及大砲死守，這才守住這波太平軍的襲營。

不過當林文察站上城牆高處一看，這才赫然發現，太平軍早有預謀，趁著先鋒部隊投擲火藥、進攻東門的同時，已悄悄兵分五路，發動數萬名賊兵將萬松關重重包圍，甚至連後山也已被賊兵翻山進軍。

「哼，可恨啊——」林文察冷笑一聲，接著喃喃自語著。「後山援軍若早早就來，根本不可能會有這種局面，本應當是與水師一同夾擊的——」

林文察看著那四百名一同渡海而來的臺勇精銳，算是阿罩霧這多年所訓練出戰力最強、能騎能射的精英部隊。這些臺勇精銳大多來自臺灣中部，世世代代均效忠阿罩霧林家，如今恐怕再也沒有回到臺灣的機會。本想再盤算如何殺出重圍，甚至運用這萬名兵勇如何堅守關頭，但這樣的美夢一下就宣告破碎。

「砰！」

一聲槍響劃過天際，緊接著恐怖的嘶吼聲自四面八方強襲而入。

「殺！殺！殺！殺！殺！」

萬松關城牆外發出震耳的喊殺聲，知道自己身陷重圍的士兵，又因物資極度缺乏，一下就失去戰意，許多人只是呆立原地不知所措。

不過面對敵人的重重包圍，林文察反倒雙眼炯炯有神，走到士兵前頭再次高舉大刀喊著：「各位弟兄，是我這將帥無能，誤信援軍及物資一定會來，為搶得先機攻佔險關，才率領大家堅守此處。大丈夫本就該戰場立功，死則死耳，不如隨我直搗賊首！」

林文察繼續和士兵們喊話，並吩咐將僅有的五百匹戰馬全數牽出列隊，準備進行最後的突襲。

謝琯樵先前離去兵棚後，只是回到更後頭的帳營內喝著悶酒，並隨意畫了幾幅畫，這下因為外頭嘈雜，倒也有些醒了。

「喂，小哥——」謝琯樵以筷子夾著配酒小菜，對著帳外的一名士兵喊著。「這外頭怎麼那麼吵！」

「先生——」士兵見到謝琯樵喝得有些微醺，一臉不悅地說著。「長毛賊已將萬松關團團圍住，這林提督要親率騎兵隊開關直殺賊營！」

「什麼！牽馬來！」謝琯樵瞪大雙眼，直接將筷子往前一丟，站起身來提起自己的長槍往帳外走去，但回頭看到兵器架上的另一把長柄兵器，突然又換了過來。

謝琯樵提起長柄兵器跨上戰馬，一下就往林文察的騎兵部隊那頭策馬而去。

萬松關的西側及後山那頭，已被賊兵攻破，關內已竄入上千名賊兵與關內的近萬名官兵進行廝殺。林文察與四百名臺勇部隊均在戰馬上整裝待發，林奠國也在一旁準備一同殺敵，卻被林文察大聲斥責：「我為國家大將，義當死。阿叔當趁我殺敵時破圍，不可與我俱盡！」

「文察，你在說什麼！」林奠國雙眼微睜說著。「要殉國就一起殉國，說這什麼話啊！」

「提督大人！楊斌我也願效死！」一旁的楊斌也跟著林奠國說著。

「哼——」林文察突然勃然大怒斥著。「林奠國，阿罩霧林家還需要你，文鳳身子不好，也還需要你。你不過副將，這突襲並不需要你，我陸路提督的命令膽敢違抗！這是軍令，不是姪兒向阿叔的請求，你的任務是守護楊斌和謝先生一同破圍，當我率眾直搗賊首之時，其他長毛賊必然回城搭救，便可趁勢突圍，你們一定要親去閩府討救兵回攻，這萬松關絕不可讓賊人久佔，否則賊人所佔的漳州城將無後顧之憂。而楊斌你因日後左督帥還需要你大力協助，況且你還有另一個更要緊的任務在身，便是將閩撫遲不救援導致敗仗的惡行向左督帥上報平反，我不能讓這萬名跟隨我的官兵困在此處，蒙受不平之冤而白白犧牲！」

林文察說完又從衣領翻出掛在脖子上的香火袋，用力一扯後交給叔父林奠國輕聲說著：「阿叔，幫我把這個交給文明，是阿兄對不起他，阿罩霧林家下厝的重擔恐怕就要交給他了。」

林奠國見到林文察先前如此強勢，儘管內心痛苦萬分，卻也不敢再有抵抗。如今又見到林文察如同姪兒般對叔父說話，再看看香火袋上「既壽且康」四個大字，早已熱淚盈眶。一旁的楊斌見到這對叔姪的動作後也為之動容，又聽到林文察所賦予的任務，確實只有他能辦到，如果在此殉死，這萬名官兵就要蒙上冤屈，想著想著也就無法再請求一同突襲殺敵。

「哎呀！文察，這太不夠意思了！」一名中年男子手提長柄兵器，快馬而來大聲喊著，便是那奇人畫匠謝琯樵。

林文察見到謝琯樵後微微一笑說著：「先生，來得正好，等會兒趁我直搗賊首之時，快跟我阿叔一同突圍逃離吧！」

「文察，你在說什麼，看看我手上的是什麼！」謝琯樵舉起手中的長柄兵器，眾人一看皆有些吃驚，並非他平時所擅使的長槍。「我老謝心生一計，是要與你一同直搗賊首，誰要突圍逃離。剛才的話我有聽到，我可不是副將，也不是左帥親信，我只是個畫匠，你陸路提督再大，也管不了我是不是想去李世賢那賊人面前，用利刃在他臉上作畫！」

林文察聽著聽著眼眶不禁有些溼熱，接著只是微微一笑。因為他深知謝琯樵的古怪個性，多年來的好交情，兩人早有極佳的默契，也讓他一看便明白謝琯樵想用什麼謀略攻敵。

萬松關內又有更多賊兵湧入，其人數早已破萬，儘管官兵奮勇抵擋，但眼看情勢危急，已沒有時間再多作話別，林文察正想拔刀出擊，突然聽見耳邊傳來「砰」的一聲巨響，原來是楊斌從懷中拿出先前斗六之役林文察所贈予的新式短槍，朝著攀上城牆的賊兵射擊，這才將已舉槍瞄準林文察的賊兵擊落。

「好、很好——」林文察點點頭，輕拍楊斌的肩膀語重心長說著。「湘公瑾果然名不虛傳，不愧是左督帥所倚重的青年才俊。你能如此珍惜這柄短槍並隨身攜帶，真是我的大幸。這柄短槍其實我也甚是喜歡，但這英雄配好槍，我覺得你更為合適，那日才會割愛。願你日後也用這柄短槍守護左督帥，守護阿罩霧，萬事拜託了！」

楊斌看著手中短槍，本想說些什麼，不過林文察才剛說完，便抽刀高舉轉身對著後頭部隊大聲吼著：「我林文察無能，誤信閩府，才讓大夥兒陷此絕境，如此駑鈍是絕不配成佛成仙，但日後若為英靈，願世世代代守護你們這群追隨我的弟兄，不再被任何人欺侮！」

「喝！」後頭的士兵全部高舉兵器同聲大喊著。「願隨將軍同生死！願隨將軍同生死！」

儘管四周已充滿賊人與官兵的廝殺及槍砲響音，這群兵勇士氣高昂的驚天嘶吼，卻掩蓋過這些聲響，讓更外圍的賊兵有些看傻了眼。

「先生，感謝你願意與我同生死——」林文察低聲向一旁的謝琯樵說著，並稍微調整一下揹在身後的長管火槍。「那日在獅毬嶺，若不是先生相助，或許我早已命喪小刀會——」

「哎呀，什麼話——」謝琯樵笑著。「不謝、不謝，叫我老謝——」

見到謝琯樵即便身處絕境，還是如此逍遙自適，林文察不覺微微一笑，不過謝琯樵接著反而斂起笑容說著：「今生得識如文察、文明以及楊斌這般沙場英雄，我老謝早死而無憾。尤其是你，文察，來世、來世，若有來世，再一同痛快把酒話英雄！」

林文察沒有回應，不過只是強忍淚水，又看了謝琯樵一眼，兩人都是含淚而笑。林文察緊接著斂起笑容，用力向前揮刀，眼見城門逐漸開啟，兩人便策馬前進，後頭近五百名以臺勇部隊為主的騎兵也跟著快馬前行。

這五百名騎兵穿過城門後，聲勢如此浩大，猶如萬馬奔騰傾洩而下，形成一幅相當壯觀的場景。這鐵騎部隊完全不管外頭早已滿佈賊兵，由林文察與謝琯樵帶頭，倚著地勢較高的優勢，由戰馬俯衝而下，一下就把前頭的賊兵殺得倒成一片，更有上百名賊兵是被前頭滾落的同伴所壓倒，而戰馬只是奮力踩踏而過，讓太平軍死傷慘重。

「殺！殺！殺！殺！殺！」

太平軍先前所探情報，這鎮守萬松關的官兵雖近萬人之多，但大部分為當地招募的烏合之眾，萬萬沒想到這群理應身陷重圍的官兵，根本不可能有翻身的機會，早應失去戰意，卻在這最後關頭還有強大的騎兵部隊殺出。

遠在漳州外海船艦上的水師提督曾玉明，如今已年近六十，頂著一頭蒼蒼白髮，早已察覺萬松關被賊兵所圍，儘管已派出先鋒陸路部隊救援，卻還是一下就被侍王擊破，因還需要固守水師，也就不敢再冒然出兵。現在看到貌似林文察的鐵騎部隊傾巢而出，恐怕是要強行突圍，急忙大聲吼著：「快發砲支援！快發砲支援！」

「提督大人，這樣敵我難分，恐怕——」一名士兵在曾玉明身旁提點著。

曾玉明緊皺眉頭說著：「儘管發砲、全力發砲，能多遠就多遠，林提督的鐵騎部隊移動較快，也只能這樣，勢必要讓他們能夠突出重圍！」

「是！」士兵領命後便退了下去。

目送士兵離去後，曾玉明突然雙眼微睜喃喃自語著：「唉，萬、萬松關，我竟然沒想到——」

曾玉明伸出顫抖的右手，來回撫著自己蒼白的長鬚，遙望遠方萬松關上的戰況。一想到就像兒子般親手拉拔的林文察，也是多年的親密戰友，此刻已身陷重圍，內心不覺心如刀割。會有這樣的局面，想來就是援軍根本並未依照計劃前來。看著船艦已陸續發射大砲攻擊，炸得太平軍賊兵四處流竄，但確實如先前士兵所言，這一定也會傷及突圍而出的官兵，但為了救援林文察，曾玉明也只能賭上一把。眼見船艦砲火猛烈，讓塵土如此飛揚，已看不清萬松關前的一切。這一役原先便計劃要徹底平定太平軍之亂，一想到林文察這一代大將，本就要自此展翅高飛，卻突然遭逢如此變故，如今生死未卜，老邁的曾玉明看著看著已不覺視野模糊，沒多久更已老淚縱橫。

「砰！轟！砰！轟！砰！」

萬松關前在水師猛烈砲火的增援下，林文察所率領的鐵騎部隊，更是趁勢向前奮勇殺敵，原本兵分五路包圍萬松關的太平軍眼見漳州城危急，紛紛領軍從萬松嶺上撤回，轉而向漳州城救援。站在漳州城前指揮大軍的侍王李世賢，眼看林文察的鐵騎部隊就要突圍而出，為報深仇大恨，李世賢是絕計不可能放過這復仇的大好機會，一下就準備揮鞭策馬追擊。

但李世賢萬萬沒想到，林文察這五百名鐵騎根本不是為了突圍而出，而是直衝自己而來。

儘管李世賢前頭滿佈上萬名賊兵，但在曾玉明水師猛烈砲火的襲擊下，早已亂成一團。而林文察的騎兵部隊聲勢兇猛，一下就劃開太平軍的重重阻隔。

「臺灣阿罩霧林二爺林文明在此，擋我者死！」

一名看似帶頭的將領在飛揚的塵土中大聲嘶吼，手持偃月大刀動作俐落左劈右砍，一下就俯衝而來，後頭更有上百名騎兵蜂湧而至。

阿罩霧猛將林文明在松陽之戰中臺勇神兵的恐怖形象，早已在太平軍內廣為流傳，這太平軍原已探知此次林文明根本沒有渡海來閩，早已鬆了一口氣，如今卻看到手持偃月刀的猛將出現在此，紛紛退讓四處逃竄。

李世賢一聽到那個與他棋逢敵手的林文明已殺到眼前，前次交手雖勝負未分，但其實那時若是再戰下去也未必能勝，如今更不知林文明已磨練到什麼程度，一時之間竟有些膽怯不敢向前迎戰。

「保護侍王、保護侍王！」

幾名侍王的貼身護衛吼著，一下就湧進上百名太平軍擋在李世賢前頭，而火槍部隊更已架好火槍瞄準前方大敵。

黎明將至，朝陽已將大地鋪上一層淺淺的亮彩，等到塵土散去，出現在眼前的這名大將，雖然手中揮舞偃月刀奮勇殺敵，但因為身形並不高大，一看便知不是那林文明，而是那畫匠謝琯樵。

「哼——」李世賢瞪大雙眼憤恨說著。「什麼冒牌假貨！你到底是誰！」

謝琯樵咧嘴一笑，緊接著大吼著：「我老謝不過是個讓你這賊人在松陽之戰大敗的小畫匠罷了！」

李世賢完全聽不懂謝琯樵在說什麼，只是瞪大雙眼下令著：「胡扯一通！給我射擊！」

「砰！砰！砰！砰！砰！」

一陣火槍射擊後，前頭的部分太平軍及向前衝鋒的臺勇部隊均中槍落馬，就連帶頭的謝琯樵也身中數槍吐出鮮血，但仍繼續揮舞偃月刀，力道卻已大不如前，一看便是在做最後掙扎。

「砰！砰！砰！砰！砰！」

這次亂槍過後，謝琯樵那戰馬已先倒地不起，謝琯樵也跟著落馬。

倒地後的謝琯樵，披著一頭蒼白亂髮，手拄偃月刀慢慢站起，先是吐了一口鮮血，接著竟然笑了起來大聲吼著：「側、側翼，側翼，可攻！」

「砰！轟！砰！轟！砰！」

來自漳州沿海的船艦，又繼續發動一連串的砲擊，讓四周又陷入一片塵土之中。

李世賢原本還聽不懂謝琯樵在說些什麼，以為不過是他的垂死掙扎。但眼見這群騎兵中並沒有林文察的身影，一想到自己可能中了調虎離山之計，林文察已從另一處撤離，眼看就要發作，卻突然覺得身上一陣劇痛，左腹及手持偃月刀的右臂一下就冒出鮮血，戰馬受到驚嚇一躍而起，讓李世賢一個不穩墜落而下。

「砰！砰！砰！砰！砰！」

一陣亂槍再次自側翼而來，要不是幾名親衛警覺，迅速以身擋槍，這李世賢恐怕就早已喪命。

「側邊、側邊，滿妖殺進側翼！保護侍王！保護侍王！」幾名侍王親衛大聲吼著，原本鎮守在侍王面前的上萬名太平軍，一時之間也難以迅速移防到侍王側邊。

煙霧散去，側翼出現手持長管火槍的林文察，率領身後近百名臺勇部隊，動作一致拋棄手中火槍，一同拔起腰際大刀策馬向前殺進。

愈來愈多太平軍湧向側翼，這次完全不敢大意，已將侍王層層圍住，而後頭自萬松嶺上回防的萬名太平軍也緊追在後，但林文察這最後僅存的百名鐵騎，絲毫沒有畏懼，只是跟在林文察後頭發出震天的怒吼。

朝陽冉冉升起，照得這戰場一片慘紅，有那麼一瞬間，林文察覺得這根本更像夕陽而非朝陽。

「砰！砰！砰！砰！砰！」

太平軍架起火槍，早已一陣亂擊而來，林文察儘管已經中彈，卻還是高舉大刀吼著：「臺灣阿罩霧林文察及臺勇在此，擋我者死！逆賊李世賢納命來！」

「砰！砰！砰！砰！砰！」

儘管又是一陣亂槍，但這群臺勇依舊跟著大將林文察奮勇向前，擋在侍王前頭的太平軍根本抵擋不住。

林文察儘管已身中數槍，卻一點也不覺得痛楚，耳邊竟傳來那兒時最愛聽的關羽及岳飛的說書故事，但那岳大帥雖慘遭陷害，後世至少還有人來平反。自己一生所追求的也是這些英雄好漢的精忠報國，但此後真有人會為這群臺勇和那近萬名的蒙冤官兵平反嗎？

看著這片慘紅的戰場還有那不斷受到砲擊的漳州城，林文察不知為何想起了遠在臺灣的阿罩霧及彰化城，也不知為何想起了兒時最愛與鄰人遊玩的戰爭遊戲，也想起了那個拿著歪頭掃把衝鋒陷陣的弟弟林文明，又想起了那在斗六城外被他拉起雙耳訓斥的獨眼兒子林朝棟，想著想著不覺微微一笑。

躺在地上的謝琯樵此刻早已奄奄一息，但看到染紅大地中林文察及臺勇部隊殺破重重敵圍的震憾場面，就像劃過天空的一道燦爛流星，只恨不能用畫筆記錄下這英勇風采，謝琯樵看著看著視野已逐漸模糊，不禁露出了人生的最後一抹苦笑。

戰場又再次被沿岸砲火炸得塵土飛揚，沒多久，林文察與這百名臺勇部隊，一下就沒入太平軍的千軍萬馬中。

第六回

陸路提督未東返　二品副將守家局

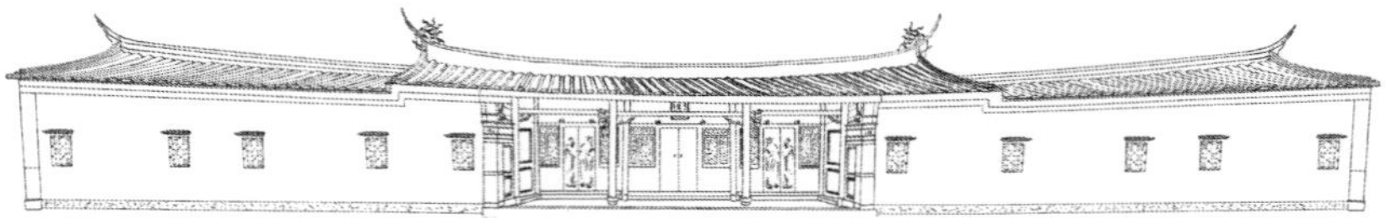

——清同治三年（西元1864年）十二月，臺灣阿罩霧林家。

時值歲末寒冬，整個阿罩霧籠罩在一片寒風之中。

阿罩霧林家宅邸從第三代林甲寅開始建造，最初僅為一座由茅草覆蓋的三合院式農村建築，其後逐步擴充，至林文察擔任族長時，下厝已改建為三合院式的閩式建築，正身採燕尾式房頂，左右兩側各有護龍，主屋則為穿斗式架構。呼應林文察為當時臺人任官之最，阿罩霧林家下厝的宅邸亦為當時中部地區最著名的豪華宅第。

在阿罩霧林家下厝偌大的院埕中，寒風陣陣拂面而來，不覺讓人升起重重寒意。不過院埕中有位戴著白色大眼罩的小男孩，手持木劍擺出豪氣架式，而此人正是福建陸路提督林文察十三歲的長子林朝棟。林朝棟由於小時候練武不慎瞎了左眼，因此戴著眼罩，被林家人稱為「目仔少爺」。

林朝棟的對面，站著一位清新麗人、正值十六歲的小姑娘，同樣手持木劍，架式絲毫不輸給林朝棟，正是受林朝棟之邀前來阿罩霧林家作客的楊水萍。

自從戴潮春之亂的斗六之役結束後，彰化縣城總算遠離戴軍餘黨威脅，舉家避亂的楊水萍一家人也順利回到了彰化縣城。在與林朝棟及「湘公瑾」楊斌初次相遇後，楊水萍一直對這位「湘公瑾」哥哥充滿好奇，也與阿罩霧林家的林朝棟結為至交好友。在楊水萍的一再逼問下，「湘公瑾」楊斌仍舊不願說出自己的真實身分，最多也只透露因為自己也有一雙弟妹，正好與楊水萍及林朝棟年紀相仿，因此即便在執行任務時，仍對他們兩人放心不下，好在最後任務順利完成，兩人也沒有受到戰事的波及。

在斗六之役結束後，楊斌即匆匆內渡福建，好似已完成一場神祕任務。楊水萍當然不敢對陸路提督林文察提問，只好轉而逼問林朝棟。這位小弟不知道是怎麼向父親林文察詢問，楊水萍後來才從林朝棟那兒知道，這位「湘公瑾」楊斌雖無軍籍及軍職，卻是可自由進出湘軍陣營，當今閩浙總督左宗棠的直屬親信。由於楊斌允文允武，自然被其他湘軍人士媲美為三國時代文武雙全的周瑜「公瑾」，而有「湘公瑾」之稱。

「目仔，專注一點啊——」楊水萍挑眉說著。「要連我都打不過，我們以後怎麼聯手挑戰楊哥哥的那一雙弟妹啊，他的弟妹一定也不好對付呢！」

「啊——」林朝棟稚嫩的臉龐突然變得相當嚴肅。「姊姊，妳真的不知道嗎？楊哥哥沒有跟妳說過嗎——」

「我知道啊——」楊水萍輕皺眉頭說著。「楊哥哥說過因為他的一雙弟妹跟我們年紀相仿，那日在斗六城外才會那麼掛意我們的安危。」

林朝棟突然臉色一沉，只是搖頭說著：「我是說楊哥哥的一雙弟妹早已不在了——」

「什麼！」楊水萍瞪大雙眼。「不在是什麼意思？」

林朝棟繼續說著：「他們在長毛賊亂起時，整個村落就被亂軍屠殺，楊哥哥的所有家人都被殺害，只有楊哥哥身負重傷殘存下來。要不是左督帥及時救了哥哥，楊哥哥恐怕也早已不在人世。也因為這樣，楊哥哥為了報答左督帥，才投入督帥大人門下成為最忠心的親信。」

「哼，這麼重要的消息為何上次不跟我說清楚！」

楊水萍氣得直接舉劍迅速揮向林朝棟，而林朝棟面對楊水萍帶有憤恨的攻勢，倒是顯得有些招架不住。

林朝棟左躲右閃，好不容易一個回擊，才讓楊水萍退了回去，接著開口說著：「哎呀，前幾日二叔才跟我說的，我上次去彰化城找妳時又還不知道啊！」

這一陣帶有洩憤意味的猛攻，也讓楊水萍顯得有些氣喘吁吁，退到一旁停了下來，並將右手中木劍垂了下來。

楊水萍突然面露疲態，凝視遠方說著：「我不想陪你玩了！」

「姊姊，不要這樣嘛——」林朝棟因為尚未盡興，一臉失望地說著。「我還有長槍還沒跟妳交手啊，我阿爸教過我長槍，我跟楊哥哥一樣會使長槍的！」

楊水萍絲毫並不領情，只是冷冷說著：「我累了，不要煩我！」

「要不然、要不然——」林朝棟努力思索著。「我也會使二叔的偃月大刀啊！」

「哼，算了吧——」楊水萍雙眼微睜看向林朝棟，並面露不悅說著。「你那麼矮小，怎麼可能會有二叔使得好看！」

其實聽到林朝棟剛剛的話語，楊水萍心情變得異常沉重，又想起楊斌在斗六之役無情刺殺戴軍亂賊的那幅場景。若真如林朝棟所言，楊斌一家人都被太平亂軍所害，自然對於戴逆匪也是恨之入骨，也難怪當初面對求饒的戴軍，楊斌還是毫不留情直接痛下殺手。

楊水萍將木劍交還給林朝棟，逕自在主屋外的長板凳坐了下去。

主屋正廳內正對門口的兩張太師椅，分別坐著一名身形魁梧的壯年男子及一名老婦，兩人座位中間有一張茶几，茶几上則有一壺剛沏好的熱茶。

這兩人分別是林文明及其母親林戴氏。林文明身穿長衫馬褂，手捧茶杯，輕皺眉頭看著屋外的楊水萍及林朝棟。

林戴氏頭戴翡翠髮飾，一身華服，悠哉地將熱茶緩緩倒入茶杯，在寒冬中飲上一口熱茶，是一種莫大的享受。林戴氏捧起茶杯，轉頭看看後面供桌上的媽祖神像及一旁林家祖先牌位，接著對林文明說著：「文明，那位就是彰化楊家的大小姐嗎？」

「啊——」原本還在觀看門外動靜的林文明，被母親這麼一問，打斷了思緒。「是啊，前陣子去彰化城辦事，朝棟就吵著要我帶他去找楊小姐。後來才發現她是彰化望族楊家的千金。聽阿兄說她還是左督帥親信楊斌的義妹，家世背景雄厚。這楊斌也是我們兩兄弟在浙江及福建大大小小戰役的老戰友，後來又來臺協助平定戴逆匪，前前後後幫了很多忙，又對朝廷忠貞不移。不過話說這大小姐還真沒大家閨秀樣，愛舞槍弄棒的，感覺不是很得體——」

林戴氏微微一笑說著：「我看這小姐能把朝棟管得死死，未必不是好事。愛弄槍棍就愛弄槍棍，你跟文察還不是一樣。而且這楊小姐家世好，人也漂亮，不弄槍棍時看來也是知書達禮，這點你可是遠不及楊小姐。」

「阿母，這當然不同，我跟阿兄是男的，況且本來就是武家出身——」林文明先是搖搖頭，但又突然理解林戴氏話中意涵，便繼續開口說著。「難道說阿母看中楊小姐了？我記得阿兄對楊小姐的印象也非常好，還叫朝棟要多跟楊小姐學習。不過我記得楊小姐比朝棟還大三歲呢？」

林戴氏看著主屋外的楊水萍，微微頷首笑了起來，喝了一口熱茶後才又開口說著：「這有什麼關係，搞不好楊小姐還嫌棄我們家朝棟呢！」

林文明明白母親對楊水萍十分滿意，要是往後由兄長這個位居陸路提督的高官，親自前往彰化縣城提親，楊家倒還不至於會拒絕。

看著主屋外的楊水萍和林朝棟又開始拿起木劍打鬧起來，林戴氏不覺又露出了滿意的笑容。不過林戴氏的笑容，沒一會兒竟全然消失，滿臉愁容對林文明開口說著：「對了，文明啊，我這幾日一直夢到文察出現在夢中，身穿戰袍不發一語，到底是什麼意思？會不會是發生什麼不好的事啊？」

「阿母——」林文明前幾日已聽過母親的類似埋怨，但為了不讓母親擔心，只好繼續好聲好氣說著。「才在挑孫媳，是喜事，怎麼又再想這些有的沒的。阿母這是太過思念阿兄，才會這樣，別想那麼多了。」

「我只是擔心——」

「阿母——」林文明不等母親說完搶先開口說著。「阿兄驍勇善戰，又有謝先生助陣，那長毛賊不足畏懼，況且阿叔也跟著阿兄去福建幫忙——」

「不過——」林戴氏依舊深鎖眉頭。

看到母親還是一臉憂愁，林文明只好繼續說著：「要不然我也去福建幫忙阿兄，這樣阿母可以放心了吧！」

「這萬萬不可——」林戴氏連忙揮手拒絕。

林文明隨手拿起茶杯啜了一口，剛好看到大廳上所掛的一幅山水畫，筆墨瀟灑清勁，正是那謝琯樵所贈的親筆畫作。

「阿母——」林文明指向那幅畫說著。「真的不用擔心，那謝先生可真神算，有他在阿兄身旁沒有問題的！」

林戴氏面露疑惑說著：「可我看他每次來作客，總是有些不正經，但又可以和文察把酒言談到天明，有時真不懂他們倆哪來那麼多話可講——」

「阿母——」林文明微微一笑。「當年我與阿兄去援救浙江，左督帥被長毛逆賊李世賢率四萬賊兵困在松陽城，我與阿兄的臺勇部隊不過千人，便是那謝先生獻策，我們兄弟倆才能以寡擊眾，擊破長毛賊的上萬大軍。」

「喔——」林戴氏挑眉說著。「倒是以為謝先生只會作畫，想不到也善於兵法作戰。」

林文明點點頭，接著繼續說著：「當時大雨不斷，謝先生看當地官兵多人水土不服病逝，便派人放話臺勇經不起山林困境，依番人習俗遺體須放置山林中回歸，便將百具遺體置於山林小徑。謝先生料想官兵駐守松陽城南方山林之後，儘管僅有千名，卻尖如芒刺，賊兵為去之後快，一定會趁暗夜來襲，謝先生早就要我領兵佈署在山林小徑。而我阿罩霧家勇，向來都以趾架槍射擊，更是塗抹爛泥黑炭，化為病逝死屍，躺臥在百具遺體間，並以草蓆覆蓋，就是避免那火槍引信淋水失效。等待賊兵全都誤入陷阱，我便下令放火射擊，接著又率領伏兵從遺體間跳出，口喊那『天父、天兄賜我神力』的，那些長毛賊還當真以為是天降神兵，全都嚇得四處逃竄，就連那賊首李世賢也只跟我交手幾下，便在賊兵層層守護中往後逃離。阿母，說來也巧，那賊首李世賢竟也跟我一樣手使偃月刀，要是他沒膽怯逃離，我想一定可以一刀拿下——」

「嗯——」林戴氏見林文明難得講得如此起勁，只是滿意地點點頭，但這沙場殺戮，卻是林戴氏向來最不喜歡聽的話題，況且這段戰場往事的主角還是自己兩位親生兒子，就算知道兩人均安然無恙，但聽到林文明的述說，還是不免會膽顫心驚，也只能語帶敷衍說著。「這謝先生倒確實神算——」

「阿母——」林文明一想到同樣手持偃月刀的猛將李世賢，不覺手心有些發癢，意猶未盡繼續說著。「豈止如此，那謝先生還算到長毛賊見到如此神兵後必會自亂陣腳，沿途早先安排好浙江民團換上臺勇號衣旗幟，這些長毛賊驚慌失措下，根本無法辨別，以為沿途都是神兵，這下真讓長毛賊以為我們憑空增加了近千名伏兵。」

儘管林文明說得眉飛色舞，但在平定戴潮春之亂後，官拜從二品候補副將，更在兄長林文察內渡福建前夕升任副將，受命繼續留臺追剿戴軍餘黨。不過在兄長林文察甫一離臺，林文明便被素與阿罩霧林家不和的臺灣兵備道丁曰健及福建巡撫徐宗幹以「副將林文明以本地人辦本地賊，不免招致嫌隙」為由將兵權撤銷，成為一名遭到架空的虛位武官。想來這一切不過都是閩官群為促使林文察早日離臺的技倆，這也讓長年馳騁沙場上的林文明不覺非常失落，僅能如此與家人回味往日戰役。這些橋段林朝棟總是聽得津津有味，一有空閒就纏著林文明重複敘說。

林文明本想繼續說著，卻見到母親林戴氏並沒有姪兒林朝棟那般興致勃勃，接著又發現林戴氏輕皺眉頭看向大廳門外，也就跟著轉頭看了過去。

原來是一名家丁突然跑進主屋正廳說著：「有名自稱福建來的楊先生想找老夫人跟二家主。」

「福建來的楊先生——」林文明輕皺雙眉思考著，應該是左督帥的親信楊斌。「阿母，才說叫妳不要胡思亂想，就剛好有人回來傳捷報。」

林戴氏不似林文明那般樂觀，反倒是眉頭深鎖說著：「快請他進來。」

林文明看著林戴氏如此憂心，此次因為無法在阿兄身旁協助，又想到他要面對當今太平軍最強將領李世賢，這下也顯得有些憂心忡忡。

主屋外的楊水萍及林朝棟也聽到這名家丁所傳的話，兩人不約而同停下手中所揮舞的木劍。

「應該是楊哥哥吧！」楊水萍難掩興奮之情說著，林朝棟也用力點頭表示贊同，想想兩人也快一年沒再見過楊斌了。

楊水萍因為拜訪林朝棟才剛好出現在阿罩霧林家，一想到楊斌看到自己的驚訝表情，楊水萍倒是嘴角微微上揚。

沒多久，家丁領著一名長袍馬褂的青年男子，正是楊水萍及林朝棟所盼望的「湘公瑾」楊斌。楊斌後頭還跟了一名不曾見過的壯年男子，雙手舉著大大的木箱。

「哥哥——」楊水萍迎上前去親暱叫著，而林朝棟也是滿臉笑容跟了過去。不過楊斌見到楊水萍先是一愣，但臉上絲毫沒有任何笑容，好似根本就不認識眼前的楊水萍及林朝棟，行色匆匆快步踏進主屋正廳。楊斌的無情舉動讓楊水萍及林朝棟內心非常難受，不過楊水萍念頭一轉，直覺恐怕有不好的事發生。

正廳內的林戴氏及林文明已起身迎接楊斌。

「拜見老夫人，拜見協臺大人——」楊斌一臉嚴肅對著林戴氏及林文明舉手作揖，林文明已察覺不對勁，大概也知道楊斌的來意。

林戴氏渾身顫抖，有些無法站立，林文明見狀後已快步移到母親身旁扶著。

「這是左督帥的親筆信函——」楊斌面無表情從袖中拿出一張信紙開口說著。「福建陸路提督大人林文察，向為左督帥倚重大將，此次進剿漳州踞匪，手刃賊人無數，惟不幸中槍身亡，實堪惻憫——」

林戴氏聽到此處已全身癱軟，林文明接到這樣的噩耗也是渾身無力，不過為了眼前母親，只好咬牙硬撐將母親扶至椅子上坐好，自己則強忍悲痛繼續站在楊斌面前聽著。

「阿爸，嗚——」站在正廳門外的林朝棟早已淚流滿面，而楊水萍亦是雙眼濕潤，但看到林朝棟哭得如此傷心，楊水萍下意識將林朝棟從後方環抱起來。

楊斌絲毫不受眾人反應所影響繼續說著：「——左督帥將盡力向朝廷爭取從優議卹，因屍骨未曾尋獲，僅將提督衣物送回，以慰忠靈。」

簡短說完閩浙總督左宗棠的親筆信函大意後，楊斌將信交給林文明，又吩咐後頭跟班將木箱打開，示意要交給林文明。

這木箱內滿是林文察的衣物，其中第一件就是林文察的武一品麒麟補官服，官服上頭更放著母親林戴氏親手縫製的香火袋。儘管香火袋本身就為紅色，但上頭明顯可以看出留有水漬痕跡，很難不去聯想，那會不會是林文察的血跡。

林文明本來還強忍著淚水，在接過左宗棠的信函後，早已不覺雙眼濕熱，又見到兄長的生前衣物及那看似染血的香火袋，不禁流下潸潸熱淚。

原本面無表情的楊斌，被林文明的淚水影響，開始低下頭去，只能強作鎮定。楊斌再次向林文明作揖行禮，轉身就要離去，而後頭的跟班也隨即起步。

正當楊斌經過楊水萍時，原以為楊斌可能會對楊水萍及林朝棟說幾句話，不過楊斌只是頭也不回快步離去。

楊水萍終於忍耐不住，從後頭追上大聲喊著：「哥哥，你不是號稱智勇雙全的『湘公瑾』嗎？提督大人剿匪時一定也在身旁，為什麼沒把大人救下，為什麼、為什麼？」

經楊水萍這麼一喊，楊斌總算停下腳步，但只是低頭俯身沒有回應，沒一會兒又與跟班繼續前進。

看著楊斌無情離去的身影，楊水萍也默默流下眼淚，眼前的這名男子，根本就不是她所景仰、她所認識的哥哥楊斌。楊水萍回頭看看林朝棟，小小的身影早已哭到無法自己，楊水萍沾滿淚水的模糊視線中，這幢堪稱臺灣中部當今最豪華的大宅，卻只是在眼底裡逐漸動搖扭曲。

幾日後，在阿罩霧林家的公媽廳，聚集了林家的重要族人，以林戴氏為首，次子林文明為輔排排站開，而公媽廳外也聚集了眾多林家族人。

林戴氏神色顯得相當嚴肅，一旁稚氣未脫的林朝棟則面無表情。林文明特地換上武二品獅子補官服，虔誠祭拜供桌上的兄長牌位，而後頭的所有族人也跟著林文明一同彎身祭拜。

儀式完畢後，林文明向母親林戴氏點頭致意，林戴氏這才緩緩轉身步出公媽廳，神情嚴肅向聚在門外的其他族人大聲宣佈著：「文察一生精忠報國，卻不幸於勦亂之時壯志未酬，雖受封太子少保，不過就是個哀榮。長孫朝棟尚還年幼，這下厝族長就由文明接任，願我等日後竭盡全力，協助文明掌理我阿罩霧的所有大小事！」

林文明這時站了出來，望向聚在院埕的眾多族人，有的人低頭不語，有的人頻頻拭淚，再望向遠方阿罩霧林家滿山的田產，過去都是兄長林文察一手打理，現在整個家族重擔已落在自己身上，看看一旁一臉稚氣的林朝棟，林文明不覺肩頭一重，難以喘息。

「報——」

一名身形粗勇的家丁從人群中竄了出來，正是那林文明的得力助手游捷。

林文明看到游捷如此魯莽，如今已身負重任擔當下厝族長，更是忍受不住大聲斥責：「游捷，什麼事如此重要，也不看看這是什麼場合！」

「報、報告二家主——」游捷見到緊皺眉頭的林文明，多了份穩重與肅穆，確實與以往大不相同，不覺有些低下頭去，並伸手將信函擺在林文明面前說著。「因為官府有急件，務請二家主速速拆閱——」

「官府？」林文明顯得有些疑惑。

林文明接過信函後拆開閱讀，發現是臺灣兵備道丁曰健的來信，除了要商借大砲外，還要求林文明火速率鄉勇增援，一同圍攻北勢湳洪家。

這北勢湳洪家，即為當年戴潮春之亂最後殘存勢力。在戴潮春、林日成及陳弄相繼被剷除斬殺後，戴軍的勢力幾近宣告瓦解，僅剩北王洪欉與其弟洪璠繼續率眾在大肚起事作亂，之後佔據北勢湳堅守不退。

林文明拿著信函不斷思索，兄長林文察將星殞落後，阿罩霧林家已失去最強而有力的最大支柱。即便接任族長的林文明，雖官拜二品副將，但兵權早已被丁曰健等人奪去。如今丁曰健會移文求援，想必北勢湳洪家的最後勢力頑強抵抗，這些官兵進攻也不是很順利，才會轉而向林文明求援。

面對如此重大難題，林文明本想找人商量，但眼下只有頂厝的堂弟林文鳳是最佳人選。不過林文鳳自從得知堂兄林文察殉身，及父親林奠國後續消息後，反而造成身體的極大不適，只能臥床養病。

林奠國雖在漳州萬松關之役，順利突圍逃出，並親向閩府求援，卻慘遭拒絕。林奠國氣不過，原已將閩府頓兵不進之事，上告閩浙總督左宗棠，左宗棠也已下令查辦。不料閩府事後發動反擊，反控訴林奠國私吞軍餉，身為副將自行逃脫，又救援不力，才會導致萬松關之役林文察的慘敗。而林文察萬松關之役壯烈殉國，在閩府的官方報告中檢討其不堅守險要關頭，等待援軍到來再合力出擊，受太平軍誘敵之計，急於立功輕率出擊，反中計被太平軍包圍。林文察雖奮勇殺敵，手仞無數賊人，仍中槍身亡，屍骨難尋。

左宗棠在親信楊斌的實情回報下，不可能不知道這些都是閩官群的刻意抹黑，但由於上訴舉證的閩官愈來愈多，也讓林奠國陷入極為不利的局面，因此目前仍被扣留在福州受審無法歸臺。林文明及林文鳳當然很明白林奠國、林文察有叔姪之親，絕不可能做出這樣的舉動，而清楚軍中之事的林文明雖然並未從楊斌那邊得知實際戰況，但他也相當懷疑，軍師謝琯樵就在營中，兄長林文察也富於兵略，真的會如此輕易誤入太平軍的敵計？想想這一切，無論是對叔父林奠國的指控，或是兄長林文察的軍情報告，極有可能都是那閩官群的合力構陷，這樣的「莫須有」指控，也讓原先身子本就有些不好的林文鳳，引發重病躺臥在床，就連今日祭拜林文察的儀式都無法參加，此時更別說是商議大事。

「文明，官府那頭怎麼了――」林戴氏眼見林文明面有難色，刻意上前關切著。

「阿母，沒事的――」林文明將信函又摺好放入信封，強作鎮定對林戴氏揮手說著。「我想先去一個地方――」

不顧眾人的疑惑，林文明只是穿過院埕走出林家大宅，只有游捷緊跟在後頭。

林文明在大宅門前停下腳步，抬頭向上看著大門上高掛著御賜「宮保第」大大三字的雕花門牌，這可說是用阿罩霧的四百名弟兄及兄長林文察的血肉所換來的，一點也不值得榮耀。儘管林文察殉國後，清廷追贈太子少保，並授威振將軍，而母親林戴氏也受封為一品夫人，但這些頭銜都是虛設的官階。儘管林文明向來不信任官府，雖然不知道丁曰健那邊是否已知道兄長殉國之事，但此刻接到官府這樣的要求，卻也不免會多作聯想。現在既已身肩族長的重擔，又要面對閩官群的刻意壓制及族敵萬斗六洪家，已讓林文明有了不同的想法。

「游捷，這是臺灣兵備道丁曰健來函——」林文明亮著信函說著。

不過林文明說沒兩句，卻一下又止住不提，而游捷只是一臉疑惑看著林文明，卻也不敢開口詢問。林文明很明白，這年輕粗壯的游捷，雖然在戰場上可以奮勇殺敵，在阿罩霧林家中也可以交辦各種事項，卻因為不夠靈巧，不是個可以商量大事的對象。過去兄長林文察擔任族長時，也有幾名相當可靠的家丁，可以商討不同家務，但都在萬松關之役與兄長一同殉難，也可說萬松關一戰，對阿罩霧林家的龐大產業與家務來說，造成了相當不利的後果。細數目前剩下的家丁，就只有原本就跟在身旁有如貼身護衛的游捷，還有就是在阿罩霧攻防戰表現傑出的家丁戴乞可以重用，最多就是那世世代代效力阿罩霧林家的李老馬，忠誠度上沒有問題，是可以考慮拉拔上來的對象，但在溝通上可能不是那麼方便。不過再怎麼說，這幾人都屬於武勇型的壯丁，總覺得還是缺乏一個可以靈巧應變的得力助手。林文明原先就知道自己得接任族長，也很想從眾家丁找尋這樣的幫手，本想說可在今日過後慢慢尋找，想不到接任儀式剛剛完畢，就得面對這樣的難題。

來回踱步好一陣子後，林文明從衣領中拉出了掛在脖子上的紅色香火袋，這個同樣是母親林戴氏親手縫製之物，上頭也與兄長林文察的香火袋一樣寫著「既壽且康」四字。林文明看著看著又將香火袋收回衣領內，想來想去真的只有堂弟林文鳳可以商量，很想前去頂厝尋找，卻又覺得不適合在病中打擾，只好繼續來回走著。

又過了好一陣子，林文明總算開口對一直待在身後等候指示的游捷說著：「游捷，去把那尊『大將軍天字號』大砲調出，再召集百名鄉勇，和我一同前去北勢湳支援官府勦匪！」

「什麼！」游捷濃眉倒叉，瞪大雙眼說著。「二家主，你不是常說官府不能相信，先前丁曰健又用那什麼爛招，這才剛奪去二家主兵權，怎麼還要去幫那陰險小人，擺明就是打不過賊人，才想利用二家主——」

「游捷——」林文明大聲怒斥著。「我自有打算，也有我的顧慮，不要再給我多嘴！」

游捷領命退下後，林文明眼神變得更為堅定，再次抬頭望向「宮保第」的雕花門牌，向來只要望其項背就能讓人安心的兄長林文察已不在人世，就連那時而瘋癲、時而精明的謝琯樵也一同殉身，如今叔父林奠國也因案扣留福州，富於謀略的堂弟林文鳳也病倒在床，姪兒林朝棟更還如此年幼。阿罩霧林家只剩下他還授有二品官階的虛位，要是此刻拒絕支援而與官府鬧翻，甚至都已有叔父林奠國受閩府誣陷的前例，更可以懷疑這是官府刻意想要阿罩霧林家拒絕出兵的奸謀，好在日後上奏控訴，這些恐怕都不是失去林文察的阿罩霧林家，所能承受的嚴重後果。

阿罩霧林家大宅前的草坪，如今是一片風和日麗，即便身處寒冬，但因為冬陽照耀下，也不覺讓身子有些暖和。鳥鳴不絕，彷彿這兒不曾發生過任何事一般，但林文明很明白，這一切不過就是短暫的平和假象。

林文明再次看向大門上所掛的「宮保第」三字，這雕花再美，卻也只是脆弱不堪，林文明看著看著不覺開始有些痛恨這御賜的虛榮。

第七回

萬斗六夜刺賊首　戴逆黨祖產遭奪

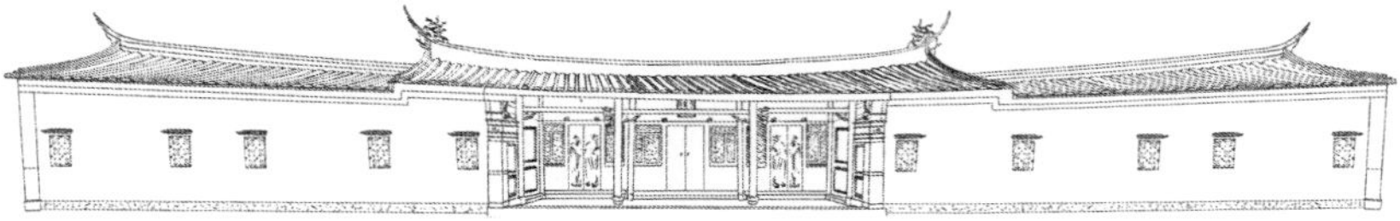

——清同治四年（西元1865年）正月，臺灣萬斗六洪家庄。

「阿兄——」林文鳳指著洪家庄的某處說著。「我看那處竹圍已多日都無人駐守，我倒有一計想請阿兄評估看看是否可行——」

天色漸暗，林文鳳與堂兄林文明一同站在萬斗六洪家庄外，共商進攻之事。由於時值正月，儘管已經身穿厚衣，但這刺骨寒風還是會讓人感覺有些不適。

林文明看著自己的堂弟林文鳳，原本身體時常欠安的林文鳳，因為父親林奠國已被閩官群所陷，在福州下罪入獄，不得已之下，也只能接任阿罩霧林家頂厝族長。不過即便遭逢如此變故，個性堅強的林文鳳一下就振作起來，經過一段時間的細心調養，這下也與林文明一同投入戰場前線。

其實林文鳳貌似體弱多病，畢竟也出身武勇之家，只要是未染病之時，也是相當威猛，當年更曾在圍攻四塊厝林日成之時，單挑林日成之弟林狗母，力戰十幾回合斃之，讓林文察軍隊士氣為之大振。不過林狗母固然沒有林日成那般勇猛，而且會挑上林文鳳，想來也是看上林文鳳看起來是個弱不禁風的書生面相，只是萬萬沒想到林文鳳也有其武家身手。但林文鳳因為自幼就容易身染重病，常常一病下去便需要休養好一段時間才能痊癒，這也讓他儘管身懷兵略，卻也難以負荷長途遠征，也就不能像堂兄林文察及林文明那般成為沙場戰將，其父親林奠國更是百般呵護，盡可能避免讓他身處戰場。好在此時調養得宜，更可說是接任下厝族長後意志力的驅使，讓林文鳳此次也一同隨著林文明前來征討萬斗六洪家。

林文明看著林文鳳那對堅強的雙眼，只是點點頭說著：「文鳳，這萬斗六洪家庄如此死守不出，我們鄉勇人數也不是很多，確實得用些技倆。洪家庄常與北勢湳洪家連成一氣，所以那丁曰健要對北勢湳發動攻擊之時，才會下令要我們同時圍攻萬斗六，好一舉消滅賊黨。」

臺灣兵備道丁曰健早在去年十二月，便率兵圍攻北勢湳洪家，雖已攻破藩籬，但其內穴甚堅，再加上外援不斷，以至於久攻不下。

林文明接獲丁曰健移文求援時，先是應允其要求，派人親送一尊大砲借給丁曰健，之後更率領百名鄉勇駐守烏溪，以求截斷洪家外援。在林文明的號召下，各地鄉勇也聞風而至，一時之間烏溪已有近五百名鄉勇，也讓向與北勢湳洪家連成一氣的其餘賊黨，尤其是萬斗六洪家庄不敢再前往支援。

這下讓丁曰健總算可以放心對北勢湳進行最後的總攻擊，更下令林文明率鄉勇同時進攻萬斗六，這個洪欉及洪璠所出身的洪氏大本營。

「阿兄──」林文鳳雙眼有神說著。「這洪家庄有偽元帥洪花夫婦坐鎮，想必也是場硬仗，此時天乾，不如我們來場夜襲，引蛇出洞──」

儘管此刻位在北勢湳的北王洪欉，已在丁曰健的圍攻下斃命，由其弟洪璠接任北王，續守北勢湳，但萬斗六仍有元帥洪花坐鎮。洪花與其妻李氏皆為悍將，曾多次與戴潮春親率的大軍，一同衝鋒陷陣凶悍無比。這場洪家庄之戰，更因林文明此時所率鄉勇僅有兩百名，其戰力更是不如昔日迎戰太平軍的主力臺勇精英部隊，也就更不敢冒然進攻。

林文明回頭一望，自己所率領的鄉勇如今就僅有這兩百名，和當初自己與兄長所率領的上萬大軍根本無法相比。當初戴軍聲勢浩大，加上臺人長期因奪水爭地時有衝突，紛紛練養自己的家勇，而泉、漳後人僅因一言不和更時常械鬥，這種環境下練就出來的臺人，確實民風極為剽悍，因此當初戴軍的主力軍隊，其強度確實不亞於擁有完整軍事訓練的太平亂軍。但此時洪家庄所餘留戴逆殘黨已沒有當初的戴軍戰力那麼強大，而林文鳳所提到的洪花夫婦，先前勦平戴潮春時，林文明雖然沒有直接交手，僅在戰場上見過，確實相當武勇，但和那太平軍李世賢相比，根本就還有很大一段的差距。儘管林文明知道李世賢應為殺兄仇人，但不知為何，竟還是有些懷念那與他同樣使著偃月刀的彪形大漢。

寒風再次拂面而來，後頭的兩百名鄉勇，畢竟不是正式官兵，又是強拉上來替補在漳州殉難的精英部隊，看在林文明的眼裡，似乎還是訓練不足，此刻正有一群鄉勇在後頭搓手取暖。一想到自己是領過上萬大軍的朝廷命官，如今雖然還有副將頭銜，但在丁曰健當初上呈奉准的「臺人不得治臺軍」政策下，兵權早被永久奪去，實際上現在也不過是個鄉勇義首，林文明看著看著不覺內心也跟著拂面寒風一同微微發冷。

「文鳳，你還記得那粵勇首羅冠英嗎？」林文明問著。

「阿兄，我當然記得——」林文鳳雙眼一亮說著。「那日要不是他率領兩百名粵勇翻山來援，我也沒把握長期擋住憨虎晟那賊人的猛攻。」

林文明點點頭，羅冠英當年在林文明率兵返臺後，也曾多次協同林文明平定各地戴軍亂事，確實是名急公好義的鐵漢子，不過後來還是不幸在戴軍戰亂中殉亡。

「阿兄，是我這計謀不好嗎？」林文鳳發現林文明一直沒有回應自己的想法，有些擔心地問著。

「沒有、沒有，剛才說到哪——」林文明連忙揮手，顯得有些慌張。「我們再來商討如何佈署——」

林文明儘管如此說著，一想到羅冠英殉亡後，根本就像被官府所遺忘的棄子，又想到當年小刀會之戰，要是自己和兄長也像羅冠英那般壯烈犧牲，真的不過就是化身為一紙終究還是會被世人所遺忘的褒揚令。但想想這和兄長林文察的太子少保頭銜實質上也沒有多大的差別，其實林文明歷經這一切的變故，還有官府的一再失信，早已有些厭戰，要不是為了避免阿罩霧林家日後被官府為難，壓根兒也不想再為這無情的官府效力。如今勉強率眾圍庄，其實根本無心作戰，只想放手讓林文鳳去主導戰事，好在此時林文鳳的身子還算可以應戰。

午夜時分，林文鳳身揹長管火槍、手持長槍，親率八名家勇。領頭的三名家勇身材尤為精壯，其中一名便是林文明戰場上的得力助手游捷，另一名則是那先前曾與林文鳳一同在阿罩霧攻防戰協防的年輕家勇戴乞，而最後一名精壯家勇皮膚甚是黝黑，雙眼雖小，卻是殺氣騰騰，額上已出現皺紋，顯然有些年紀，但肌肉甚為結實，便是那世世代代效力阿罩霧林家的老家丁李老馬。

在林文鳳的率領下，九人摸黑爬上洪家庄外的一處竹圍，並以利刃割空竹圍，好讓夜襲部隊悄悄通過。

穿過竹圍破洞後，林文鳳對於萬斗六洪家庄內各棟建築位置，先前早已在庄外登高觀察多時，並規劃這八名家勇的埋伏之處，在林文鳳的一聲令下，八名家勇便各自散去。

年紀較大的李老馬悄悄移動到洪家庄內的柴房外，本想拿起綁在腰際上的布袋，卻在這時發現柴房內關著一名手腳遭綁、身上滿是笞痕的年輕男子，正看著自己的一舉一動。

李老馬見情況不對，迅速推開柴房大門，想要拿出小刀刺向這名年輕男子，但見這名濃眉大眼的年輕男子神色自若，年紀看起來也不過二十出頭，肩膀格外厚實，炯炯有神的雙眼眨也不眨，絲毫沒有畏懼，只是繼續冷冷看著李老馬。

這年輕男子眼看小刀已要刺向自己，既不呼叫也不掙扎，反倒只是微微一笑，這下真讓李老馬有些難以下手。

「老大哥，你是阿罩霧的家勇吧——」年輕男子沉穩地說著，聲音相當低沉。「我早勸家主快快投降，不需要斷送整個洪家庄的命運，做那無謂的抵抗，哪知家主不聽，原想把我當場宰殺，但看我們洪家兵丁缺乏，我過去又甚有戰功，是家主向來倚重的家丁，在眾人力勸下，這才變成被家主一陣毒打後丟到這裡反省。但我左思右想，這洪家早就大勢已去，我如能離開此處，還是會繼續勸家主投降。老大哥，我看你不如放了我，讓我再去勸勸家主投降，我實在不願意見到洪家陷入家破人亡的滅族大難！」

李老馬實在不知道這名年輕人所言是否真實，但看他身上滿是鞭笞傷痕，有些傷口還流著鮮血，倒也開始有幾分相信。

「老大哥——」年輕男子見到李老馬如此猶豫，又繼續開口說著。「你是不是要放火燒了這柴房，想必此時洪家庄已有多名阿罩霧家勇潛入，這我早有提點過家主，需提防那高處竹圍，更該派人駐守，那處地勢雖高，但容易被人攀爬，想來你們應該是由那處潛入，是吧？」

李老馬雙眼微睜，林文鳳的謀略及佈局，竟一下就被這名年輕男子所識破，真讓李老馬不知該如何是好。

年輕男子繼續開口說著：「老大哥，我看既然你們已潛入洪家庄，又要放火擾亂，逼家主出擊擒拿，雖然必然造成傷亡，但這確實是可以大大減少整個洪家庄的損傷。不如放了我，點火後就由我來親自指點你們家主所在位置，大夥兒可直接將他拿下，這才可趕緊結束這場不必要的戰爭！」

李老馬面對年輕男子先前的話語，早有些被說動，而年輕男子之後的滔滔不絕，更讓李老馬已經真偽難辨。但看這名年輕男子有傷在身，自己年紀雖然較大，單打獨鬥卻也未必會輸，想著想著李老馬還是選擇拿起小刀替年輕男子鬆綁。

「多謝老大哥！」年輕男子鬆綁後微微一笑，對李老馬合掌說著。「小弟李祥，願替老大哥引路。」

見到李老馬還是沒有說話，李祥不覺有些面露異色，李老馬會意後這才伸手比了比自己的喉嚨，喉頭上有幾道相當明顯的刀傷疤痕。原來這李老馬不是不開口，而是開不了口。

李老馬眼看李祥並沒有威脅性，這才解下腰際上的布袋，並從其中拿出一罐瓶子。其實不難想像裡頭裝的會是什麼，沒一會兒，瓶內的夜體便灑滿整間柴房。李老馬又從布袋內拿出打火石，但李祥見狀後，只是一溜煙跑出柴房。原本李老馬以為中計，但沒多久卻看到李祥又出現在柴房門外，小聲招呼李老馬過去。李老馬出了柴房大門，這才發現原來李祥不知道從何處拿了短小火炬蹲在柴房外等著。

等到李老馬會過意後，也跟著蹲在李祥身邊悄悄等候。李祥本來就很想請教李老馬的稱呼及詳細計劃，但因發現李老馬是個啞子，也就只能與他一同靜靜等著。

「砰！」

不知道過了多久，洪家庄內出現一聲洪亮的槍響。李祥直覺這是暗號，看向李老馬，只見李老馬猛力點頭回應，李祥便將手中火炬丟入柴房，而柴房先前已潑灑過助燃之物，一下便形成熊熊火勢。

李祥再次抬頭一看，除了眼前的柴房，洪家庄同時還有其他七處也同時著火，這些著火位置有前有後，但乍看之下真的連成一片，好似洪家庄已被千名鄉勇所圍攻，不知實情的洪家庄人，以為大軍早已來襲，開始四處逃竄。見到洪家庄一下就陷入這樣的混亂場面，李祥不禁讚嘆阿罩霧鄉勇確實有高人指點。

「老大哥，我帶你一同去攔截洪家家主！」李祥輕拉李老馬說著。

不過李老馬只是搖搖頭，反拉著李祥往另一個方向前進，李祥因為不知道李老馬想表達什麼，也只能在李老馬的拉引下跟著移動。

沒多久，李老馬帶著李祥來到洪家庄的某個暗處，仔細一看，此處正蹲伏著七名鄉勇，還有一名身揹火槍、手持長槍的青年男子，明顯就是帶頭的勇首。

「老馬仔，這人是誰！」戴乞見到李祥身穿洪家號衣，一下就面露警覺之色，並撫著腰際大刀準備拔出。一旁的游捷見狀後也跟著站起，但看到李老馬神色沒有異常之處，反倒令人相當不解李老馬帶這名洪家家勇來這會合之處的用意。

「這人是想窩裡反嗎？」林文鳳輕瞇雙眼，上下打量著李祥，只見李祥濃眉大眼，炯炯有神的雙眼看似相當精明。

李老馬猛力點頭，又拍拍李祥的肩膀，並伸出右手指向洪家庄正中間的位置。

李祥深怕大家看不懂李老馬想要表達的意思，只好率先開口說著：「諸位英雄，小弟叫做李祥，因時間急迫，一切再待我日後慢慢解釋。這洪家家主不顧全庄族人性命，大夥兒原先就沒有想要造反，是被家主逼上山頭。戴逆匪伏誅後，更早無戰意，但家主卻只想讓族人白白犧牲，小弟我已看不下去，這就帶領諸位英雄直接前往家主藏身處擒拿賊首，好結束這場不必要的殺戮！」

林文鳳聽了以後不覺輕皺眉頭，並不是懷疑李祥所言。就情勢判斷，如果李祥所言不真，洪家若已識破他夜襲的計謀，倒也不必這樣先派一名小兵隻身前來刺探，直接殺進即可，而萬斗六洪家庄被攻破只是遲早的事，李祥的可信度還算相當高。其實林文鳳是對他這樣的背叛舉動有些反感，但不管如何，確實不失為一個降低雙方不必要損傷的大好機會。

「李祥，那就快帶我等前去伏擊那逆賊洪花！」林文鳳手舉長槍說著。

「是，諸位英雄，請隨我來！」

李祥說完便快步在洪家庄內走著，一路上只見愈來愈多賊人驚慌失措，各個都像無頭蒼蠅四處亂竄。一行人又跟著李祥穿過無數暗徑，均巧妙避開賊人的逃跑路線，這確實也只有洪家庄人才能如此熟門熟路。

最後在李祥的帶領下，總算停在一間看起來有些破舊的木屋旁。

「什麼，怎麼可能是這種破屋！」游捷一臉不悅地嚷著，手撫腰際大刀就要拔出，不過李老馬反倒一個回身擋在游捷面前。一旁的戴乞看得不是很能理解，倒也跟游捷有著一樣的疑惑，直覺李祥可能真的有詐，早已拔刀架在李祥脖子上。

「慢著——」林文鳳手舞長槍壓住戴乞的大刀。「耐心看下去就是了——」

林文鳳早在觀察洪家庄之時，就很懷疑洪家庄內一棟看似最華麗的磚房，並非賊首洪花的真正藏身處，若是李祥率領眾人前去那棟華麗的房子，林文鳳想必會對李祥起了戒心，但此刻卻是這間破房，倒讓林文鳳覺得非常合理。

就在游捷與戴乞尚在懷疑之時，這間破房突然衝出一名身型矮壯、留有一臉絡腮鬍的壯年男子，手持雙斧大聲嘶吼著：「滿賊何在，竟敢如此夜襲，一點也不光明磊落！」

這雙斧正是那驍勇善戰的洪花擅長使用的兵器，游捷與戴乞見到後，這才鬆了一口氣，不過一下就又高舉大刀準備應戰。

洪花見到迎面而來的九名大漢，各自擺好兵器迎接，又看到洪家庄四周身陷火海，而洪家家勇們只是四處逃竄，根本不知道此處已有多少伏兵，這下反倒有些慌了手腳，原本的凌人氣勢一下就消逝殆盡，反而直接轉身就往別處逃離。

「逆賊洪花休走！」林文鳳大聲喊著，並向前追去，其他家勇也跟著跑了過去，不過後頭幾名阿罩霧家勇倒是被其他營救洪花的賊人所困，開始短兵交戰，只剩下林文鳳、游捷、戴乞及李老馬四人追上。

雙方追逐了一段路程，林文鳳顯得有些氣喘吁吁，後頭的游捷、戴乞及李老馬見狀後，迎頭趕過林文鳳繼續追擊，不過倒是不見李祥身影。

洪花繼續逃離，但想不到遠方的道路上竟有百名鄉勇擋住去路，而領頭的勇首，更是那手持偃月刀的彪形大漢林文明。

林文明見到洪花現身後，只是揮舞偃月刀擺好出擊架式，但這慌張逃跑的洪花，一看到那孔武有力的林二爺擋在要道上，儘管自己本身戰力不弱，但眼見大勢已去逃離要緊，根本不可能上前一戰。

洪花眼看前路不通，後頭又有追兵，就在不知道該如何是好的當兒，剛好看到救兵現身此處。

「李祥，快！滿賊在後頭，先幫我擋下！」洪花對出現在身旁的李祥喊著。

李祥只是微微點頭，走近洪花身旁拿出小刀護衛著。

就在此時，游捷、戴乞及李老馬，早已自三方而來，擋住洪花的其他去路。林文鳳也緊接在後，擋住洪花的最後一個活路。

「哼，李祥那賊人果然狡詐！」戴乞瞇起雙眼說著，手中的大刀早已擺好備戰架式。

「我早覺得他相當可疑！」另一側的游捷也高舉大刀回應著。

只有李老馬依舊沒有參與這兩名家勇的討論，但即便有想說的話也開不了口，只是舉刀貼近耳邊，緊盯著洪花的一舉一動。而林文鳳手持長槍擺在腰後，早已蓄勢待發細細尋找賊首的破綻。

不過李祥絲毫不被這兩名家勇影響，只是繼續持刀站在洪花身旁。

洪花看看這四名大漢，尤其是手持長槍的林文鳳，看起來一副書生模樣，似乎也不是沒有一拚高下的本錢，高舉雙手戰斧準備迎戰。

「啊——」

洪花突然瞪大雙眼轉頭看著李祥說著：「你這是在做什麼！」

林文鳳雖然不知道洪花發生什麼事，但見機不可失，伸手一揮，長槍迅速向前移動，一個眨眼間，便以長槍刺倒洪花。但就在林文鳳想要取下洪花首級之時，這才發現洪花脖子上早插著一把小刀。

「好，文鳳好武勇！」林文明遠遠見到林文鳳一槍便將洪花刺倒，拍手稱好迎面走來。

就在此時，後頭已有一批洪家庄家勇整隊待攻，最前頭更有一匹快馬迎面而來，上頭是名皮膚黝黑、身形略為矮小的戰將，手持長槍開口大喊著：「眾將隨我擊殺滿賊！」

不過後頭的洪家庄家勇，早看見洪花已被斬殺，根本沒有隨著這名賊將上前殺敵，各個只是呆立原地目送自己的將領向前衝去。

這名賊將根本沒有發現後頭家勇完全沒人跟上，只是一股腦兒策馬往林文明衝去。

「李祥，快跟我一同殺敵！」賊將穿過李祥時大聲喊著。

面對賊將來勢洶洶，林文明早已架好偃月刀，這賊將儘管坐在戰馬上，但因為身形矮小，而林文明高大魁梧，就在賊將快馬衝向林文明之時，林文明算準時機，突然一個迴旋跳躍，同時奮力揮舞偃月刀，一個俐落的手起刀落，賊將的長槍木柄被偃月刀硬生生砍斷，而這賊將的頭顱同時早已落地，只剩下戰馬載著軀體繼續前進。

「喝！喝！」

後頭的阿罩霧家勇看到後，紛紛高舉兵器叫好，不過林文明雖然漂亮斬殺賊將，但總覺得這賊將不夠強悍，一個俐落的甩刀收柄震地後，臉上還是顯得有些鬱悶。

林文鳳看向滾落一旁的頭顱，再仔細一看，原來這名被林文明斬殺的賊將就是洪花之妻悍賊李氏。向以武勇著稱的李氏，竟然一下就被林文明斬殺，也讓林文鳳不得不對這位高大威武的堂兄肅然起敬。

後頭的洪家庄家勇，見到兩名領頭元帥洪花夫婦均被斬殺，竟好似鬆了一口氣，紛紛棄械投降。

「阿兄，好武勇——」林文鳳提槍上前，向林文明稱好。

林文明根本就臉不紅、氣不喘，只是微微苦笑。沒多久，林文明注意到站在一旁的李祥，先前也目睹到李祥刺殺洪花的場景，因此開口問著：「這位是，阿罩霧派去潛入洪家的家丁嗎——」

林文鳳經林文明這麼一提，想起李祥還在身旁，反倒突然緊皺雙眉吩咐後頭說著：「游捷、戴乞，把這李祥拖下去宰了！」

一聽到林文鳳這樣的指示，本就對李祥充滿戒心的游捷及戴乞，一下就同時抽出大刀架在李祥脖子上。不過此刻李老馬竟然跑到林文明前頭，不斷來回在自己及李祥身上比劃著，但沒有人看得懂是什麼意思。

「哈、哈、哈——」李祥儘管刀在脖上，絲毫沒有抵抗，只是突然縱聲大笑起來。「大丈夫死則死耳，有什麼好怕的！」

林文明見到李祥有如此膽識，反倒有些提起興致問著：「文鳳，我看他幫我們拿下賊首，甚是武勇，洪家庄也因此直接投降，避免再有流血衝突，沒有功勞也有苦勞，為何還要將他殺掉？」

「阿兄——」林文鳳瞪著李祥說著。「此人都敢大膽弒主，留下來也是禍害！」

「哼——」李祥冷笑一聲。「我才不管主子是正是邪，插旗造反也好，殺賊勦匪也好，是官是賊，只要懂得照護下屬就好。所以那對下面不好的庸主，根本就不值得賣命。我不過是為了洪家庄眾族人及家丁著想，不需要被庸主的一意孤行所連累，這才殺掉這庸主的。你們若不領情也就算了，反正我這洪家庄也算是保全下來，就快快下手殺了我吧！」

林文明雙眼微睜，不禁被李祥的這段話所打動，這與自己長年以來的想法簡直不謀而合，又見到這李祥年紀輕輕卻有如此膽識，炯炯有神的雙眼好似相當精明，讓他不禁想起了謝琯樵的那雙銳利眼神，不覺愈看愈是歡喜。

「文鳳，慢著——」林文明揮手示意要游捷及戴乞退下，接著只是對李祥微微一笑。「這李祥先留給我慢慢詢問今日詳情——」

「阿兄，難道你想——」林文鳳瞪大雙眼說著。「要留人可以，但千萬不可讓他進入阿罩霧。阿兄你看仔細，此人顱後有反骨，又有弒主前例，久後必反！」

林文鳳不愧是阿罩霧林家的智將，竟一眼就看穿林文明的想法，確實林文明也已發現李祥顱後有反骨，不過並不以為意，反倒是被他的機警武勇所深深吸引，只是輕笑一聲說著：「這什麼鬼話！根本就是說書的無稽之談！」

「阿兄，這真的萬萬不可！」林文鳳繼續向前勸阻，不過林文明卻只是笑而不答。

林文鳳的勸阻並沒有奏效，反倒是李祥日後真的進入阿罩霧林家，成為林文明手下的一名家丁。

在這場萬斗六洪家庄戰役結束後，丁曰健也同時攻下北勢湳，但在事後的戰功奏摺中，丁曰健所請的其他義首全都上報，就是獨獨漏掉戰功彪炳的阿罩霧林家。原本林文明會率眾參戰，多少也想藉此立功，甚至是讓林文鳳跟著謀得一官半職，不過會有這樣的結果，林文明倒也不是非常意外。因為當初「不得以臺人治臺軍」的政策便是由丁曰健所提，若不是久攻不下，丁曰健也不會來向林文明求援。若事後上報林文明的戰功，簡直就是自打嘴巴，也因此才被刻意忽略。

不過這苛刻的丁曰健，這次倒是為了補償，或許更該說是為堵住阿罩霧林家之口，竟然授意知府由林文明擔任「新案叛產總理」，負責處理萬斗六洪家叛產，酬庸的意味相當濃厚。

林文明原只單純因為李祥出自萬斗六洪家，便將叛產事宜交由李祥協處，沒想到李祥打理得相當完善，不但清冊有條不紊，就連建議方案也相當得體，這點讓林文明甚為滿意。細問之下，這才發現李祥在進入洪家擔任家丁前，其實也讀過點書，只是家道中落後，才棄書不讀，這讓林文明對李祥更有些刮目相看。

而後林文明更讓李祥協助處理先前戴軍逆黨四塊厝林家叛產，想不到李祥雖非四塊厝出身，依然整理得相當清晰，建議方案雖與萬斗六不同，依舊還是非常合適的處理方案，這讓林文明更為滿意，直覺真的找到了可以商討家務的得力助手。

「李祥，你覺得那林應時的提案如何？」林文明問著。

「二家主——」李祥突然湊到林文明耳邊低聲說著。「我看那林應時可能心生畏懼，才會提出如此建議。我有算過，這對他來說根本就是極大的虧本生意！」

在四塊厝後厝林家偌大的三合院院埕中，一名滿臉愁容的壯年男子，儘管身上穿著華麗，卻跪在林文明面前只是不停磕頭，這人便是四塊厝後厝族長林應時。

林應時為林泉的堂弟，是繼任林泉的新族長。而這林泉當年不聽堂弟林應時的勸阻，竟加入林日成的叛黨，在林日成被斬殺後，這四塊厝後厝也跟著受到牽連成為逆黨，這下才會受到林文明的叛產處置。

「協臺大人——」林應時一臉苦喪說著。「再補上這些房產、田地還不夠嗎？」

原來後厝林家因被牽連受罪，本應有所懲處，但尚有「捐罰贖刑」一途，大部分錢財已被抄家的後厝林家，只能選擇再將其他祖產賣給阿罩霧林家，以換取「捐罰贖刑」的銀兩。

阿罩霧林家先前已藉由自行購買或亂黨捐罰贖刑等方式大舉擴張家產，此刻林應時已有捐罰六千銀兩審定在案，不過先前賣地後所不足的缺款，均是先向阿罩霧林家所借貸。因後厝遲遲還不出貸款，林應時竟主動建議變賣其他祖產抵債，但這地價卻壓得異常低廉，讓林文明不覺有些難解。

「協臺大人——」林應時繼續磕頭說著。「只要能保我族人無恙，若是嫌這房產不夠，我日後還是可以再想辦法補上——」

林文明搖搖頭，本想不該佔人便宜，但李祥突然搶先開口說著：「二家主，我看也不要為難林族長，這我算過，林族長所提的房產應當已足夠抵債，那就這麼決定吧！」

林應時這下總算露出笑容說著：「多謝幫忙，萬事拜託、萬事拜託！」

「李祥——」林文明來回走了幾步，接著才又開口說著。「這裡就交給你全權處理，你決定就好，絕對不要佔人便宜，也不要為難林族長，事後再跟我秉告即可。」

林文明想想自己也不擅長算術類的麻煩事，自己擔任族長後，阿罩霧林家的大大小小決定，都落到他身上，好在多了李祥這名精明的幫手，倒不如放手讓精打細算的他去處理就好。

看著後厝林家的龐大祖產，若是也納入阿罩霧林家，這下要處理的大小事務，只會更多，不會更少，這也讓林文明不禁有些懷念起戰場上的盡情殺戮。

第八回

朝棟扶柩返故土　左帥面聖赴陝甘

——清同治五年（西元1866）年八月，福建漳州城。

一口由四名壯漢所抬的華麗靈柩，在漳州城街上慢慢向前移動，靈柩前頭更有身穿孝服的送行隊伍，而一旁滿滿都是前來瞻仰的漳州居民，各個表情哀戚不已，更有人伸手頻頻拭淚。

「朝棟，請節哀——」

林文明將手輕搭在十五歲的林朝棟肩上說著，兩人走在靈柩隊伍的前頭。

林朝棟及林文明身後還有兩名家丁，便是那深受林文明信任的李祥及戰場左右手游捷。而這一行人的最前頭還有一名滿頭蒼蒼白髮的花甲長者，拄著拐杖、拖著佝僂身形，雙眼泛淚走在最前頭，便是那阿罩霧林家最親密的老戰友曾玉明。

靈柩隊伍的最後頭，還有一名始終低頭前進的年輕男子，一臉清秀的面容，顯得相當哀傷，便是那閩浙總督左宗棠的親信「湘公瑾」楊斌。

這幾人因太平天國亂事已定，在曾玉明的穿針引線下，特地前來林文察當年殞落的福建漳州，由林文察之弟林文明及林文察之子林朝棟，一同扶靈柩返回臺灣。由於當年林文察殉國之時屍骨難尋，這靈柩內裝的還是林文察生前衣冠，但這次由林文明及林朝棟遠渡福建扶回衣冠靈柩，意義自與當年楊斌所送回的衣冠大不相同。

林朝棟自從喪父以後，原本天真稚氣的臉龐，一夜之間變得相當陰鬱，而且從那以後也不曾再纏著叔叔林文明述說戰場往事，只有在遇見彰化城的楊水萍時，才會再次露出笑容。

萬松關之役後，又經過將近一年的圍剿，太平軍的亂事終於告一段落，漳州城也已恢復往日繁榮。當年閩浙總督左宗棠在聽聞愛將林文察殉國的噩耗後，星夜親率上萬大軍由浙入閩，並迅速召集各路官軍同時進攻李世賢。一方面是為了平亂，另一方面更為替鍾愛的部將林文察復仇，一下就把李世賢的十萬太平軍打得棄守漳州城逃竄。更在隔年五月徹底擊潰李世賢，逼得李世賢削髮為僧變裝逃離。不過李世賢儘管逃過湘軍追擊，最後卻還是難逃死劫，太平天國也幾乎可說與這名後期最強將領一同宣告滅亡。

左宗棠事後依據林奠國的上報內容，奏請革職拏辦相關頓兵不進的失職參將，但沒想到卻被閩府群官反咬一口，提出多項舉證，反變成林奠國私吞軍餉、棄守戰場，招致下罪入獄的悲慘局面。

「唉——」林文明走著走著不覺長嘆了一口氣。

此次帶姪兒林朝棟一同遠渡福建，先去福州探望過押在大牢內的叔父林奠國。林奠國面色極為慘白，一見到林文明及林朝棟便情緒激動訴說自己如何遭到閩官群的誣陷。原本林文明和林文鳳就對林奠國被下罪的理由，強烈懷疑是閩官群的構陷，這幾年在林文鳳的往來奔波下，依舊無法翻案。這次親口聽見叔父林奠國喊冤，更讓林文明痛苦不已，但最震憾的莫過於後頭由叔父口中聽見的真實戰況。

林文明原本就一直對於官方戰報相當不解，當年有策士謝琯樵在營中助陣，兄長林文察也巧富兵略，理當不會誤入敵計。這下聽到叔父訴說，才知道閩官群授意頓兵不前，才會招致萬松關孤立無援而被賊兵包圍，兄長林文察最後才會率臺勇鐵騎直搗賊營而壯烈犧牲，根本就不是官方報告中的「不守關頭，急於立功，反誤入賊計包圍，身中數槍身亡」的荒唐描述。

這下林文明真的氣憤難平，來到漳州後遇到同來為兄長林文察靈柩送行的楊斌，劈頭就質問當年戰況，更質問為何事後會被誤報，而楊斌卻只是欲言又止。見到楊斌如此為難，也深知左宗棠的為人，或許真有什麼不得已的苦衷，林文明基於過往的戰友情誼，也只能隱忍下來。但這也導致此行的楊斌全程都只是低頭不語，心情顯得異常鬱悶。

「文明——」前頭的曾玉明，在送行隊伍穿過城門出城後，突然轉頭對林文明說著。「謝謝你們能接受我的提議，這真的是我此生最後一個想彌補的重大遺憾——」

「曾提督，別這麼說——」林文明看著曾玉明垂老的身形，面露哀傷說著。「是我兄弟倆一直深受曾提督的照護，一路拉拔，阿兄才能有如此成就——」

曾玉明露出苦笑搖頭說著：「林協臺，這是哪兒話，我不過一介平民，才不是什麼提督了——」

確實，這曾玉明原本一直都還是福建水師提督，但後來其子科場舞弊，因坐徇庇而遭革職，儘管一生戰功彪炳，如今卻已成為一介平民，反倒林文明還有二品副將的官位在身。但這副將之職，只要林文明還留在臺灣，就不可能會有統兵實權，但在閩官群的抵制下，也無法獲得閩府調派他處赴任，這官位早已名存實亡，現今和曾玉明也沒有太大的差別。

「這——」林文明輕皺眉頭，很怕曾玉明誤會是在挖苦，卻不知該如何接話。

「文明啊，別再說什麼官府無情、官府不能信了——」曾玉明只是揮手笑著，接著語重心長地說著。「其實我早已看淡了，官府能不能信已不重要。當年萬松關那夜激戰的情景我很清楚，漳州人也都知道發生了什麼事，不然今日怎麼可能有那麼多人主動前來相送，這些閩官當然更不可能不知道當夜的實情。還有我兒科場舞弊固然不對，但這些閩官亂政刻意鬧大不斷上參，為的就是要將我這左督帥的人馬去之而後快。其實左督帥立場實在也是愈形艱困，雖貴為閩浙總督，但這些閩官早已連成一氣，只是強力抵制，一抓小辮子便會使盡全力拉扯。」

如果左宗棠的處境真如曾玉明所言，林文明這下倒是有些可以理解，為何先前楊斌會無法回答自己的質問。

曾玉明這時突然轉頭，瞇起雙眼看向遠在漳州城後方的萬松嶺，接著滿臉懊惱地說著：「唉，我真是萬萬沒想到這萬松關的『松』字，就是奪去文察性命的那個『松林』，早知如此我一定會極力勸阻文察進駐此關——」

「這是指——」林文明一臉疑惑，有些聽不懂曾玉明在說些什麼。

「文明，難道你忘了嗎？」曾玉明雙眼微睜說著。「當年在彰化城，你和文察不是有遇到一名算命仙說過，叫文察不要進入『松林』，而你則要遠離『公堂』，否則必有劫難！」

「這——」林文明瞪大雙眼，遲疑了好一會兒才又開口。「這件事其實我都快忘了，但我和阿兄都未曾與其他人說過，怎會知道此事——」

林文明看著曾玉明的老臉，本來還無法理解，但原本和兄長林文察就一直覺得曾玉明十分面善，看著看著突然驚叫一聲：「啊，你是當年在彰化城趕跑算命仙的那位軍官！」

「什麼？」這下反倒換作曾玉明顯得一臉驚訝。「原來你們兄弟倆並沒有發現我是當年那位軍官，我還以為你們早就知道。我後來也是因為見過你們兒時模樣及算命仙那番話語的緣故，才會去將文察保舉出獄薦為勇首。想來那算命仙的話都一一應驗，我當時竟還將他趕跑，真是不知好歹。」

經曾玉明這麼一提，林文明倒是想起「壽至公堂」這件事，不過向來不相信這些的林文明，當然也會和什麼「顱後反骨，久後必反」之類的話語，同樣視為無稽之談，所以也就一直沒放在心上，久而久之早就遺忘。但現在聽曾玉明如此解說，兄長林文察殉難的萬松關，還確實真如算命仙所言，是林文察不該進入的「松林」，更何況還是那「萬松」之關。想著想著，林文明還是覺得只是巧合，原來當年兄長林文察會被曾玉明保舉，竟是因為算命仙的那番話，想來曾玉明個性上也算迷信，這萬松關之劫，自然也會讓他聯想到當年算命仙的卜掛。

一行人走著走著，不知不覺已到了漳州沿海灘頭，這個曾玉明當年萬松關之役所駐守的水師要點。

曾玉明看著沿海的洶湧浪濤，想起了一些戰場殺戮的場面，突然有感而發對林文明開口說著：「那驍勇善戰的偽侍王李世賢，後來被左督帥打得落花流水，還削髮為僧偽裝逃離，但他逃得過追兵，卻也逃不過友軍的背叛，其實他的下場和文察也不能說沒有相似之處——」

「李世賢那賊人最後到底怎麼死的？」林文明只知道這個他棋逢對手、同使偃月刀的悍將李世賢已經斃命，倒是不知道真正的死因。

曾玉明搖搖頭，接著繼續開口：「像我們這種戰將，若能與敵軍對峙而戰死沙場，或死於棋逢敵手的刀下，那都是無比光榮。但李世賢那賊人武勇一世，最後卻是被同為長毛賊的賊將所暗殺，想來也是有些悲哀，還不如文察的光榮殉國。」

林文明聽到那李世賢竟淪落到這種下場，儘管對方身為殺兄仇人，卻因為同為武人，還是不免為他感到唏噓不已。但這也讓林文明不覺想起跟在後頭的家丁李祥，倒不是懷疑他是否會如林文鳳所言，日後再次造反弒主，反而因為李祥在林文明的重用之下，幾乎已成為阿罩霧林家下厝處理大小事務最重要的家丁，或許也因為如此，遭受眾家丁的嫉妒，最近已不斷開始出現抨擊李祥「顱後反骨，日後必反」的傳聞及黑函，顯示李祥這個後起之秀與眾家丁間似乎頗為不和，但這李祥確實頗具才幹，也令林文明煩惱不已。

「唉——」

曾玉明見到林文明沒有回應，只是面有愁容，眼見送行隊伍已到灘頭，這下就要離別，不禁又長嘆了一口氣。

看著林文明的高大身影，曾玉明不覺想起二十多年前在彰化縣城所看到的那對小兄弟，那個兩人一同遊玩戰爭遊戲的嘻鬧身影。

曾玉明一想到此去經年，自己也已垂垂老矣，或許今生再也沒有見到林文明的機會，不覺又再次大大嘆了一口氣。

「唉，文明啊，我雖為一介草民不該干政，但我最後還有一言相勸——」曾玉明再次凝視遠方的萬松關，接著才又開口說著。「這閩官群對左督帥的興利除弊可說是恨之入骨，只要與左督帥有關的一切都想聯手拔除。即便文察已經殉國，但就我所知，你們阿罩霧林家在臺灣家大業大，仍為閩官眼中所欲徹底拔除的釘頭，望你日後還是要謹慎小心——」

其實林文明也很明白阿罩霧林家的處境，尤其在兄長林文察殉難後，叔父林奠國被閩官陷害入獄，自己兵權又被奪去，再加上肩負族長重任，一直以來都很小心面對官府。但此刻聽到老戰友曾玉明的這番話語，想來阿罩霧林家的處境恐怕比他想得還要嚴重。一直以為即便兄長已經過世，但阿罩霧林家與閩浙總督左宗棠的親近關係並沒有改變，閩府再怎麼想為難也還有一定的底線，只是沒想到左宗棠在福建的處境，似乎也不是非常樂觀。

「文明、朝棟，快上船吧——」曾玉明對林文明及林朝棟露出慈祥的笑容，並向兩人合掌說著。「希望我們後會有期！」

林文明及林朝棟一行人均同時合掌向曾玉明拜別，一路上沉默不語的楊斌這時也跟著合掌致意，不過依舊還是低頭不語。

「哥哥——」林朝棟一路上面無表情，就在離別的前一刻，總算露出笑容對楊斌揮手說著。「日後一定要再來阿罩霧作客，萍姊姊甚是想你，開口閉口都是楊哥哥，還請務必再來臺灣看看我們——」

林朝棟一路上只見楊斌沉默不語，但他並不知道林文明先前對楊斌質問之事，直覺以為楊斌因扶柩而想起父親林文察，故而悶悶不樂。

見到林朝棟的燦笑，楊斌這下總算勉強擠出笑容，而林文明從曾玉明那聽到實情後，倒也覺得自己先前過於為難楊斌，此時也向楊斌略帶歉意一笑，並揮手道別。

沒多久，林文明便轉身吩咐李祥及游捷，領著四名壯漢將靈柩抬上竹筏，準備乘坐竹筏出海登上大船。

曾玉明看著這一行人乘坐竹筏遠去，老邁的臉龐上，不覺又是一陣熱淚盈眶。

楊斌手撫藏於懷中那柄林文察所贈的短槍，想起林文察生前最後的那句「守護左督帥、守護阿罩霧」的話語，內心不覺相當沉痛，又見到曾玉明如此悲傷，本想上前說幾句話，不過後頭卻有一名男子叫住楊斌，並將一封信函交給了他。

楊斌從信封樣式就能判別，這是來自閩浙總督左宗棠的密函。楊斌趕緊拆信閱讀，先是面露驚訝之色，沒多久便匆匆向曾玉明道別。

依據左宗棠信函上的指示，楊斌連夜趕至浙江與左宗棠會合，但沒有停留多久，便又和左宗棠一同趕路前往北京。

位於北京紫禁城內廷乾清宮西側的養心殿東暖閣，由於同治帝登基之時年僅五歲，便由慈安太后與慈禧太后兩宮在此垂簾聽政。

儘管閩浙總督左宗棠特意密函要楊斌共同前來面聖，即便楊斌也不是很明白左宗棠的用意，卻也只能跟著一同進京覲見皇帝。但楊斌畢竟只是個在朝廷中名不見經傳的總督親信，又無正式軍籍或官銜，左宗棠即便身為大清重臣，又不斷表明面聖時會需要楊斌協助解釋案情，但宮中之人不敢作主，心腹楊斌也只能被擋在東暖閣外等候指示。

楊斌遠遠只看到頭戴官帽、身著官服的左宗棠，跪在地上的背影，還有一個十來歲模樣的小男孩，身穿華服、頭戴皇帽，只是動也不動端坐在寶座之上。楊斌也不是很確定這名小男孩是否就為皇帝，但他時常出入官府及兵營，原以為人人口中所敬稱的聖上，可能是名中年男子，但根本沒想過會是一個十歲小孩。而垂簾之後似乎有著人影，但因為距離過遠，卻也無法看得清楚，沒多久重重大門一下就被關上。

「左卿，這就不問候近況——」一名年輕女子的聲音從垂簾後傳了出來，語調相當柔和。「此次詔見是因那陝甘總督楊岳斌因病解職，想調任左卿接任——」

「這——」左宗棠跪在地上微微抬頭，顯得有些猶豫，過了好一會兒才開口說著。「臣於福建尚在整頓政務，這些閩官長年積弊重重，臣已建構長遠的軍、民兩政尚待實行，不知道聖上可否考慮其他人選——」

儘管左宗棠是回答來自垂簾之後的女子提問，也很清楚這一切的決定不會來自於那十歲男孩，但依循慣例，他還是以十歲皇帝作為請示對象答著，形成一幅非常奇妙的畫面。

「左卿——」另一名年輕女子的聲音顯得相當嚴厲。「什麼積弊重重，我看是你自己與閩官不和，才刻意如此誣陷。已有多少人上奏你與那臺灣阿罩霧林家過往甚密，這才一路迅速拔擢那被粵匪用計擊殺的庸才林文察，是也不是？那太子少保及一品夫人不過是做給百姓看的殉國榜樣，你還真以為林文察有什麼戰功？」

「這——」左宗棠輕皺雙眉說著。「此次進京，還想為當年林提督冤案再作說明，特也帶了此案證人一同進京在外等候，當年林提督並非受誘敵之計，而是閩府刻意遲不進軍才會導致林提督壯烈殉國，還有那副將林奠國目前下罪入獄，但當年實為突圍求援，並非棄守戰場，還有那私吞銀餉的冤案更是——」

左宗棠還沒說完，那名嚴厲的年輕女子聲音又再次傳出，但此次語調已明顯帶有怒意：「冤案？什麼冤案？眾多閩官指證歷歷，那份軍情報告上頭也有你的押字，如此一味偏袒，這樣不更顯示你與阿罩霧林家真有什麼不可告人的奇特淵源！」

左宗棠沒有被這番斥責所影響，只是不急不徐繼續說著：「當初閩官上奏內容我直覺有異，一再退回要求重新撰寫，然而閩官不經再查便多次以原內容重呈，那時前線戰事仍告緊，報告上頭臣有批示待有新事證將再啟重審，才勉予同意此案上呈。現今粵匪已定，也有當年戰事證人，才會想請聖上重啟調查——」

「左卿，你在胡說什麼——」女子繼續厲言說著。「那軍情報告一路多少人押字上頭，豈是說翻案就翻案？況且那邊陲臺灣不過蠻荒之地，民風甚為野橫，一言不合動輒械鬥，乃至於插旗造反，從朱一貴、林爽文到前些年的戴潮春諸逆匪，簡直就應驗民間所傳『三年一小反，五年一大亂』的流言，我大清幅員如此遼闊，那蠻橫的彈丸之地直說是可有可無！」

「請聖上明鑑，實情非是如此——」左宗棠微微搖頭，接著慷慨激昂說著。「那新疆及臺灣雖屬邊陲，惟西方列強早垂涎日久，那俄、日、英、法、德其心皆異，實不可不防，尤其臺灣為我大清東南沿海海防之重地，若為列強佔去，實為我大清海防之大患。但若能縝密規劃建設，以其民風尚武，而臺勇又武勇善戰，隊中更有番人助陣，其洋務因早期即接觸西方諸國，發展更早於東南沿海各省，那阿罩霧早已能夠自行產製槍砲，部隊向來訓練有素，其戰力不下『湘』、『淮』兩軍。待這些制度行之有年後，這臺灣更應當獨立建省，避免閩府官員僅視派任臺灣如同流放，不思長遠建設，只圖短期再他調內地，於是無心臺灣軍、民兩政，此非久遠之計。臣以為新疆亦是如此，日後均當建省，以求我大清長遠的兩陲固防！」

「哼——」女子冷哼一聲。「左卿，今日詔你來此，不是要聽你說這些空話，那李中堂與你在新疆的意見上早已相左，依李中堂之言，那邊陲之地新疆及臺灣亂事不斷，為汰弱換強，鞏固中央，實應捨棄，別再說那些不可行的空話，聽起來只是想抨擊閩府無心臺灣政事。現今調派閩官治臺不過為了防臺，這些閩官的無作為並沒有過錯，你卻還想大行建設，其民風好鬥，都已亂成如此，竟還敢胡言練兵造艦，說到底就是你讓臺灣匪類如此坐大，那阿罩霧林家又是逆匪林爽文之後，誰敢保證那阿罩霧林家不會是下一個戴逆匪！」

「唉——」左宗棠微微嘆了口氣，這李中堂便是「淮軍」領袖李鴻章，前些年還在天津練兵，因地近北京，自然與朝廷百官乃至於皇宮貴族均甚為親近，此刻已升任為兩江總督。李鴻章雖也為足擔大任的重臣，但看在左宗棠眼中，似乎就是極為缺乏遠見，因此兩人不但在團練「湘」、「淮」兩軍的較勁上非常激烈，就連朝中議事也時常意見不合。

左宗棠一想到為國盡忠的阿罩霧林家蒙冤之事，不覺雙眼有些溼熱，儘管已惹得上頭快要發怒，卻還是繼續說著：「臣還請聖上明鑑，那阿罩霧林家，僅為同姓，實非逆匪林爽文之後，而林文察甚為忠勇愛國，可惜其才華遭閩官之忌，刻意陷害死於賊手，直是我大清之不幸。而如今尚還有其弟林文明武勇異常，仍為日後可重用之悍將——」

女子不待左宗棠說完，直接打斷說著：「左宗棠，你是故意裝糊塗還是真不懂，那阿罩霧林家先祖就有參與逆匪林爽文亂事審判下獄在案，早有人調案上呈，你卻還在那袒護詭辯、混淆視聽。況且那邊陲臺灣蠻將本就不可重用，前因粵匪亂事不得不用，現今亂事已定，那林文明也非善類，已有多少閩官上參，什麼黨類眾多，跋扈異常，官不敢辦，竟還有什麼臺灣『內山王』的匪稱！」

聽見女子如此不悅，左宗棠趕緊磕頭俯首說著：「請聖上明鑑，那些都是閩官的刻意構陷，實情並非如此，林文明也為有才之人，並與其兄同對朝廷堅貞不渝，當年更殺得粵匪悍賊李世賢抱頭逃竄，實為將來抵禦西方列強可重用之大將！況且閩浙兩省均為同一總督治理，就閩官不斷上參臣的不是，卻不見浙官怨言，孰是孰非甚為明顯！」

「左宗棠你還想狡辯！」女子勃然大怒說著。「左一句阿罩霧的是，右一句閩官的不是，也不想想那阿罩霧家大業大，早有不少傳聞你收受阿罩霧鉅款，才會如此不明是非胡亂護短。若不念在你勞苦功高，早就將你停職查辦！你難道一點也沒有自知之明？那就再明言直說，這次調任正因為你與閩官甚為不和，又過度偏袒阿罩霧，這幾年早已怨言不斷，太多上參奏本，勢如水火不容，甚至有人推測你實想結合阿罩霧造反，今日面見後，想來這些流言也非空穴來風，諒你好自為之。故此次將你調任陝甘，就是希望你日後與阿罩霧徹底斷絕關係，以平息這些閩官的怒火！」

「臣、臣——」左宗棠本還想再多說什麼，但斗大的汗滴早已涔涔落下，眼看成見已有如此之深，說什麼似乎也已無濟於事，也只能再次磕頭說著。「臣、臣領旨——」

「好、很好——」女子這下總算滿意地說著。「左卿，那阿罩霧之事就算是你一時迷糊被人蒙蔽，願你日後赴任陝甘能繼續為我大清鞠躬盡瘁——」

「是，遵旨——」左宗棠有氣無力地答著，但停頓了一會兒又再開口。「但臣還有一事請求——」

「什麼事，快說！」女子聲調明顯又再次警戒起來。

「是——」左宗棠雙眼一亮，以極為堅定的口吻說著。「臣目前在福建尚有個『福州船政局』，眼下就要完成，這是我與文、文——」

左宗棠原本就要脫口而出「文察」，但想想甚為不妥，趕緊改口說著：「——是我與文官武將多年來觀察西方列強，又經過密切商討的富國強兵軍略，望聖上能容臣於此局完成後再赴任陝甘——」

「放肆！」女子再次放聲怒斥。「大膽左宗棠，你竟敢討價還價，誰知道你是不是想對閩府搞什麼報復，叫你即刻赴任就是即刻赴任！今次尚且饒你一次，日後若敢再於聖上面前如此胡言，絕不寬容！快給我退下！」

沒多久，東暖閣的重重大門再次打開，楊斌只見左宗棠臉色鐵青走了出來，緊皺眉頭什麼話也不說，就連經過楊斌身旁也不看一眼，只是逕自往外走去，楊斌見狀後也只能緊跟上去。

一路上兩人完全沒有交談，只有左宗棠偶爾想要開口，但停下腳步後，卻只是猛力搖頭，又把話吞了回去。

直到離開紫禁城後，到了一處四下無人的城外邊角，左宗棠再也忍受不住，突然把頂戴官帽重重一摔大聲嚷著：「窩囊、窩囊，真是太窩囊，都被閹官騎在頭上，我這到底還算什麼閩浙總督，都是狗屁、都是狗屁！」

楊斌跟在左宗棠身邊已有多年，關係又是如此親近，當然知道左宗棠個性古怪，卻是耿直忠臣，雖也會為政事時常發怒，但從沒見過左宗棠如此氣憤，甚至連頂戴官帽都直接重摔在地。

左宗棠繼續對楊斌嚷著：「斌兒，我不知道你先前在外頭有沒有聽到談話內容，但我左老一生忠勇奉國，仗義敢言，就算冒著殺頭危險，為了大清的長治久安，該說的還是都說了。但這聖上就是不聽，我竟還接受赴任陝甘，不敢直接辭官，想來又是另一件窩囊廢事——」

楊斌見到恩人左宗棠心情如此沮喪，卻也不知道該說些什麼，只是站在身旁靜靜聽著。

「唉——」左宗棠突然仰天長嘆了一口氣。「今長毛賊亂事底定，就要實行抵禦外侮的富國強兵之政，要是文察與謝先生均尚在，這兩人極富兵略又有遠見，輔以驍勇善戰的猛將文明，這臺勇部隊絕對會是另一支足以與湘、淮軍抗衡的第三勁旅，若這三軍齊心合力，大清日後絕對能與西方列強一較高下，不必再受那不平等屈辱——」

楊斌只要一想到林文察及謝琯樵那夜為了讓其他人突圍，親率臺勇鐵騎殺陣的震撼場景，儘管事發已過多年，內心都還是會有說不出的痛楚。

「唉——」左宗棠再次嘆了口氣。「當年臺灣戴逆匪餘黨尚未完全平定，實想留文察在臺繼續剿匪，但眼見諸多閩官都對文察不利，那丁曰健等閩官又不斷上參，都已驚動到此處，為堵閩官之口，這才同意將文察內調福建。其後更與徐宗幹及文察當面議定討賊戰略，想不到這徐宗幹膽大妄為，趁我忙於浙江要務，竟只是陽奉陰違，這才有那萬松關冤案，想來真是後悔萬分。這事後查案閩官卻又聯合反咬阿罩霧林家，當初以為前線戰事實為優先，這才勉予同意，先將不實報告保留條件上呈，以免驚動閩軍前線士氣影響戰局，就是要等亂事全定後再重啟調查。況且當年戰事證人就你與林奠國兩人，你因無軍籍又無官銜，無法上奏明言，但林奠國卻早已被閩官設計下獄。唉，斌兒，以你優秀才幹，你要在我左老之下謀得一官半職，根本不是難事，甚至謝先生都曾說你不下文察之才，要做到提督一職應該也有可能，為何就是如此堅持不授官職？」

楊斌看向左宗棠，遲疑了好一會兒，才又開口說著：「督帥，我楊斌小命是督帥所救，我對當官真的沒有興趣，一生願望只想守護督帥——」

不過楊斌儘管如此說著，他卻未曾明講另一個真正原因，便是擔任官職日後一定會須調職他就，到時恐怕就必須脫離左宗棠之下，這與他想永遠待在左宗棠門下默默守護的志向大相違背。

「算了，當我沒說——」左宗棠輕輕搖頭，他倒是早已勸過楊斌不知道多少次，每次就是這樣的答覆，聽得左宗棠也早已放棄，只好繼續先前的話題說著。「我這幾年左思右想，這些閩官或許早已透過那李鴻章向上打點過，更已運作多時，以至於聖上誤解如此之深，這才敢如此膽大包天陷害文察，又刻意凍結文明，兩名護國勇將如此慘遭陷害，真是天理何在、天理何在啊！氣死人、氣死人啊！」

左宗棠說著說著，竟又用伸腳踢了丟在地上的官帽，楊斌見狀後趕緊彎身將官帽撿起拿給左宗棠說著：「督帥，在此處還請小心留意，若被有心人士撞見，恐怕日後會有不利督帥的參本！」

「哼——」左宗棠拍拍官帽上的塵土，一下又將官帽戴回，接著只是冷冷說著。「參本？我左老都已被閩官參了多少本，因我任內大力改弊，早已得罪所有閩官。斌兒，你到時候自己瞧，即便我調任陝甘，那些閩官為推翻及否定我先前的興利除弊，針對我的參本絕不會就此結束。」

楊斌本想開口，但左宗棠這時突然雙眼一亮說著：「斌兒，我這就要去陝甘赴任，但我對阿罩霧林家以及那福州船政局依舊放心不下，想留你在福建繼續觀察後勢，也算是為了保護阿罩霧林家——」

「督帥，這——」楊斌原以為就要與左宗棠一同前往陝甘，完全沒想過會有這樣的安排，只是瞪大雙眼說著。「這、這聖上不是要督帥與阿罩霧斷絕關係嗎？」

「斌兒——」左宗棠搖搖頭。「你應該很清楚文察及文明的為人，兩人均為忠勇之士，而你更應該了解我左老的為人，我絕非無義之徒，也不可能就此被閩官擊倒，就算日後須冒殺頭風險也要力保阿罩霧林家。當年若非文察、文明率臺勇替松陽城解圍，你、我未必還有今日，那些孱弱渙散的閩軍根本不能指望。你看即便現在我都還是閩浙總督，那些閩官眼見文察殉國還不滿足，還不是繼續想為難文明。我此去陝甘，阿罩霧林家恐怕處境只會更為艱困，望你日後多多照護，一有什麼困境，還是要即刻通報，我左老即便遠在陝甘，還是會傾力相助——」

左宗棠說完後，微微整理官帽、官服，這才又昂首闊步向前走去。

楊斌回頭看向紫禁城，這個高深莫測的堅固城池，看著看著真令人有些喘不過氣。回想今日面聖場景，不禁又想起林文明時常在閒談間所說過的，「若為昏主則不值得侍奉」的話語。楊斌雖然相當懷疑那十歲的小皇帝是否僅是一名昏庸之主，不過這倒不是他所關心的重點，因為他很確信左宗棠會是一名值得一生效忠的明主。即便左宗棠赴任陝甘，自己日後因為留守福建也不知道需要多長的時間，若因此不再被左宗棠重用，他還是會付出一切靜靜守護左宗棠。只要有任何可能危及左宗棠的事物，即便冒著生命危險，他也會盡全力去除，這個在他當年被左宗棠所救起的那一刻，就已經決定的一生志向，至今都不曾改變過。

第九回

曰健素賤林提督　定國積恨阿罩霧

——清同治八年（西元1869年）六月，安徽金陵城。

湛藍的天空中，只有幾朵白雲緩緩前行，安徽省金陵城玄武湖畔的一座涼亭，迎著湖面吹來的習習涼風，風中更帶有荷花清香，在一片鳥語花香中，有兩位男子坐在涼亭內愜意飲茶。

其中一位便是年近四十，等待適當職缺上任的候補知府凌定國，而另一位對坐的白髮老翁，則是已經告老還鄉，歸於金陵的前臺灣兵備道丁曰健。

當年在戴潮春之亂平定後，福建巡撫徐宗幹及臺灣兵備道丁曰健聯手設計，迫使林文察內渡福建，丁曰健更在林文察內渡後即撤除林文明兵權。在林文察殉國後，丁曰健雖刻意抑制阿罩霧林家，但為平定戴軍餘黨，仍須借重林文明所率的鄉勇，也只好對林文明藉機剷除四周族敵及不斷擴產睜一隻眼、閉一隻眼，但林文明所有軍功都被丁曰健所奪去。儘管丁曰健與林文明兩人向來不睦，但為了各自利益，最後也只能達成如此妥協。同治五年，閩浙總督左宗棠調任陝甘總督，阿罩霧林家失去最強力的外援，不過就在同年，阿罩霧林家大敵丁曰健也告老退休。

丁曰健一臉容光煥發，細細回想這幾年的經過，只要一想到那臺灣阿罩霧林家，還是會有些憤恨難平。但此處風和日麗，心情倒也還算平靜，便悠哉地舉起茶杯細細品嘗，輕閉雙眼沉靜了好一會兒，才開口說著：「定國，近來可還安好？」

「多謝大人關照——」凌定國作揖說著。「小的就在等待上頭通知赴任，唉，想想要不是那阿罩霧，也不該都在官場打滾那麼多年，卻才剛要升任知府——」

「哼——」丁曰健突然面露厲色說著。「豈止那阿罩霧，本官當年在徐前閩撫的照應下，本來一路平步青雲，那福建布政使做得好好的，還不是那左宗棠想要安插自己人馬，就硬生生將本官撤換。想來當年林文明那廝率兵前來布政使司衙門鬧事，吵著要銀要糧的，這戰事連連、閩府缺錢，是眾所皆知的事，那林文察、林文明兄弟倆，既為朝廷命官，本就該為國為民奉獻，而那阿罩霧家大業大，哪會缺錢缺糧，林文察竟仗著軍功彪炳，授意林文明前來造反鬧事，簡直以下犯上，逼得我只能先口頭應允撥款。但閩府哪來的錢，一定是這對兄弟事後又向左宗棠告狀，這才讓我布政使一職莫名遭到撤換。那林文察當年不過是個殺人放火的惡徒，要不是在我的應允下成為勇首，哪有他戴罪立功的機會，算來本官也是他的恩人，日後不過靠著捐官和受寵，才又迅速爬到本官頭上。想不到竟也不知心存感謝，竟還恩將仇報，一路上不是與本官爭功，就是放暗箭傷人。好在徐大人明察，深知這都是左宗棠與那對兄弟的邪門歪道，風頭避過後，這還是讓本官就任臺灣兵備道。所以定國啊，人只要行得正，根本不必擔心，上頭還是會有正人君子看見的，這也算是還了本官一個遲來的公道——」

凌定國點點頭，接著開口說著：「大人，這簡直就和小的如出一轍。大人應當知道，當年林文明告假自長毛賊前線率兵返臺，理應增援平定戴逆匪之亂，小的那時還是彰化縣令，眼看彰化城被賊人三進三出，這百姓都身陷危險，小的我只是請求林文明撥些軍隊來彰化城坐鎮，卻開口閉口就是軍餉，我這小小縣令哪來的銀兩，他聽了以後只是暴跳如雷一口拒絕，更還四處說丁大人的不是。我事後還可是親到阿罩霧去求情，望他能以大局為重，他卻在那群鄉勇莽夫面前當眾羞辱我，那日場景至今想來都還氣憤難平！況且不只是那林文明跋扈囂張，那對兄弟真是閩政亂源，仗著得到左宗棠的寵幸，林文察內渡福建後，又向左宗棠進了小的讒言，才讓小的——」

丁曰健微微一笑，並伸手制止凌定國繼續說下去。丁曰健當然知道當年林文察內渡福建後，竟向時任閩浙總督的左宗棠提報，凌定國擔任彰化縣令時不近人情，引起彰化縣民的強烈不滿，導致凌定國而後被左宗棠換了下來。不過凌定國卸任彰化縣令後，因對阿罩霧林家積怨已深，反而是繼續滯留臺灣一段時間，靜靜等待復仇的時機。

凌定國因為被丁曰健制止而變得有些惶恐，丁曰健隨即以相當和緩的口吻說著：「這次找你遠道而來，不光只是為了敘舊，而是想交給你個為朝廷盡忠的重要任務。雖然我已告老還鄉，理應不該干涉政局，但就是看不慣阿罩霧的跋扈囂張。當今的福建布政使夏獻綸以及按察使康國器皆是我多年舊識，可請他們倆向閩浙總督英桂大人好好推薦，你必可擔此重責大任。」

「多謝道臺大人的賞識，只是不知這是——」凌定國還是顯得有些不安。

丁曰健悠悠喝了口茶，而後才開口說著：「這阿罩霧林家假借左宗棠威名，向來跋扈囂張，好在本官任兵備道時，早有先見之明，以『臺人不得治臺軍』建議，深獲上頭贊同，這才順利奪去林文明的兵權，否則那林文察雖去，但林文明一定還是會在左宗棠不明事理的包庇下坐大，想來必定會成為下一個戴逆匪！」

「但——」凌定國遲疑了一會兒才又開口說著。「聽說那林文明，兵權被奪後，仍擅自率鄉勇攻打戴逆餘黨，還以為自己是官兵將領的，到處謊稱斬殺那萬斗六悍賊洪花夫婦，這實在是好大的狗膽！」

丁曰健聽到凌定國的這段話語，不知道他是真不知當初自己是因戰事吃緊、萬不得已才會向林文明求援，事後不能上報戰功，為安撫阿罩霧林家，才又授意讓林文明處理叛產，這才會演變成那般騎虎難下的局面，這也是丁曰健即便已經告老還鄉，還是很怕被事後翻出的政治汙點。

其實不只丁曰健，因閩官群當初合力構陷阿罩霧林家林文察及林奠國，前有臺籍將領王得祿官途受壓又於戰事吃緊時重新起用的先例，這也讓閩官群深怕即便已是官途黯淡的林文明，總有一日也可能因戰亂再次崛起得勢，進而重新翻查舊案，故為了各自不同的利益，都還是想對林文明徹底去之而後快。

這在閩府中人人皆知的深遠動機，閩官群早已心照不宣，卻也絕口不提，只是紛紛高舉為民除害的大旗，但針對當年林文明率鄉勇增援及處理叛產一事，這凌定國也可能是刻意裝瘋賣傻，以展現其手中握有丁曰健的把柄，想著想著丁曰健突然將茶杯重摔桌上，勃然大怒斥著：「當年那林文明真不知好歹，我帶兵勦匪，不過向他借了一尊大砲，這為國出力本就理所當然，想不到他卻又擅率鄉勇趁機向仇敵萬斗六洪家報復，還到處宣稱斬殺賊將爭取軍功，簡直與他那愛爭名奪利的兄長並無差別。事後更是不知道如何騙取當地知府，還成了處理叛產的總理，要本官是絕不會讓仇敵來處理仇敵的叛產，這於法於情根本就說不過去，想來林文明為藉機擴張勢力早有預謀！」

「是，大人，這真是太囂張跋扈了——」凌定國當然知道丁曰健所言不實，本只想刻意提起這件事來加重丁曰健對阿罩霧林家的仇恨及加深他打擊亂黨的決心，但沒想到丁曰健會如此憤怒，倒也有些後悔說了不該說的話。

「咳——」丁曰健平復激動的情緒後，清了清喉嚨才又開口說著。「總之，阿罩霧林家這海外巨患，問題早已相當嚴重，現下朝中李中堂又已數次表達擔憂之意。本官出身安徽，自是和李中堂的淮軍人士甚為親近，那湘軍跋扈橫行，早也為李中堂所留意。而左宗棠先前在福建亂政抨擊，更結黨營私，早讓我等閩官強烈不滿。儘管現已調任陝甘總督，但左宗棠亂政已久，搞得閩政烏煙瘴氣，眾皆等待時機繼續上參左宗棠，好使國局能夠再復清明。先前那阿罩霧林家恃寵而驕，竟膽敢以缺餉缺糧為由，假借處理叛產名義，大肆搜刮族敵田地房產，直想坐大私勢，以期日後造反，而左宗棠濫用銀兩搞那什麼福州船政局，又什麼製船造艦的，根本只想圖利阿罩霧，讓亂黨勢力更為擴大，更有尾大不掉之勢。本官前陣子與幾名閩官談論此事，眾皆擔憂悲憤，卻也有些無能為力，不過倒是得知李中堂也很關切阿罩霧亂黨，想來上頭的事有人可以打點，但這執行者想來想去也沒有合適人選，本官卻想到你曾任彰化縣令，也深受阿罩霧之害，更因為瞭解那臺灣的蠻橫民情，故此次才想請你接下為國除害的重責大任。」

凌定國一聽到是可以報復阿罩霧林家的大好機會，而且又是那欺人太甚的林文明，趕緊起身站立，雙手作揖彎身說著：「大人，小的曾任官多處，卻也從沒遇過如臺灣這般蠻荒之地，其民情好鬥，諸如那泉、漳不同源，也可成為械鬥鬧事之因，直可說是動輒得咎。臺灣民風剽悍，根本不懂得尊師重道，三不五時就有人聚眾來縣府鬧事，也不懂得尊重當官的是高貴之士。那臺灣女人更是恐怖，像那戴匪逆黨的洪花夫婦，那李氏手拿戰刀揮舞殺人，根本就像野蠻男人。故這檔危險任務，小的因如丁大人般，長年待過臺灣而深入瞭解，確實較為合適。為了國家大義，儘管身赴那臺灣危險之地，也只能當仁不讓！」

丁曰健滿意地點點頭：「本官就是直覺認為你能以國局為重，這才想向閩府推薦你成為人選——」

「多謝大人——」凌定國面露喜色，繼續彎身俯首說著。「只是以我這候補知府身分，不知是否能夠順利調兵遣將，為求戰事無礙，是否可考量小的升任其他更適合統兵的職位，像丁大人以前的那臺灣兵備道，就是相當適合的——」

「定國，快快回坐吧——」丁曰健揮手示意，待凌定國坐回位子後，丁曰健再舉杯啜了一口茶，這才繼續說著。「這戴逆及粵匪均才平定，朝廷也想休養生息，而那左宗棠雖已遠赴陝甘，但他對閩府還是有些影響力，況且此佞又為朝中重臣，直達天聽易如反掌。若是此刻大張旗鼓率軍攻打左宗棠心腹阿罩霧，這師出無名恐怕後果不易收拾。既然上頭都有李中堂願意協助，我們必須尋求另一條路來嚴懲惡徒，還有一舉將左宗棠給拉下——」

「這——」凌定國雖然還不明白丁曰健所指為何，但原以為自己有機會升任臺灣兵備道，這下聽來卻是機會渺茫，不覺遲疑了好一會兒才又開口。「但不靠兵力平定，難道還有其他辦法嗎？畢竟林文明雖無實權，但他在阿罩霧養兵自重，又官拜二品副將，說到底恐怕還是考量讓小的有個名正言順率兵討逆的機會，一定可以不負大人所望——」

老官場的丁曰健，當然聽得出來凌定國想要表達什麼，表情顯得相當不悅，只是輕皺眉頭說著：「難道你這候補知府是在替現任的臺灣兵備道擔憂什麼事嗎？」

「不、不——」凌定國面露驚恐，連忙解釋著。「小的絕無私心，一切都以國家大局為重，這只是、這只是想——」

「哼——」丁曰健已聽得有些不耐，伸手制止凌定國繼續解釋，先是舉杯啜了口茶，接著只是凝視遠方說著。「武的不行，就用文的，那蠻橫野人，就是要用這種方式對付。前陣子閩官跟本官提到那阿罩霧林家已被四周族敵大量提起控訴，狀告那林文明當年假藉處理叛產，趁機霸占族敵的大量房田，那後厝林家、萬斗六洪家，全都一窩蜂提起訟案，本官一聽便覺得機不可失，一定要趁勢將阿罩霧林家扳倒！」

「但、但不瞞大人說——」凌定國面色蒼白，想要開口解釋，卻一下又把話給吞了回去。

丁曰健繼續帶著得意的笑容說著：「定國，我這一計那些閩官皆拍手稱好，這後頭我等都會打點好，你就儘管放心去臺灣執行這重要的任務！那左宗棠向來就有收受阿罩霧林家好處的傳聞，最好還能一舉揭發此弊，好讓李中堂也能積極處理後續，順勢將左宗棠那佞拉下！」

凌定國低下頭去，原以為會是什麼驚天大計，卻是這樣的結果，實在難掩內心的失望。其實阿罩霧林家這多年來的房產田地訟案，有一大部分就是凌定國當年被左宗棠撤換彰化縣令後，因為難消對阿罩霧林家心頭之恨，這才策動四周族敵興訟，甚至還曾資助後厝林應時跨海至福建提起省控。但明明已經和閩府打過招呼，卻不知為何還是以程序不符被硬生生退回臺灣，讓他在這些提告的鄉紳間顏面盡失，從那之後也只好拍拍屁股離開臺灣，想到就有說不盡的苦水。凌定國深知這一計謀對於財大勢大的阿罩霧林家，早已證實很難實行，想不到丁曰健卻會為這種還是極有可能再次失敗的方法沾沾自喜。一想到日後還需要去面對林文明那張跋扈的野蠻嘴臉，這個明明還小上凌定國幾歲的混小子，當年竟還敢在一群臺灣莽夫面前教訓他，只要一想到此，就覺得極度不悅，整張臉頓時沉了下來。

丁曰健見凌定國似有難色，趕緊面露微笑說著：「唉，本官知道你一心忠誠為國，但也知道你恐怕會有執行上的難處，這才想向夏、康二人推薦任命你為審案委任專員，專門負責阿罩霧訟案，就算林文明再怎樣囂張跋扈，也該對朝廷委任專員知所進退吧？」

「是——」凌定國即便內心根本不是這麼想，卻還是只能口是心非說著。「小的一定竭盡所能，徹查阿罩霧林家的霸田佔產之事，替地方除去惡霸，好還百姓公道！」

丁曰健露出滿意的笑容，不過凌定國根本不想再看到那張自以為聰明的愚蠢老臉。透過眼角餘光，遠處的美景確實令人心曠神怡，但此刻的凌定國卻覺得心情格外煩悶。

而後在前任臺灣兵備道丁曰健的引介之下，福建布政使夏獻綸以及按察使康國器皆向閩浙總督英桂推薦凌定國，由總督親自任命為委任專員，負責全權調查阿罩霧林家的數十件訟案。

到了九月，凌定國正式接獲派令來臺查案，而時任彰化縣令則為前一個月才剛上任的王文棨。

凌定國渡海來到臺灣後，便直接前往彰化縣，而到了彰化縣城更是直奔縣府衙門。縣府大門上頭「彰化縣衙」這塊牌匾對曾任彰化縣令的凌定國來說並不陌生，甚至還有些懷念。這彰化縣府乃至於彰化縣的沿革，凌定國自然也很清楚。彰化縣原屬諸羅，係於雍正年間始設縣管理，縣府歷經戴潮春之亂，已告殘破凌亂，只好找尋鄰近與孔廟相鄰的白沙書院充當彰化縣府。

白沙書院於乾隆十年淡水同知攝彰化縣令曾曰瑛創建，因彰化山川秀麗，以白沙為冠，故取名為白沙書院。書院曾焚毀於林爽文之亂，後由縣令宋學灝改建。現今充作縣府之用的白沙書院，其建築為閩式風格，分為前後兩進，與東西廂房圍成四合院。第一進為門廳大院，第二進則為居中的正廳大殿，現已充當縣府公堂使用。

即使過了多年，這「臨時」縣府還是沒有改變，看起來恐怕短期內也沒有想要搬遷的意思。凌定國重回這熟悉的建築，不覺想起要是當年沒被林文察向左宗棠進了讒言，可能至今還安然在此辦公，不，在凌定國的官場規劃中，應該早已脫離這蠻荒之地臺灣，到其他地靈人傑之處擔任知府多年。

——每每想到此處，凌定國都不覺恨得心裡發癢。

在彰化縣令王文棨的安排下，凌定國於審案期間住進了縣府廂房，並花了不少時間研究阿罩霧林家的所有訴狀。凌定國對於這些訴狀大部分並不陌生，有很多都是他當年所鼓動的，不過還是可以看到一些與他無關的訟案，可見阿罩霧林家在當地真的樹敵無數。

不過在那一疊疊訴狀中，就屬四塊厝後厝林應時最多控訴，當然凌定國也有參與過林應時的部分訟案。林應時自同治六年即自彰化縣開始呈控，而後又內渡福建福州進行省控，不過因越級省控反遭飭回，只好再繼續回臺呈控。

清代的司法體系分為地方及中央審判衙門，地方由下而上分為「州、縣、廳」、「府、直隸州」、「道」、「按察司」、「總督、巡撫」五級，經地方最高級官署審判仍不能解決時，可赴京向中央審判衙門都察院及步軍統領衙門控訴，是為「京控」。在臺灣則為縣、府、道三級審判衙門，林應時在縣級審判尚未了結前，就赴福州越級控訴，因不符程序自然會被駁回。而後儘管林應時不斷進行呈控，阿罩霧林家亦有備而來，致使訟案耗時費財，卻始終沒有結果。

凌定國此次前來查案，身分已與當年背後鼓動大不相同，擁有左右判決的極大權力。不過凌定國儘管經過長達數月的努力，甚至還將遞上訴狀的呈訟人一一叫來重新問案，但這高達四十多件的訟案，因阿罩霧林家案案皆能舉出有利證據，如各項田產買賣契約，或是林家兄弟平亂得罪亂黨親族，更肇因於「臺人治臺賊」，致林家遭伺機報復等，這也使阿罩霧林家對這數十件訟案逐漸占了上風，接近年底時主要訟案幾乎全數宣告註銷，就連與阿罩霧林家結仇甚深的萬斗六洪家也已撤案，只剩後厝林應時還繼續堅持著。

歲末將盡，凌定國眼見所有呈控者皆已撤案，這公堂上只剩下林應時的訟案尚在審理。但今日的審案，阿罩霧林家的被告林文明依舊沒有現身，仍是只請「抱告」代理，但因無新事證，例行問案審理後也就草草退堂。

而所謂的「抱告」，即是在清代制度中，如政府官吏或婦女遇有訴訟事，可派親屬或其他人代表投案。阿罩霧林家財勢雄厚，而林文明又位居官職，當然也不可能針對族敵所呈的控案一一前來公堂答辯。從凌定國擔任委任專員來臺審理至今，林文明根本就未在公堂出現過，而那抱告又是能言善道，但最主要的還是阿罩霧林家均能舉出有利證據，這也讓丁曰健的「巧思」，恐怕只會再次證明完全行不通。

「林應時，你確定你是被逼迫的嗎？」身著官服的凌定國，坐在公堂階上的公案桌後，對著退堂後仍尚未離去的林應時說著。

「大人，當然千真萬確啊——」林應時苦喪著臉說著。「當年那林文明督帶兵勇，圍住房屋，揚言不交田園契字，立即全家誅戮、放火焚房，並逼寫立賣契，我這才會賤賣祖產啊！」

凌定國輕皺眉頭繼續問著：「可方才聽那抱告反駁，林文明甚少處理這檔事，都是透過那家丁李祥，這怎麼會有他親自率眾圍屋的事呢？」

「唉，大人，『朝中李中堂，下厝李公堂』，這是眾所皆知的事——」

林應時本想繼續說下去，但眼看這凌定國也不是很可靠，便又把話吞了回去。

只要一想到原本還是望族的後厝林家，因為捲入戴潮春之亂，深怕受到牽連，而將大部分祖產皆以低價賣給阿罩霧林家，以至於家道中落。原本豪華的三合大院早已被奪，如今不但舉家遷移他處，更還只剩下一間簡陋的小屋。

原來對於能夠捐罰贖刑讓家族免於遭受牽連，林應時還算可以接受這樣遠離禍害的結果。不過多年前，就是原任彰化縣令的凌定國不知為何突然卸任，但仍滯留臺灣，不斷慫恿阿罩霧林家各族敵提出控告，並承諾會得到閩府協助，這才讓吳厝庄林家、萬斗六洪家及後厝林家，這些遭受戴潮春之亂牽連者全都跳出來呈控，一時之間累積了數十件訟案。而林應時更被凌定國鼓動，還跨海內渡福建提出省控，但不知道凌定國哪裡出了差錯，林應時的省控竟硬生生被退了回來，但這一來一往的省控，也讓已經家道中落的後厝林家，白花了更多冤枉的錢財。

「林應時，你剛剛那句話是什麼意思？」凌定國問著。

「大人，沒有，只是個我們當地沒什麼太大意義的俚語──」林應時敷衍著。

凌定國雖未盡信，但想來可能也只是林應時刻意用他聽不懂的話語在大肆抱怨，對這案情根本沒有幫助，便轉移話題問著：「林應時，你也會撤案嗎？」

「大人──」林應時突然跪了下來。「當然不會，死也不會，我根本就是被林文明威迫騙財，請大人一定要主持公道！」

凌定國原想林應時也會撤案，便要將此情況向丁曰健報告，並會再次催請丁曰健拉攏一些在臺的關鍵人物。但沒想到林應時卻還是如此堅持，凌定國只能語帶無奈說著：「林應時，快快起來，也請快快退下，等你有新事證再來找我吧！」

凌定國說完，便轉身離去，而林應時見狀後，也只能悶悶不快跟著退出公堂。

林應時才剛跨出公堂大門，便發現門廳大院中有名身穿長袍馬褂的中年男子。男子一臉癡肥，臉上又擠著浮誇的笑容，便是那彰化縣令王文棨。林應時當然對王文棨並不陌生，為了控訴阿罩霧林家，林應時當然跟這位新任縣令也很熟識，逢年過節更是不能少掉該有的禮數。但這王文棨雙眼如豆，笑容看起來總令人有些不適，而微胖的身材更讓林應時沒有好感，林應時草草打過招呼後便趕緊離去。

王文桀見林應時跨出縣府大門離去後，臉上笑容頓時收了起來，一轉身剛好在穿廊上看到凌定國的身影，馬上又露出一副極為阿諛的笑臉，並快步追上說著：「凌大人，這裡、這裡！」

凌定國看到又是那煩人的王文桀，只是冷冷說著：「有什麼事，正準備歇息呢！」

王文桀再次笑了起來，並作揖說著：「卑職知道大人今日審案辛勞，早已安排這上等彰化佳餚美食，但這公務耽擱，飯菜有些微涼了，卑職這就請人溫熱溫熱，還請大人梳洗梳洗便可以——」

凌定國臉色一沉說著：「免了，你當我沒在彰化城待過嗎？能吃的不就那幾樣，你還是想想辦法怎麼為民除害，淨想這些沒用的事！」

凌定國說完便轉身離去，這讓已經安排好盛宴的王文桀顯得相當錯愕，但眼看凌定國就要走進廂房，王文桀也只能趕緊跟在後頭。

「大人，且請留步！」王文桀突然擋住凌定國的去路。

「又怎麼了——」凌定國顯得相當不耐。

王文桀再次擠出笑臉說著：「那鎮總兵楊在元楊大人，我前幾日才去拜會，不知道是否能幫上忙——」

凌定國聽到王文桀的這句話，先是心頭一驚，接著又雙眼一亮，左顧右盼好一會兒後，才壓低聲音說著：「王縣令，請隨我進房一談——」

其實王文桀只是眼見凌定國就要離去，隨口說出前幾日因年末贈禮有拜會鎮總兵楊在元之事，根本就沒有什麼特別想法，但看到凌定國突然板起臉孔，倒也覺得有些恐怖。

跟隨凌定國進入廂房後，只見凌定國先是小心翼翼將房門關上，接著從案上的一疊疊文件中，抽出了一封信件，並開口說著：「這是那鎮總兵楊大人的回函，既然王縣令也知道這件事，也算是自己人，我就明人不說暗話，這些事先前已經打理過了，倒是那黎道臺恐怕還需要再運作運作——」

凌定國所言的黎道臺便是當今的臺灣兵備道黎兆棠，前臺灣兵備道丁曰健曾和凌定國說過，會和閩官們打點好，而現任的臺灣兵備道黎兆棠及臺灣鎮總兵楊在元皆是丁曰健所努力拉攏的對象。不過從凌定國來臺查案後，這兩人之中只有楊在元因為與阿罩霧林家曾有過節，一口答應必要時提供協助，然而新任黎道臺即使與凌定國同為廣東人，卻總是猶豫不決，凌定國只好再請丁曰健再向閩官高層運作施壓。

王文棨原本就只是隨口說說，根本不知道這幾人間有什麼密謀，在接過楊在元的密函後，只是瞄了一眼，便看到一些恐怖的關鍵字眼，這才發現可能會捲入了什麼驚濤駭浪，這種東西還是不看為妙，以免日後想要脫身也很困難，便將信函還了回去，接著只是硬著頭皮說著：「黎道臺這頭，我可以努力安排，看是什麼時候，我們可以一同享用臺灣佳餚——」

凌定國聽到王文棨又再扯什麼「佳餚美食」的，突然臉色大變說著：「吃！吃！吃，你怎麼都只會想到吃啊！臺灣這瘴癘之地，哪有什麼好的！這裡根本就是化外之地，你也到任一段時間，難道都沒有發現嗎！」

「是，大人——」王文棨臉上擠出笑容說著。「這卑職也很清楚，卑職剛到任的第一天，好像是什麼神明節慶之類，其實我也搞不太懂，這兒拜的神明似乎又跟我家鄉山東不大相同。或許大人當過彰化縣令比我還久，可能會更清楚。不過就在那神明慶典上，原就聽說這些臺人好鬥，竟也有如此虔誠信仰，想來也頗令人欣慰，誰知道慶典才開始沒有多久，就有人酒醉鬧事，還可真令人大開眼界！」

「嗯——」凌定國點點頭。「你這麼一說我倒是想了起來，記得每年三月都有媽祖進香大事，話說有年媽祖進香，那祖籍來自泉州的香客與漳州的香客，起初只是進香時的碰撞，後來演變成兩團一言不合大打出手。最後還鬧到我這彰化縣令出兵逮捕鬧事禍首，又率官兵壓陣，這兩個亂團才給我安分下來。我在臺多年，卻始終搞不懂，這些臺人祖籍大部分都來自福建，只因泉、漳不同，就可以時常鬧到械鬥，還可真是荒謬至極——」

「哈——」王文棨露出苦笑。「卑職上任還不到一個月時，就已處理過兩件泉、漳械鬥案，想來過了那麼多年，這群在內地混不下去，才逃來這蠻荒之地的臺人，竟也如此沒有長進！」

「嗯——」凌定國點點頭。「我當年可是處斬了很多械鬥鬧事的禍首，處理這些莽夫，根本不需要客氣，那『道』與『理』是要對知書達禮的人才行得通。這兒民情真的剽悍無理，更是癉癘橫行，稍不留意就會病倒難起，而臺人實在難以教化，若不施以嚴刑峻法，日久恐又會有戴逆匪那類亂事。為了別在任內出大事，總要不定期拉幾個野人殺頭示警，這你日後倒是可以考量考量。」

「是，大人，受教了！」王文棨特意作揖致意，一想到此次赴任風險竟是如此之大，才不到一個月就見識過兩次激烈的泉、漳械鬥。當初因為剛上任，並不清楚此處風情，兩案都以和為貴，只是輕輕放下，但愈是瞭解實情，愈是覺得隨時都有可能丟官，王文棨額上早已滲出些微汗珠，倒也相當後悔來臺上任。

「哎呀，王縣令——」凌定國這時雙眼一亮，突然驚叫一聲。「經你這麼一提，我倒是想起阿罩霧林家似乎也是篤信媽祖，聽說家中還有一尊林文察從福建迎回的媽祖神像！」

王文棨點頭如搗蒜說著：「是啊，大人，林文明現在還是那什麼，好像是南瑤宮的什麼總理——」

凌定國不待王文棨說完，搶先開口說著：「南瑤宮老五媽會總理！」

「哈——」王文棨露出相當誇張的笑容。「一時糊塗倒是忘了，果然還是大人英明！」

凌定國看到王文棨那張厭惡的嘴臉，微微別過頭去，接著只是來回踱步，口中不斷低聲嚷著：「媽祖進香，怕有亂事，需要壓陣。壓陣、壓陣、這壓陣啊，該怎麼藉機讓他來壓陣，這恐怕還需要個人質威脅——」

王文棨完全搞不懂凌定國究竟在說些什麼，只能看著凌定國不斷繞圈走路。不久後，凌定國雙手一拍，總算再次開口對王文棨說著：「對了，王縣令，如果明年媽祖進香取消，會怎麼樣嗎？」

「凌、凌大人，別開玩笑——」王文棨滿臉愁容說著。「此處民風如此剽悍，這一定會有人來縣府大鬧，可否別在我剛上任，就做出這樣的決定嗎？卑職實在承擔不起任何閃失啊——」

凌定國見到王文棨如此慌張，只是微微一笑說著：「是啊、是啊，就是需要有人大鬧，才能逼那林文明順勢壓陣啊！」

「大人——」王文棨勉強擠出笑容說著。「但是如此大費周章冒著風險，只是要那林文明壓陣，這又有何用意？」

凌定國再次拿出楊在元的密函說著：「當然是要讓林文明親自來這縣府公堂啊！」

「這——」王文棨那雙小眼幾乎已經擠在一起說著。「卑職駑鈍，還是不懂大人的用意——」

凌定國將密函再次交給王文棨，接著一臉嚴肅說著：「王縣令，你也是位忠義之士，為除阿罩霧這朝廷大患，必然也會竭盡全力效忠大清，算來你、我都是自己人。既然你都已找過楊大人商量，請你不用再有隱瞞，這封信函就是引誘林文明那廝來公堂後的調兵計畫，想必你也已經知曉，雖然只差黎道臺這臨門一腳，但也不過是時間早晚的問題。只是就算調兵之事可成，還是苦於無法將林文明隻身誘出那堅不可破的阿罩霧。但真是與君一席話，勝讀十年書，這計謀如今能夠完備，都得感謝王縣令先前的提點，這之後還要勞煩王縣令去安排會見黎道臺之事。彰化佳餚也好，臺灣美饌也好，都悉聽王縣令安排，我也會再請閩府那頭對黎道臺曉以大義多加勸導。要是黎道臺此線能夠牽成，則調兵之事萬事俱備，日後更可以再跟楊大人一同商討所有細節！可別說本官不照顧後進，這順勢讓你跟這兩位大人進一步親近親近，對你往後治理這裡的刁民絕對沒有壞處，更別說是將來官途一路順風！」

王文桀看到凌定國總算露出笑容，自己雖然還是很不清楚究竟是什麼樣的計畫，但因為不敢得罪閩浙總督親派的委任專員，也只能硬著頭皮遵照凌定國的指示走下去。不過心裡卻是非常不踏實，因為從先前密函中瞥見的字眼，這密謀究竟是否合於律令，也讓王文桀非常擔憂，別說什麼官途更為暢通，感覺隨時都可能會因為此事而重重摔下。

凌定國見到王文桀滿臉愁容，不過他本來就不是很喜歡這位癡肥的胖縣令，凌定國只是扔下一頭霧水的王文桀，滿臉興奮大步離開廂房。因為想來想去，就算日後成功拉攏黎道臺參與，尚還需要一個重要的環節，必須極力拉攏「那個人」加入自己的陣營，凌定國決定親自去找「那個人」商議密謀，好讓整個連環計能夠縝密完成。

第十回
李祥威逼撤訟案　委員夜訪林協臺

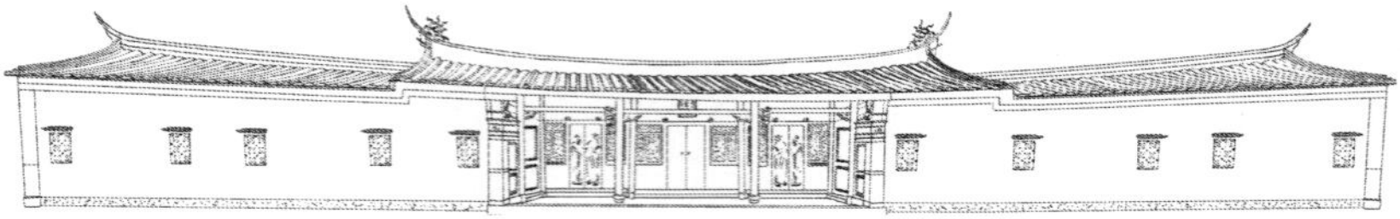

——清同治九年（西元1870年）二月，臺灣阿罩霧林家。

明月高掛，在晚風的吹拂下，顯得相當寒冷，不過林家大宅主屋前的院埕卻傳來陣陣的刀劍聲響。

月光之下，一對年輕男女的輕巧身影正在院埕中不斷來回移動著。這兩人正是六年前也在院埕中切磋武藝的林朝棟及楊水萍。不過除林朝棟身形變得更為高大外，兩人也都從兒時木劍換為具有殺傷力的開鋒長劍。

六年過去，彰化望族楊家千金楊水萍已與前福建陸路提督之子林朝棟成親兩年。原本一臉稚嫩的林朝棟，已成為十九歲的翩翩少年，受傷的左眼也由白色大眼罩，換成更為細緻的黑色眼罩。而楊水萍一脫過往的稚氣，成為一名穩重的阿罩霧林家少夫人。

「接招——」楊水萍突然揮劍舞出快招連攻，這劍招又刻意攻入林朝棟失明左眼的範圍內，林朝棟只能憑著直覺反制，卻擋得有些氣喘吁吁。

「再來、再來——」楊水萍收回長劍輕輕搖頭說著。「敵人可不會因你左眼失明，還大發慈悲只從右邊進攻！」

林朝棟收回長劍，本來伸手想要調整左眼眼罩，卻因為被楊水萍這樣數落後愈想愈氣，眼看就要開始埋怨幾句，卻被楊水萍搶先開口說著：「朝棟，阿罩霧林家向來以武勇著稱，阿爸和二叔都是國家大將，你又是——」

「喝，少囉唆——」林朝棟不想再聽楊水萍說教，不待楊水萍說完便大喝一聲，突然揮手一劍朝楊水萍疾刺而去，楊水萍只是趁勢一閃而過，隨即舉劍反攻。

不過林朝棟已非當年的小男孩，力氣及速度上早已遠遠超越楊水萍，要不是楊水萍劍技高超又擅於靈巧閃避，早被林朝棟狠狠刺中。但這負氣攻擊的林朝棟，見劍招接連失效，楊水萍又一派輕鬆的模樣，一氣之下更以蠻力連續進擊，這讓楊水萍也快有些招架不住。

「哎呀！」楊水萍握劍的右手虎口被震得有些發麻，不覺驚叫起來，這才讓有些陷入瘋狂進擊的林朝棟頓時停了下來。

楊水萍雙眼微睜，輕皺眉頭望向林朝棟，而林朝棟只是滿臉歉容，上氣不接下氣說著：「阿、阿萍，是、是我不好，真對不住——」。

見到丈夫擁有如此強狠劍勁，楊水萍理應相當高興，甚至更該誇獎幾句，顯然已非昔日的稚嫩男孩，這倒是兩人多年練劍以來，楊水萍第一次有招架不住的感覺，這也讓楊水萍感到有些失落。或許不久的將來，楊水萍也不再是林朝棟的對手，但剛剛的混攻亂擊，卻是在被人激怒後所出現的狂亂狀態，這樣無法冷靜應敵的莽撞舉動，要是遇到更厲害的對手，可就不一定能順利奏效，這反倒讓楊水萍更加擔心。

「朝棟，我都看到了，你這是在做什麼！」

老夫人林戴氏年逾花甲的佝僂身影突然出現在主屋正廳門前，讓林朝棟及楊水萍均嚇了一跳。

林朝棟迅速收起長劍，微微低頭說著：「阿嬤，這麼晚了，怎麼還不歇息？」

不過林戴氏對林朝棟視而不見，反而朝楊水萍那走去。

「阿萍，妳沒受傷吧——」林戴氏一臉擔憂問著，而楊水萍只是帶著苦笑輕輕搖頭。

林戴氏接著轉向林朝棟責罵起來：「朝棟，不要跟你二叔一樣橫衝直撞，你自己當初去跟彰化楊家提親是怎麼說的？說什麼成親後會努力讀書考上科舉功名，這才讓書香門第的楊家放心讓掌上明珠嫁入我阿罩霧林家，怎麼現在反倒是一直耍槍弄棍的？」

見到老夫人頗有責怪之意，而林朝棟只是低頭不語，楊水萍趕緊打圓場說著：「阿嬤誤會啦，是我硬要朝棟陪我舒活筋骨。況且讀書這種事也不是人人適合，我沒有冒犯之意，但阿嬤應該也知道朝棟不是這塊料子，這我日後有機會再向娘家那邊解釋——」

「唉——」林戴氏嘆了口氣，接著轉向林朝棟說著。「我也知道你跟你阿爸和二叔一樣，只喜歡耍槍弄劍，只是做人要有誠信，是你自己允諾楊家在先，再怎麼樣也不能完全束書不讀。像你阿爸那樣戰功彪炳，最後也不過個太子少保的虛名，你二叔文明也只懂得打打殺殺，不懂得與人為善，搞得現在阿罩霧林家族敵四立。我寧可你去走科舉這條安穩的路，也不要這樣再和文察、文明一樣，只會舞刀弄槍的，這樣生活多不安穩，只會讓人日日提心吊膽啊！」

面對老夫人的期許，不擅讀書的林朝棟有些不知如何回應，楊水萍見狀後趕緊接話：「阿嬤，可是阿罩霧林家家勇那麼多，二叔一個人要管那麼多家勇也太辛苦。等朝棟再大點，得替二叔分憂統理，眾家勇對阿爸的武勇本就相當敬重，自然也會對朝棟有所期待，要是朝棟不加緊練習，到時要如何以技服眾？」

「嗯——」林戴氏微微頷首，接著露出滿意的微笑。「妳說得很有道理，這我倒是沒有想過。對、對，要當家就得要能想得遠，更還需要有個精明能幹的女人全力相輔，才不會像某人一樣，凡事莽莽撞撞，四處與人為惡！」

楊水萍有些不明白，老夫人這些話語，似乎都是針對當今族長林文明而來，不知道兩人之間最近發生了什麼事，讓老夫人如此不滿。楊水萍更怕老夫人這段數落被二叔林文明聽到，恐怕會造成不必要的誤會，一臉驚慌地說著：「阿嬤，可是就我所知，二叔不是那樣的——」

「阿萍——」林戴氏斂起笑容說著。「是事實就是事實，我自己的兒子是什麼樣子，這我最清楚。妳現在既已成為林家人，就要全力輔助朝棟，凡事也要以家局為重，更應以和為貴，而不是一意孤行，妳那二叔只會嫌人囉嗦，早已聽不進老母親的話，我這只能期望朝棟了。」

楊水萍本還想再說些什麼，但老夫人說完後便緩緩起步就要離開，楊水萍和林朝棟想要上前攙扶，卻被老夫人揮手婉拒。不過就在此時，楊水萍發現二叔林文明早已在主屋正廳內等著，令楊水萍覺得有些難堪，不知道剛剛的對話內容有沒有被聽見。

在大廳內昂然而立的林文明，此時已三十七歲，濃眉細目還有嘴上的八字鬍與下巴短鬚，讓他看起來非常具有威嚴，再加上已擔任阿罩霧林家族長多年，更已是名相當老練的領導者，輔以那高大威武之軀，渾身上下更是充滿了不怒而威的懾人氣勢。

「阿母，妳找我喔？」林文明見到母親林戴氏結束與楊水萍兩人的對話，這才開口問著。

「是啊、是啊——」林戴氏一臉憂心說著。「聽說福建特別派任官員前來查我們林家訟案，好像就是以前彰化縣令凌大老。文明啊，我記得你和他是舊識，也有一同領兵作戰，有沒有去和他敘敘舊、打打招呼——」

林文明一想到凌定國那副只在乎自身利益的醜惡嘴臉，想來就是一陣噁心。當年兄長林文察率兵返臺進攻戴潮春時，曾授命林文明與凌定國一同率兵進攻被賊人所佔去的彰化縣城，不過一路上膽小如鼠的凌定國，只敢躲在部隊最後頭，從沒真正上過戰場，幾乎可說全是林文明所立下的汗馬功勞。事後呈報戰功時凌定國卻又想盡辦法拉進上頭關係爭功奪利，這讓林文明非常瞧不起凌定國這種和丁曰健如出一轍的陰險小人。

此次凌定國以審案委任專員身分來臺，當年這彰化縣令原就因為不適任而被左宗棠所撤換，想來凌定國這次又是透過什麼關係，不斷背後運作所得到的結果。即便林文明也知道凌定國對阿罩霧林家因諸多往事可能懷恨在心，更可能做出對阿罩霧林家不利的判決，好在李祥和所找的抱告均處理得宜，到目前為止倒也沒有被凌定國得逞。

林文明眼見母親林戴氏憂心忡忡，趕緊開口說著：「阿母，沒事的，李祥和抱告都已經處理好了，那些爛訟的逆黨餘孽已紛紛撤案！」

「什麼李祥，又是李祥——」林戴氏緊皺眉頭說著。「開口閉口就是李祥，我不早跟你說過，已有多少家丁、家僕都暗中和我告狀，那李祥恃寵而驕、狡詐多變，還有什麼『顱後反骨，久後必反』的，早勸你要多多注意！」

「哼——」林文明一聽到又是對他最得力助手李祥的攻擊，這幾年早已聽到不想再聽。這下那些想生事的家丁，竟還想透過母親林戴氏繼續運作些什麼，讓向來極度厭惡這種卑劣行徑的林文明，終於還是忍受不住，對林戴氏厲聲說著。「全是胡言亂語，這不過都是空穴來風，這些訟案李祥明明就處理得非常好！阿母，這阿罩霧林家大大小小的家務就由我族長來煩惱，妳就好好安養天年，不要再插手行不行！」

林文明不待母親林戴氏回應，早就轉身而去，經過主屋正廳門前，還狠狠瞪了院埕內的林朝棟及楊水萍兩人一眼。

目送林文明氣憤身影離去後，老夫人林戴氏或許覺得顏面無光，也隨即從另一頭離去，只剩下林朝棟夫婦兩人呆立原地。

沒多久，林朝棟突然打破沉默開口說著：「阿萍，妳還要再練嗎？」

楊水萍還在思考剛才的場面，突然覺得心情有些沉重，看看林朝棟，再看看手中的長劍，停頓了一會兒才又開口說著：「朝棟，今晚我累了，想先回房歇息了。」

林朝棟可以明顯感受到楊水萍心情突然變得有些低落，直覺跟老夫人和二叔林文明有關，卻也不知原因為何。

「唉——」林朝棟突然輕嘆一口氣。「二叔好像很不喜歡看到我們練劍，是不是跟阿嬤一樣不喜歡我們兩個練武，也要我們讀書考取功名之類的——」

「那是當然的——」楊水萍雙眼微睜，本想繼續開口，卻又把話收了回去。

這兩人在院埕練劍的畫面，一定很容易讓二叔林文明回想起當年楊斌前來通知林文察噩耗的悲慘場景。既然林朝棟沒有察覺，楊水萍也不想再提起這段也會令林朝棟傷心欲絕的塵封往事，只是開口說著：「朝棟，我真的累了——」

「呃——」林朝棟邊輕揮手中的長劍邊開口說著。「那妳先回房歇息，我再練一下就回去了。」

林朝棟說完便退到一旁舉劍空揮，而楊水萍點頭示意後便轉身離去。楊水萍經過穿廊時，又回頭透過縫隙看著林朝棟，這個練武佈軍方面還算精明，但似乎因為少不經事，容易被事激怒而無法冷靜應對，另外在人情世故方面卻也有些遲鈍，實在也不知道該對他勸些什麼，好使他能對周遭事物更為靈敏，想著想著楊水萍不覺輕嘆了口氣。

而另一頭的林文明從主屋正廳返回書房後，依舊還是氣憤難消，一下便把李祥喚了過來。

「李祥——」林文明見到李祥進到書房後，輕皺眉頭問著。「那戴逆黨徒叛產訟案可有再遇到什麼困難？當初收購時是否真有為難過那些人？」

李祥此時已年近三十，自從成為阿罩霧林家下厝族長林文明身邊的第一家丁後，整個人雙眼變得更為銳利有神，也因為處理事情均是有條不紊，近年來更可以直接代替族長林文明決定較為瑣碎的大小事務，儼然已經是這林家大宅百名家丁、家僕的總管。

聽了林文明的提問後，李祥思考了好一會兒，接著雙眼一亮說著：「報告二家主，那四十多件訟案，各興訟人經由我多次拜訪後，總算逐步化解雙方極深的誤解，去年歲末就已陸續撤案，就只剩那後厝林應時還是不願意放棄。當初二家主也親眼看過我怎麼處理那後厝的叛產，是那林應時自己提議要低賣自己的祖產抵債，我還依二家主叮囑，最後甚至還提高買價，就是怕佔了他的便宜，想不到他恩將仇報，幾年後就開始胡亂反咬，說什麼——」

「好、好，這我都了解——」林文明見到李祥可能又要重複那套他已經耳熟能詳的說明，趕緊轉移話題說著。「話說前幾日有群家丁沒注意到我在一旁，在那邊嘻鬧嚷著『朝中李中堂，下厝李公堂』的，這句話是什麼意思？」

聽到林文明這番突如其來的問話，李祥先是雙眼微睜，但不一會兒只是冷靜地說著：「報告二家主，這我倒是沒有聽過。但我知道那李中堂可是當今大清重臣，而我因為常需處理家中大小事務，還有那逆黨叛產，確實曾聽說被人私下戲稱『李公堂』，只是被拿來與當朝能幹重臣李中堂相比，說來也是慚愧，實在名不符實——」

「嗯——」林文明微微點頭，儘管李祥這麼說著，但那群家丁的嘻鬧態度一點也不像是在讚揚，這樣的解釋倒讓林文明心中更是充滿疑惑。

林文明再次開口問著：「李祥，你來林家多久了？這一切可還習慣嗎？」

李祥突然低頭合掌大聲說著：「二家主，感謝您的大恩大德，我來林家也已五年，都是二家主的提攜，這才能讓我發揮所長，替二家主分擔解憂，這份知遇之恩我一輩子都償還不起！」

「好的、好的——」林文明微微頷首。「你、我都那麼熟了，不必如此多禮。我只是覺得你才華洋溢才會被眾家丁嫉妒，這幾年對於你的謠言攻擊不斷，這才會想跟你再確認近況。沒事就好、沒事就好——」

不過就在林文明尚未說完之時，書房外突然出現一名家丁小聲喊著：「公堂大人、公堂大人——」

李祥知道這名家丁是在叫著自己，趕緊走向門邊開了起來，並生氣地斥責著：「你是瞎了眼嗎？也不看這什麼場合，有什麼事如此緊急，需要這樣慌慌張張！」

這名家丁低下頭去，只是在李祥耳邊小聲說著，而李祥臉色愈形沉重。林文明眼見可能真有什麼急事，趕緊率先開口：「李祥，我該講的也說完了，有什麼急事就先去忙吧！」

聽到二家主如此吩咐，李祥總算鬆了口氣，接著向林文明合掌點頭，便與這名家丁匆匆忙忙離去。

林文明剛才見到李祥對其他家丁如此嚴厲，倒也想起曾有黑函控訴李祥是名「上諂下驕、前倨後恭」的陰險小人。不過李祥曾讀過些書，後來才棄文從武，進入林家後又遭受眾家丁暗中攻擊之事，倒讓林文明一直想起兄長林文察生前之事。當年林文察因驍勇善戰，又俱備領兵長才及富有遠見，深獲左宗棠信賴及賞識，也因此被極力拉拔，迅速升遷至福建最高軍職陸路提督。但因為如此，已受到閩官群的眼紅，這才會處處刁難，更又在背後不斷上參不實謠言。林文明每每想到李祥可能也是類似的處境，就會更加照護，好在李祥一路走來也是忠心耿耿，辦好每件阿罩霧林家的大小事。

不過先前看到李祥的回話似乎有些詭異，又看到他與家丁的互動，林文明決定再找幾名親信前來問話。

沒多久，書房外又傳來一名家丁說著：「報告二家主，戴乞及游捷已到——」

「快請進來！」林文明厲聲說著，並揮手示意將門關上。

「報告二家主，請問有什麼吩咐？」戴乞見游捷關上門後，走在前頭問著。

「兩位請坐——」林文明伸手指向一旁的座椅，等待兩位家丁就坐後，林文明這才跟著坐下說著。「兩位跟在我身邊已有多年，不管是和我一同在戰場上出生入死的游捷也好，還是那力守阿罩霧的戴乞也好，都是我林文明最重要的左右手。我想請你們實話實說，那在家丁之間廣為流傳的『朝中李中堂、下厝李公堂』，到底是什麼意思？」

戴乞與游捷聽了以後只是瞪大雙眼，兩人均看似想要開口，卻還是把話吞了回去。

沒多久，游捷突然跪在地上，戴乞見到後也跟著跪了下來。

游捷緊皺眉頭開口說著：「二家主，我游捷只是個粗魯武人，本就不像李祥讀過書，可以那樣能言善道，但我從援浙之戰開始，大大小小戰役都一定會與二家主一同出生入死，不是想說李祥的不是，我也不願意像那些迂儒一樣搬弄是非，但他真的因為受寵而對其他家丁囂張跋扈，弄到家中什麼事沒有經過他的同意，完全不能算數，就像那公堂審案的大人，那些家丁才會流傳出這樣諷刺的話語。但那李祥不知道這其實是在罵他，還為此沾沾自喜，從那以後還要大家稱呼他為『公堂大人』。他甚至還曾率眾包圍過戴逆餘黨，就是為了逼迫他們簽下低價買賣田契——」

「什麼！真有此事？」林文明聽到此處怒拍桌面大聲罵著。「為什麼你們都不來告訴我，枉費我最信任的就是你們這幾個！」

「二家主——」戴乞跪在地上向林文明合掌說著。「這我和游捷都曾想向二家主反應，因為這樣的舉動並非我們所認識的二家主，甚至也向李祥質疑過，但他總說這是二家主的意思。因為李祥是二家主跟前第一紅人，我們也不敢擅自懷疑，更不可能直接向二家主確認，只能抱持這樣的疑惑，靜靜等待二家主哪天會主動來找我們問話——」

「啪！」

林文明再次怒拍桌面，開口怒斥著：「難道說去年歲末那萬斗六洪家、吳厝庄林家陸續撤案，也是李祥脅迫他們的嗎？我就一直很納悶怎麼會如此順利！」

游捷和戴乞只是對看一眼，這次換做游捷想要開口，但書房房門卻突然被人急忙打開。

「二家主、二家主，不好了——」李祥一臉慌張跑了進來，但一開房門撞見向來與自己甚為不和的游捷及戴乞，竟雙雙跪在林文明面前，而林文明只是濃眉倒叉，顯得非常憤怒，再加上先前在書房外就已聽到林文明的隻字片語，根本不難想像這兩人一定是來向林文明告御狀。

「李祥，莽莽撞撞的，什麼事快說！」林文明滿臉怒容瞪向李祥。

「那、那——」李祥順勢瞪了跪在地上的游捷及戴乞，而兩人只是低下頭去，接著才又開口說著。「那凌定國凌委員，此刻正在大廳等候，我好說歹說天色已晚，二家主早已歇息，但他就是不願意離去，一定要見二家主——」

「哼——」林文明輕瞇雙眼說著。「這凌定國又想搞什麼動作，要見就見，怕他不成。李祥，我們走！」

不過林文明話剛說完，馬上又改口說著：「李祥，我回頭再處理你隻手遮天的爛帳！游捷、戴乞，我們走！」

林文明將李祥丟在書房，轉頭領著游捷、戴乞兩人離去，李祥這下更能確定，這兩人果然合力「參」了他一本。

進入大廳後，林文明見來者不善，秉退游捷及戴乞，便帶著凌定國前往主屋正廳旁的客用書房。

凌定國一路上始終保持微笑，等到兩人都在書房就坐後，凌定國默默將一張告示壓在桌上。

林文明儘管一臉疑惑，還是將告示拿了起來，並仔細端詳，上面寫著：

文明伏誅，脅從罔治。
其兄忠臣，須妥安置。
所霸田產，給還原主。
諭爾小民，據實稟訴。

「你這是什麼意思！」林文明面露兇光質問著。

「哎呀，哎呀，協臺大人——」凌定國臉上還是掛著不懷好意的笑容。「這不過是我在彰化城撿到的一張破紙，看了也是有些莫名其妙，上頭竟還敢擅冒黎道臺名義，又什麼正月十六日印示，除沒有官方印信外，卻像極這官府告示。況且這協臺大人明明就好好的，什麼伏誅的，簡直亂寫一通——」

「你，你到底想說什麼？」林文明瞪大雙眼說著。

「哎呀，協臺大人——」凌定國伸出雙手並留下八根手指頭說著。「不囉唆，就八千兩銀，我立刻把訟案全部了結——」

「凌定國，你這是在威脅嗎？」林文明雙眼瞪得奇大。「告訴你，我是不吃這套，這是不可能的事！」

見到林文明如此盛怒，凌定國原本想要將告示拿回，但被林文明一把收去，凌定國只好乾笑著：「哎呀、哎呀，你、我都是多年老友，就真的不知道為何彰化城會撿到這樣的奇怪告示，才想來問問協臺大人是怎麼一回事。但想想多年未見，實在思念故友，這訟案又都只請抱告代勞，此次來臺卻一直沒機會見到協臺大人，才想拿來跟協臺大人先開開玩笑嘛！但協臺大人不愧是正直忠勇之士，行事果然光明磊落，不會走那賄賂官員的歪道，更不會走上捐官一途——」

林文明當然很清楚凌定國是在諷刺自己的兄長林文察，因為他當年升官時確實曾靠著捐餉而被朝廷再加升一等。

凌定國接著左顧右盼好一會兒，才又繼續開口說著：「這阿罩霧林家大宅還可真是美輪美奐，直想起古人說的那『美哉輪焉，美哉奐焉。歌於斯，哭於斯，聚國族於斯。』，怪不得、怪不得——」

見到凌定國刻意搖頭晃腦，林文明早已有些看不下去，趕緊打斷著：「凌委員，你到底想說什麼？」

「哎呀——」凌定國戲謔地笑著。「倒忘了協臺大人可能沒讀過這段文字，更不會知道這句話的典故涵義。我只是想說此處如此華美，怪不得多年前協臺大人硬是將我丟在山腳下，就是不想讓我接近這瑰麗奇偉的堡壘——」

林文明當然很清楚凌定國是在重提他當年以彰化縣令身分前來阿罩霧求援的那件事，他也很清楚凌定國向來器量狹小，當時阿罩霧林家在兄長林文察及自己的庇蔭下，確實根本不必懼怕這種無名小吏，但兄長殉國及自己兵權被奪後，事後回想起來，當初因為氣不過閩府，又把氣出在凌定國身上，確實做得有些過火，那段往事必然會被凌定國所深深記恨。

「凌委員——」林文明神情變得格外嚴肅說著。「你此行到底有何目的，我們就明人不做暗事——」

「哈——」凌定國再次笑了出來。「好一個明人不做暗事，不愧是我向來欣賞的協臺大人。其實我想向協臺大人相求一事——」

「凌委員，這時候不早了，還請快說！」林文明見到凌定國如此拐彎抹角，早已顯得相當不耐。

「唉——」凌定國刻意輕嘆一口氣，露出頗為煩惱的表情說著。「想來我當過彰化縣令，很清楚那下個月的媽祖進香是件地方大事，我剛好有清查訟案的要務在身，所以暫居彰化縣府。但當我聽到那王縣令說什麼怕有械鬥亂事，又怕還有什麼亂黨藉機舉事，竟已決定要停辦進香活動。我深知此地民情，這也是個善良風俗，但那山東肥鱷，真是冥頑不靈，說什麼都不願聽，就怕出事，真是只想到自己的官位——」

林文明緊皺眉頭，這凌定國不知道只是巧合，還是刻意拉高音調說著「只想到自己的官位」，林文明覺得這句話似曾相識，一時之間卻也想不起來，只好開口說著：「這媽祖進香由來已久，怎麼能說停就停，這樣各地香客絕對會大鬧縣府，那王縣令到底有沒有想過後果會有多嚴重？」

「正如協臺大人所言——」凌定國微微頷首。「為了這些與我感情深厚的彰化縣民著想，我和這山東肥鱷不知吵了多少回，我逼不得已只好拿我官階壓他，但他說什麼都要我保障不會出事才肯放行，我這才想到那武勇過人的協臺大人！」

「這和我有何關係？」林文明問著。

凌定國微微一笑說著：「壓陣啊，協臺大人！我不懂軍心，也不懂領兵，但協臺大人是國家大將，我可是親眼見過大人揮舞偃月刀殺敵的武勇英姿。只要大人出面，保證沒人敢滋事！大人現在又是南瑤宮老五媽會總理，前去壓陣於情於理都不會有人反對。為了那些虔誠香客著想，我才會趕在今晚急著來尋協臺大人首肯，否則那山東肥鱷一直嚷著要頒布禁令，但此令一出，彰化城真的很難想像會發生什麼事啊！」

聽見凌定國再次刻意拉高音調說著「不懂軍心、不懂領兵」，這才讓林文明想起，這些拉高音調的話語，似乎都是那年在阿罩霧山腳下，自己曾經訓斥過凌定國的字句，這也讓林文明內心不覺有些驚訝，即便過了那麼多年，凌定國依舊對當年的一字一句懷恨在心。

凌定國見到林文明沒有回應，趕緊繼續說著：「若大人願意壓陣，為了報答大人這份恩情，我會再去勸那不知好歹的後厝林應時趕緊撤案。明明就是無理取鬧，卻還是只想亂事，我極度懷疑剛才帶來的那張假告示，會不會就是出自於那林應時之手——」

「凌委員，免了、免了——」林文明伸手制止凌定國說著。「不需如此，為了媽祖進香大事，我也會考慮親自壓陣。我阿罩霧林家為朝廷平定那些叛黨，早被賊人所怨恨，更把我視為眼中釘，才來一口咬定我霸佔叛產，那些都是有憑有據的買賣。更有甚者，這些亂黨還誣告我姦人婦女，你自己想想，這怎麼可能！」

儘管林文明說得振振有詞，但先前得知李祥可能真的在背地裡威逼那些叛黨簽字買賣，更還有脅迫他們撤案，此刻倒也說得有些心虛。

凌定國雖然並不認同林文明所言，但還是假意笑著：「那還請大人盡快答覆，否則我真的很難保證那山東肥鱷會不會明日就頒布禁令——」

林文明見到凌定國說完後已起身準備離去，也跟著緩緩起身說著：「好的，凌委員，我會盡快答覆。時候也不早了，我請家丁送客，快請回去歇息吧。」

凌定國向林文明點點頭並作揖行禮，接著轉身離去。林文明看著凌定國離去的身影，不知為何想起那同樣也是相當陰險的丁曰健。林文明眼見自己的官途在閩官的刻意打壓下已然暗淡無光，近年已將發展重心逐漸轉往商業買賣，而凌定國此次挾審案委員之職而來，雖然職等並不比林文明的二品副將高，但其實權卻可說是凌駕在林文明之上。一想到此，林文明內心只是陷入一陣混亂，這凌定國對阿罩霧林家如此積怨已深，這種請求絕對不可能是為了彰化縣民著想，想來一定有著什麼不可告人的陰謀。

若是在過去，林文明一定會馬上找李祥商量，不過此刻李祥案情未明，恐怕有些不適合，但他一時之間真的不知道該找誰討論。本想到頂厝的堂弟林文鳳，但近來林文鳳的身子又有些微恙，況且他原本就對李祥存有偏見，也未必瞭解下厝的真實狀況。頂、下厝在兩人分別擔任族長後，大小事務已逐漸分離，而林文明在得到李祥協助後，除了關係兩厝的大事外，幾乎也很少再特別去找林文鳳商討要事，林文明想著想著，只想到另一個可能的談話對象。

經過一夜的長思後，林文明一早便起身在書房內提筆寫信。白日的陽光灑落庭院，並不時有鳥囀入耳，彷彿昨夜的種種煩惱只是一場遙遠的往事。

林文明完成信件後，便將信函收入信封封好，之後則是無意識地反覆把弄手中的兩封信。不知道過了多久，戴乞出現在書房門口說著：「二家主，少夫人來了——」

「好，請進。」林文明一臉正經說著。

就在戴乞離開書房後，楊水萍緩緩進入書房，面露疑惑看著林文明小聲說著：「二叔，找我有什麼事嗎？」

林文明沒有回應，反而板著臉孔起身走向房門，並對站在門邊的戴乞說著：「戴乞，這裡沒事了，你不是還有別的事要忙，先去吧！」

「啊——」戴乞不禁輕皺雙眉，接著一臉疑惑地說著。「可是二家主，我沒別的事要忙，站在這兒不打緊的——」

「唉——」林文明輕嘆了口氣，以往只要這麼暗示，李祥就能聽懂他話中的涵意，只好無奈地搖搖頭，接著開口明說。「不要站在這裡，我有要緊事想要商量，懂吧！」

「喔——」戴乞點點頭，這下總算明白林文明的用意，趕緊低下頭快步離去。

再次重回書房，林文明對一直站在房內的楊水萍揮手，示意要楊水萍坐下，而自己反而站在椅子前並未就坐，來回走了幾步才又開口：「水萍，我想問問妳對李祥的看法？」

「呃——」楊水萍露出苦笑。「二叔，他不就是二叔相當得力的助手嗎？」

「唉，水萍，別在那邊跟我打馬虎眼——」林文明揮手苦笑，接著總算緩緩坐下說著。「妳明明就聰明伶俐，不可能沒有觀察到家中的大小事，這也是我阿兄文察及我阿母極為欣賞之處，我對妳也很看重，才想找妳商量一些事——」

「哈——」楊水萍有些尷尬地笑了起來，思考了一下才繼續說著。「那李祥就我所知對上還算畢恭畢敬，但對下確實就有些跋扈囂張。我曾經多次撞見他對其他家丁頤指氣使的場面，再加上深得二叔信任，想必一定招致所有家丁的怨恨。但除此之外，辦事還算可靠，對阿罩霧林家目前看來也還算忠心耿耿，或許他有他不好之處，但我想也有一些是對他極為不滿的家丁、家僕想生事，這才造出這類刻意醜化的謠言。現今阿罩霧林家的百名家丁、家僕，看似已逐漸分為李祥、李老馬為首的當紅派，及戴乞、游捷為次的另一派別——」

林文明點點頭，停頓了好一會兒才又開口說著：「水萍，妳果然觀察入微，但就是游捷和戴乞跟我反應，那李祥假借我的號令，四處去向逆黨率眾施壓，還迫使他們撤案！」

「二叔──」楊水萍突然雙眼一亮說著。「他那樣的方法聽來或許不對，但其原意是為了阿罩霧林家，我只怕──」

「怕什麼快說！」林文明急切地催著。

楊水萍繼續說著：「只怕二叔因為這件事刻意疏遠他或懲罰他，他算是我們林家第一家丁，一下就被冷落的話，我聽鳳叔說過，但我知道他很不喜歡李祥，所以也不知道他說的是不是事實。他說李祥當年是萬斗六洪家極為器重的家丁，後來似乎是遭受什麼不平之冤，才又反叛弒主，如此處事性格上可說相當剛烈。所以這件事我想還是請二叔好好調查清楚再做決定，也可能是因為兩派家丁惡鬥的刻意醜化而傳入鳳叔耳裡，無論是非為何，切勿不要一下就讓他覺得反差太大──」

林文明當年將李祥帶入阿罩霧後，刻意壓抑在洪家庄所發生的細節四處流傳，想不到還是從林文鳳那邊傳了出來。事已至此，多說無益，林文明也只能輕皺眉頭繼續說著：「不過就我所知，游捷和戴乞兩人個性耿直，多年來又跟著我出生入死，是不會說假話的人──」

「二叔──」楊水萍微微搖頭。「他們兩人個性耿直是一回事，但李祥個性對下跋扈，或許已經得罪不少家丁，這些家丁自然會向游捷、戴乞靠攏，所以李祥的踰矩舉動，究竟是他們兩人親眼所見，還是兩人從其他與李祥結仇的家丁口中聽來，還是要調查清楚，否則──」

「唉——」林文明輕嘆一口氣。「我懂妳的意思，也想到該怎麼處理，不過其實還有另一事想要請妳幫忙——」

林文明從袖口中抽出昨晚凌定國帶來的那封告示，並交給楊水萍，楊水萍看完後只是瞪大雙眼說著：「二叔，這是？」

見到楊水萍如此疑惑，林文明便將昨晚與凌定國見面的情形，都和楊水萍詳細述說。

「我想我應該會答應凌定國的請求。」林文明眼神堅定地說著。

「二叔，但——」楊水萍語帶沉重說著。「但那封告示明顯就是凌定國偽造，顯然就是張威脅警示，還刻意索款八千兩銀，這不過是想看看二叔會不會上當行賄，好羅織二叔為掩蓋霸產而賄賂官員的罪證，想來這凌定國處處衝著我林家而來，那媽祖進香壓陣想必也是——」

不待楊水萍說完，林文明直接開口說著：「這我知道，但這就像當年丁曰健利用我率鄉勇協助平亂，我為了阿罩霧林家日後不被丁曰健為難，根本就沒有選擇的餘地。這次進香壓陣的設局，我想凌定國必然也已想盡各種辦法就是要逼我壓陣，他又與閩府官員早連成一氣。若是我回絕，必然就會下令停辦這次進香活動，還會四處放言是阿罩霧林家所造成的惡果，再來不是策動我們的仇敵和不滿的香客茲事，就是鼓動鄉民來阿罩霧請願，迫使我出面壓陣。這些我想那狡詐的凌定國一定早就想好，該用什麼方式對付我的各種決定——」

楊水萍輕瞇雙眼說著：「但二叔有沒有想過，這凌定國就是想讓二叔率眾壓陣，最後再用聚眾圍城造反，將二叔陷害入罪——」

林文明揮了揮手，止住楊水萍話語，自己這才繼續開口說著：「這我也想過，所以我只想帶十名家丁一同前往壓陣，也因此有件非常要緊的事，還請妳務必相助——」

「二叔還請不要那麼客氣！」楊水萍微微起身，顯得有些戰戰兢兢。

看到楊水萍的動作，林文明趕緊揮手示意，要楊水萍坐好，接著開口說著：「我知道妳們楊家有在福建從事買賣，也有一些人脈，還有妳的義兄楊斌，更是左督帥的親信。雖然左督帥已調任陝甘總督多年，但我聽說楊斌還是留在福建活動，所以我這有封重要的信要請妳幫我轉交。」

林文明說完後便起身走到書桌，並從桌上拿起信件。再次緩步回坐後，打量信件好一會兒，這才相當慎重地交給楊水萍。楊水萍接過後發現信件總共有兩封，其中一封信還特別厚重。

發現楊水萍的疑惑，林文明開口說著：「二叔我知道福建那邊很多人對我們阿罩霧林家有很深的成見，就連我叔父到現在也還被拘禁在福州無法回來。其實當年阿兄那麼富於謀略又驍勇善戰，是被閩官刻意陷害孤立無援，才迫使阿兄殉國，事後又嫁禍叔父救援不力。即便左督帥力挺我們阿罩霧林家，但那閩官全都結黨抗命，也讓左督帥力有未逮。這些閩官對我們阿罩霧林家早已恨之入骨，這也是我不想逃避凌定國設局的主要原因。因為逃得過一時，之後只會有更多連招出擊，我也只能且戰且走。而我要是直接把這封求援信送去，就怕在那頭又被有心人刁難。我知道妳和義兄楊斌這幾年都還有書信往來，所以第一封信要麻煩妳想辦法透過娘家那頭設法交給楊斌，第二封信則是希望妳留在身邊，若是我此去有什麼不測，再打開第二封信看看怎麼解決一些難題。我本來就只是因為阿兄殉國時，朝棟年紀尚小，才臨時接下族長一職，但這位置遲早還是要還給朝棟的——」

「二叔，請別這麼說，我想不會有事的——」楊水萍滿臉愁容說著。「但李祥的事還是要謹慎處理，因為不管怎麼說，他還算相當聰敏，若能好好運用，他還是二叔此行的重要幫手——」

林文明微微一笑說著：「這二叔我當然知道，所以這兩件事才會想找聰明絕頂的妳商討建議，妳果然不負二叔的期望，能看透那麼多事情，早知道之前遇有什麼難題，就該先找妳來商量對策。但想來這朝棟能娶到妳還真有福氣，這次進香壓陣，少說也要十天半月，我不在阿罩霧的這段時間，還是要謹慎小心，那凌定國也可能是想實行什麼『調虎離山』之計，將我引出阿罩霧，而想做出什麼對阿罩霧不利的舉動。不過想想有妳和文鳳待在這裡，倒也不必特別擔心那陰險小人的什麼奸謀，反倒是我就必須見招拆招，走一步算一步。不過話說回來，我倒是一直很想問妳，妳覺得朝棟如何？」

「二叔，這個——」楊水萍顯得有些難以開口。

「哎呀，水萍，就直話直說吧——」林文明催著。

「朝棟他——」楊水萍刻意看向一旁說著。「個性上還有些魯莽衝動，事情若順還頗有大將之風，但遇亂事不順就容易慌張，不過假以時日，我相信他還是會成為一名足以統領萬兵的大將！」

林文明看到楊水萍羞澀的表情，不覺笑了起來：「哈，讓二叔我來幫妳說出實話好了，朝棟的武勇確實頗有他阿爸的一些影子。但其實我覺得他更像年輕時的我，我年輕時也是遇事不順就容易慌亂，都是依賴阿兄的引領。後來是經驗累積多了，更重要的是上頭突然沒有人可以倚靠，還有那強壓在身上的重責大任，是會讓人有所改變的。我看朝棟他還年輕，很多經驗都還不足，需要更多歷練。況且他不像我和阿兄，可說是在戰場上白手起家，某些方面確實略嫌遲鈍，畢竟從小就是個被大家細心守護的小少爺，尤其是他眼睛受傷後，我阿兄其實非常自責，更是叮囑家丁一定要對他百般呵護，是後來遇到水萍妳，他才又開始吵著要繼續練武，想來也是很奇妙的緣分。說實在，他就是塊還沒雕琢完全的美玉，希望水萍妳日後能多多輔助，二叔我相信有朝一日，朝棟也能成為像他阿爸那樣的國家大將！」

「二叔，這絕對不用擔心——」楊水萍雙眼炯炯有神說著。「我既為朝棟之妻，當然一定會全力輔佐他的任何事務！」

「不管如何——」林文明起身對楊水萍說著。「水萍，萬事拜託了，這段時間如果真有什麼無法解決的難題，還是可以去找頂厝的文鳳阿叔商量，二叔我這就不再打擾妳了——」

楊水萍謹慎小心地拿起兩封信件，向林文明點頭致意，接著便轉身離開書房。

走到穿廊以後，楊水萍再次回頭一望，透過敞開的書房房門，可以發現二叔林文明又重新坐回位子，緊皺眉頭陷入沉思。楊水萍可以明顯感受到，二叔林文明此行必然充滿險惡，剛剛的一些笑容，恐怕只是二叔的強作鎮定。楊水萍右手緊抓兩封信件，雖然不知道信函內容，但或許這一連串的險要關頭，也只能指望遠在福建的義兄楊斌前來協助，好讓阿罩霧林家渡過這次難關，想著想著楊水萍不覺又將這兩封重要信函握得更緊。

第十一回

凌定國計中有局　林文明壽至公堂

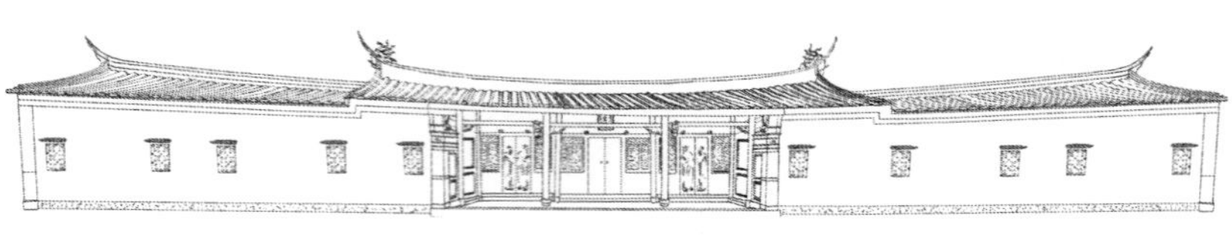

——清同治九年（西元1870年）三月，臺灣彰化南瑤宮。

月色當空，南瑤宮附近早已擠滿四處湧入的香客，讓四周的店家更是樂不可支。為了迎接媽祖進香的地方盛事，這些店家早有特別準備，擠滿人潮的街道，呈現一片相當熱鬧的場景。

南瑤宮起源可追溯至雍正元年，一名窯工楊謙將諸羅縣笨港天上聖母香火攜來，以為保庇之用。香火掛在工寮內頻現五彩之光，居民認為神明顯靈，便由仕紳集資雕塑天上聖母神像奉祀，此後香火鼎盛。而後至乾隆三年瓦窯庄陳氏捐獻土地建廟，取其位置接近南門之「南」，及瓦窯之同音字「瑤」而成為「南瑤宮」。

南瑤宮進深四進，為一多重院落結構，包括三川殿、正殿、觀音殿、天公殿、前埕廣場、中埕廣場及後埕廣場，是為「四落四殿，一埕二院」。而三川殿前的兩根龍柱，其上攀龍石雕更是栩栩如生，讓站在柱前的林文明不覺看得有些入神。

「二家主，那件事辦好了！」

李祥突然出現在林文明身後合掌說著，不過林文明面露警覺之色，趕緊揮手示意要李祥跟著他進入南瑤宮。

林文明步入南瑤宮後，又領著李祥一同進入其中一間廂房。

「李祥，那蔡仔沒問題嗎？」林文明問著。

李祥再次合掌說著：「報告二家主，那個蔡仔雖然年紀輕輕，但還算機靈，為人也頗為正直，也算可以賦予大任，而他遠房堂兄又任職官府小差，況且這重金灑下去，目前看起來還算順利，官府那邊沒人見過蔡仔，應當不會被人認出。」

林文明點點頭，此次應凌定國之請前來為媽祖進香壓陣，因為怕被硬是冠上聚眾造反罪名，林文明此行只帶了十名親信家丁空手而來，包括他最信任的李祥、游捷、戴乞及李老馬。不過現在其中一名家丁受命去執行祕密任務，倒是只剩下九名家丁跟他一起在南瑤宮稍事歇息。

這凌定國果然一如林文明所料，壓陣到南瑤宮，王縣令竟突然說什麼怕有人鬧事，把媽祖金身藏了起來，說什麼就是要林文明作保，親自前去縣府公堂迎媽祖金身。想來這一定是與凌定國合謀的什麼奸計，林文明也只能和李祥再想辦法拆招，此刻更是在等待楊斌的外援。

「二家主──」李祥見林文明陷入沉思，不知道是否應當開口，猶豫了一會兒還是說著。「二家主明日是否還是別去縣府，讓我和游捷他們去迎接媽祖金身就好？」

林文明搖搖頭說著：「這當然不可能，那凌定國就是要用計讓我前去縣府，但我這頭也不是沒有準備，現下就在等待楊斌拿張護身符來保平安，我諒那凌定國一定會知難而退！」

「護身符？」李祥疑惑地問著。

林文明見到李祥一臉疑惑，從領口中拉出了掛在脖子的紅色香火袋，上頭依舊還是那「既壽且康」四字，不過這香火袋經過長年的掛戴，已顯得有些老舊。

「當然不是這張護身符，是另一樣更為有用的利器──」林文明看著這母親林戴氏所親手縫製的香火袋，突然又有感而發開口說著。「說實在這陣子對於閩府長年來的大小動作，真覺得有些疲乏，不知為何，最近老是想起我阿兄。此次來到彰化城，又讓我想起兒時與阿兄一同在此遊玩戰爭遊戲的情景。那阿兄總是拿著樹枝當令劍，指揮我衝鋒陷陣，想起來確實好笑，但也令人懷念，卻又有些感傷——」

「這——」李祥很少見到二家主林文明如此面露哀傷，顯得有些苦惱，不知道該如何接話。

林文明沉默了好一會兒，接著只是微微一笑開口說著：「話說李祥，你和戴乞、游捷他們現在可還好嗎？」

「二家主——」李祥突然雙膝跪地說著。「多謝二家主網開一面，小的確實過去因為在萬斗六洪家庄，是由二家主在刀口下所營救回來，不然早已沒有李祥。後來又受二家主百般信任，為竭盡所能報答如此重大恩情，辦事只想求好心切，這才會無意間與其他同僚發生不快。另為避免阿罩霧受害，這才會去和那些叛黨多次勸說，過程中或許比較強硬，但我對二家主一片赤誠忠心，要是二家主不信的話，我可以當場自剖胸口，挖出那一顆真心給二家主來看——」

林文明揮手制止李祥繼續說下去，先是伸手請李祥起身，接著只是露出微笑說著：「這我都知道，不用再說了。我知道你處處都為阿罩霧設想，也已經深刻反省，那些踰矩舉動，確實一分一毫都不是為了自身私利。你只是因為年輕氣盛，才做出這種不得體的脅迫舉動，但說實在能讓那些仇敵撤案，也未必是件壞事。倒是我真的很想說，你如此能言善道，口才如此之好，想想當初根本就不必再花銀兩聘請抱告，應當讓你直接上公堂就好，是吧，『公堂大人』？」

「二家主——」李祥露出苦笑。「小的知錯了，不要再挖苦我了——」

兩人原本只是相視而笑，但林文明一會兒突然斂起笑容說著：「李祥，去把游捷、戴乞及李老馬都叫來——」

李祥不知道二家主林文明有何用意，只是銜命將眾人全都找來廂房。

林文明見人員到齊後，只是一臉嚴肅對眾人說著：「李祥、游捷、戴乞還有李老馬，你們四人已跟在我身邊多年，皆是我最重要的左右手，我過去確實太過倚重李祥，卻也沒有注意到這樣已造成家丁們的失和。但我想你們應該也對於李祥的才幹有目共睹，只是李祥確實還太年輕，我希望你們能多多提點他的不足之處。家和萬事興，我已決定往後阿罩霧林家的所有大小事，都需要經過你們四人共議，李老馬雖先前在戰場上負傷而無法言語，但他還是可以用點頭或搖頭來表達意見，望你們四人往後為了阿罩霧林家的百年大業能夠不分你我、充分合作——」

「是，二家主，沒問題的！」李祥率先合掌回應，李老馬雖然沒有出聲，也緊接著合掌示意，就只剩下戴乞及游捷兩人還未有任何動作。

林文明原想再開口說些什麼，但一名家丁突然走進廂房說著：「報告二家主，一位自稱來自福建的楊先生求見！」

林文明聽到以後，直接拋下尚未答覆的游捷及戴乞，掩不住欣喜神色說著：「快請他進來！」

「二家主，那我們先告退了。」李祥說完後便和李老馬一同退去，而戴乞、游捷見狀後也跟著離去。

等待楊斌進入廂房後，戴乞、游捷站在一側，而李祥、李老馬則站在另一側，四人在林文明歇息的廂房外頭戒護，不過雙方各自為陣，根本不想與另一頭有任何互動，更別提四目交接。顯然林文明先前對四人的喊話並沒有奏效，雙方依舊還是有著重重心結。

「戴乞，你覺得二家主剛剛叫我們去說的那件事行得通嗎？」游捷小聲地問著。

「唉——」戴乞搖搖頭。「那李祥能言善道，我們根本說不過他，那天明明是二家主找我們問話，事後他卻認為是我們去告狀，那之後不就更開始處處為難我們倆了。二家主還一再強調他已深刻反省，處處就是幫著李祥，你覺得他剛剛在二家主面前表現得那麼謙卑，難道不是裝出來的嗎？他是讀過書的人，根本就看不起我們，怎麼可能會跟我們商量任何事——」

「唉——」游捷也輕嘆了口氣。「這我就真的不懂，那老馬仔明明就認識我們比較久，照理說跟我們交情更深，不過從萬斗六洪家庄那一晚開始，就處處護著李祥。」

「還不得怪我們自己笨——」戴乞搖頭說著。「那老馬仔以往比畫半天，我們也不解其意，但李祥那麼聰明，好像老馬仔只要使個眼神，就知道他想要表達什麼，當然會喜歡李祥那種聰明人啊！」

游捷點點頭，戴乞說的也有道理，不過還是相當疑惑繼續說著：「但我還是不能理解，像李祥那樣心術不正的人，老馬仔明明就那麼忠厚老實，為什麼會那麼識人不明？」

「嘖，捷仔，你可別拐著彎在說二家主的不是啊！」

「哪有，我對二家主可是忠心耿耿，才不會有這種意思——」游捷連忙解釋著。

「對了，剛剛來的那人到底是誰啊？」戴乞先前就帶著滿心疑惑，還是忍不住開口問著。

「我怎麼沒見過，但看二家主似乎一直在等他——」

游捷雙眼一亮說著：「他是那左督帥的親信楊斌，當年在松陽城一戰，我可是親眼見過他奮勇殺敵的武勇場面，直可說不輸給二家主！」

戴乞聽了以後突然雙眼微睜說著：「難道說二家主要請他來幫忙殺敵？所以明日我們是要——」

「戴乞，你別亂說——」游捷低聲斥著。「那楊斌可是智勇雙全的『湘公瑾』，一定能想出什麼好辦法讓二家主逢凶化吉的！嘖，你自己聽聽看——」

游捷突然伸手要戴乞安靜細聽，不過廂房內的兩人都刻意壓低音量，讓戴乞及游捷也很難清楚對話全貌。

不一會兒，林文明總算以正常的音量說話，這才讓外頭的四名家丁清楚聽見：「——唉，遙想當年松陽城一戰，這才剛與湘公瑾初次見面，湘公瑾大智大勇，其後更多次協同我兄弟倆殺進殺出，算算這一晃也快十年了，你、我直可說是一同出生入死的老兄弟，這次能再得到湘公瑾相助，我想已是穩若磐石——」

「但還是不要大意——」楊斌不急不徐地說著。「這個保平安的『護身符』就交給你，必要時拿出來對付凌定國與王文桀。還有，我會在縣府大門外等候，並且藉著媽祖進香迎金身儀式鳴炮聚眾，好讓文明你步出公堂後受到保護，凌定國那幫人無法在眾目睽睽下反悔作亂——」

後頭愈說愈小聲，戴乞已完全聽不到對話內容，不過隱約可以猜出，這來自福建的楊斌，確實不是閒雜人等，是向二家主林文明獻策的重要救兵，原以為明日可能需要在官府內刺殺凌定國或王文棨，但一想到只是自己多心，倒是讓戴乞總算鬆了口氣。

隔日，正是三月十七日，在南瑤宮廂房內歇息的林文明早已起身，特意換上了武二品的獅子補官服，並頭戴二品紅官帽。由於要前往公堂，為怕凌定國設罪構陷，林文明只帶了李祥、游捷、戴乞及李老馬四位最重要的家丁同行。

一行人踏著堅定的步伐緩緩經過縣府外的街道，這高大威武的林文明換上官服後，更是威風凜凜，一下就吸引了所有縣民的矚目，紛紛前來觀望。街道的一隅突然出現一名官兵，先是盯著林文明，但在與林文明一行人四目交接後，卻一下又轉移目光，之後便一跛一跛地往另一頭走去，過了一會兒便已不見身影。

沒多久，林文明一行人已來到彰化縣府，並穿過縣府大門，但這門口守衛的官兵見林文明等人進去後，便將縣府大門緩緩關上，並發出巨大聲響。

李祥及游捷早察覺異狀，向二家主林文明使了個眼色，卻沒有得到任何回應，好似根本不在乎大門被關上的這件事。

這縣府之外的街道本來應當是熙來攘往的熱鬧情景，而民眾繳交抽銀及派飯都需進出公堂，不過就在縣府大門關上後，從縣府之外突然跑出一批官兵，將府外街道清空。

街道左右路口各有一名官兵，手持兵器戒護，而往來民眾出於好奇，想要向內多看一眼，卻懾於官兵的嚴肅面孔，不敢駐足久留。縣府大門緊閉，另有兩名官兵站在門前，兩人皆手持線香神情緊繃直盯著大門的一動一靜。而大門之外的遠方對口，有名衣著整齊、相貌堂堂的壯年男子來回踱步，並不時望向緊閉的大門，便是那林文明跨海討來的援兵楊斌。

這不尋常的詭異氣息筆直穿過縣府大門，感染了整座縣府門廳大院，等到林文明一行人步進公堂大門，這第二道大門又被應聲關上。李祥及游捷再次對二家主做出暗示，林文明依舊沒有回應，還是一副不慌不忙的鎮定模樣，這讓即便反應靈敏的李祥還是有些摸不著頭緒。

第二道大門關上後，大院內又出現眾多兵衛佇立兩旁，各個手按長刀刀柄，戰戰兢兢蓄勢待發，彷彿只要有人從緊閉的公堂大門竄出，即會拔刀相待。

公堂大門關上後，林文明見到公堂階上公案桌內正坐著一名身穿藍色官服，前胸為文五品白鶴補，頭戴五品紅官帽的壯年男子，正是那早已等候多時的凌定國。而公堂階下兩側各有兩名官兵，手按腰際配刀，好似等待著凌定國的什麼指令。

「凌定國，這是在幹嘛？」林文明瞪大雙眼說著。「那王縣令呢？媽祖金身呢？我這都來作保了，還不快快請出金身，那些香客可全都聚在外頭等著呢！」

「哼，協臺大人真心急──」凌定國一字一句慢慢說著，但突然又大聲開口。「這一看不就知道是在審案嗎！」

凌定國話剛說完，便看向公堂的右側角落，想不到這暗處突然跑出一名中年男子，沒多久更又跪在公堂階下磕頭大喊：「大人，冤枉啊！草民林應時，要控告那內山王林文明率眾圍庄，霸佔田產，又強逼我簽下賤賣房產、田地的不平契約！」

「啪！」

坐在公堂階上的淩定國，重重拍下驚堂木，並對林文明大聲斥責：「被告林文明，沒想到今日你沒請抱告，竟有空親自前來，可還有什麼想要辯解的！」

林文明轉身瞪向跪在地上的林應時，緊接著瞇起雙眼，上下打量著高居案牘上頭的淩定國開口說著：「淩定國，鬧夠了沒！」

「哼──」淩定國這時突然起身走下公堂上階，接著不發一語繞過林文明，並緩緩接近站在一側的某名官兵，沒多久竟抽起這名官兵的腰際大刀。

林文明眼見淩定國手握大刀，卻根本不以為意，只是繼續以挺拔的站姿瞪向淩定國，更顯其臨危不亂的軍官威武。

不過林文明隨行的四名家丁，見這來者不善，早就圍在林文明身旁。這四人雖然與林文明相較之下身材略為短小，但各個體格精實，怒目瞪向舉刀的淩定國。游捷眉毛倒豎，一副孔武有力的模樣，而年輕氣盛的李祥更是氣勢淩人，粗黑的雙眉與渾圓的雙眼，再加上那寬大厚實的雙肩，眼神銳利而殺氣騰騰，有與林文明爭鋒之勢。至於戴乞及李老馬，同樣都曾是戰場家勇，雖然此刻手中沒有兵器，都還是充分展現其武勇之姿。

「嗯，這是把好刀──」淩定國舉起大刀細細欣賞，沒多久便拿刀靠近還跪在地上磕頭的林應時。

林應時因為不知道淩定國的用意，只是繼續以同樣的姿勢跪在地上，但沒想到淩定國突然舉刀朝林應時後背砍去，而且一出手就是連下三刀，這下讓林應時痛得哇哇大叫，並轉身癱坐在地。

「凌大人，你這是在做什麼啊？」林應時驚恐地問著，不過公堂地上已慢慢出現林應時後背所流出的鮮血。

「哼——」凌定國將手中大刀隨手一丟，並伸手指向林文明怒吼著。「林文明，你好大的狗膽，竟敢率眾茲事，見訟案不利，竟還敢砍殺原告，你快快受縛認罪吧！左右聽令，快將這名罪犯給我拿下！」

「為什麼，凌大人，當初說的不是這樣啊！」王文棨突然從公堂後方的暗處跳了出來。「大人，你不是說只是要誘騙林協臺來受審訟案，怎麼會變成這樣？協臺大人，這可不關我的事、不關我的事啊！那媽祖金身是在縣府外頭的觀音亭，不在此處，那金身其實也不是我押走的——」

「哼——」凌定國狠狠瞪向王文棨。「你這山東肥鱷如此懦弱，不圖報效朝廷，一同去除海外巨患便也罷了，竟還在那亂事，還不給我退下！」

「是！」王文棨眼見已達到澄清目的，這下兩方不管最後誰取得勝利，至少自己都還可能有一條生路，便趕緊又躲回公堂後方。原本癱坐在地的林應時，所幸凌定國下刀並不是很深，倒還沒有生命危險，但見到凌定國與林文明兩人必然會有激烈紛爭，不想再遭遇莫名橫禍，也趕緊跟著王文棨悄悄躲進公堂暗處。

見到王文棨及林應時退去後，凌定國又再次轉向林文明說著：「林文明，你認不認罪？」

「凌定國，你真是含血噴人——」林文明瞪大的雙眼早已滿佈血絲。「你以為這種雕蟲小技能有什麼作用！」

「哼——」凌定國冷笑一聲。「林文明，你不過一介莽夫，別妄想鬥過我，自己看清楚，誰才懂軍心、誰才懂領兵！」

凌定國說完從袖中拿出一道調兵軍令，上頭有黎道臺的批示，並詳列林文明率兵圍城的謀反罪狀。

「林文明，你已被層層包圍——」凌定國瞇起雙眼狠狠說著。「你絕對逃不出彰化城，還不乖乖受縛讓我革職挐辦，押送福州受審。念在你我老友多年，我還可去上頭運作，讓你與那叛將林奠國押在一起！」

林文明一聽到那被這些閩官所陷害的叔父林奠國，臉上滿是憤怒，這也讓在場的官兵皆不敢與林文明四目交接，好似一旦視線對上就立刻犯下滔天大罪。

「哼——」林文明冷哼一聲，突然奮力指向凌定國吼著。「這就是你們這些閩官的一貫技倆，當年就是這樣陷害我阿叔入獄，你以為一樣的計謀還能再次成功嗎？我乃朝廷命官，又有欽定要務在身，你這是想造反嗎！」

被林文明這麼憤怒一吼，凌定國一時之間有些失神，但箭已開弓，不得不射，凌定國只好以更為憤怒的語調說著：「什麼欽定要務，胡說八道！」

「凌定國，給我看清楚——」林文明從袖口拿出一個四四方方的布包物，並緩緩解開蓋布，原來這四四方方之物，正是一塊欽定令牌。

這塊令牌上頭鐫刻著「御賜大清禮部尚書之令」，林文明又將令牌翻了過來，背面刻著「核臺灣阿罩霧二品副將林文明掌臺灣媽祖進香總理暢行無阻」。

凌定國瞪大雙眼難以置信，他當然知道這禮部尚書為主管朝廷禮儀、祭祀、外事等活動的從一品大臣，這祭祀活動係指宗廟之事，與媽祖進香只能說勉強扯上關係，但這邊陲臺灣的地方宗教盛事，怎麼可能會是朝廷欽定活動，想來想去都不甚合理。

「凌定國，看你的表情，是在懷疑這御賜令牌嗎？現下到底是誰才想造反！」

「林文明——」凌定國不甘示弱，擺出劍指指向拿著令牌昂然而立的林文明喊著。「你膽敢假借聖上名義偽造令牌？這是何等滔天大罪！」

林文明早已見慣沙場各種嘶吼死腔，眼前這名文官出身的小吏，儘管已盡力使出畢生憤怒，但看在林文明眼裡格外滑稽，不覺輕蔑一笑：「你那日夜訪阿罩霧，早已識破你的預謀，你自己細想我阿罩霧林家與左督帥的關係向來親密，而左督帥又為當朝大臣，只要向左督帥說明這臺灣媽祖進香的風俗民情，再由左督帥去朝中向禮部尚書介紹這項活動，朝廷素來重視民間信仰，這媽祖進香自然也能成為欽定大事。你最好再想清楚，若是還敢在那百般阻撓，簡直就是違抗皇命，阻礙欽定活動的進行，這才是何等滔天大罪！」

「你！」凌定國想想林文明的解釋也不無可能，畢竟大清朝中之事多如牛毛，左宗棠不管是對尚書施壓或是以整批公文方式蒙混過去，都還是很容易取得這塊欽定令牌，這下這塊令牌的真偽確實難以辨識。凌定國左思右想，根本無法撂倒林文明的這一狠招，只覺倍感屈辱，接著脹紅雙頰憮然說著。「左右聽令，那令牌是假的，快給我拿下這造反逆賊！」

不過左右官兵根本無法判別凌定國與林文明究竟誰才是真，誰才是假，各個只是呆立原地動也不動。

林文明眼看凌定國大勢已去，不想繼續參與這場鬧劇，毫不在乎凌定國與身旁的四名官兵，只是頭也不回轉身吩咐著：「李祥，開門！我們去觀音亭迎媽祖金身！」

「不准！」凌定國高舉右手食指再次吩咐公堂內的官兵，這下總算有幾名官兵開始有些動作。

「哎呀，凌大人，這萬萬不可啊——」王文棨不知何時又從公堂後方跳了出來。「這違抗皇命是殺頭大罪啊！」

凌定國只是回頭狠狠一瞪，接著繼續對四名官兵喊著：「本官說那令牌是假的，還不相信嗎？難道你們跟我一樣看過禮部尚書的令牌嗎？你們這幾個，若是違抗我逮捕逆賊的命令也是要殺頭！」

被凌定國這麼一威脅，這四名官兵只好硬著頭皮向林文明那頭移動。

林文明見狀後只是眉頭深鎖掃向兩排官兵，接著突然怒吼一聲：「阿罩霧林二爺林文明在此，誰敢攔我！」

本想上前阻攔的四名官兵，被二品副將林文明這麼一吼，只是停下腳步，而曾親眼見過林文明在戰場上殺敵無數的淩定國，更是熟悉這句話是林文明大開殺戒前所講的話語。即便林文明空手而來，卻彷彿看見他手上提著那把鋒利的偃月刀，淩定國一下便被林文明的氣勢嚇得倒退一步，只能眼睜睜看著林文明的家丁將公堂大門緩緩開啟。林文明等到在大門全開後，動作俐落跨過大門門檻，以氣勢凌人之姿從正中央穩穩走出。

「給我攔住！本官叫你們攔下聽不懂是嗎！這逆賊剛才連砍原告林應時三刀，還想聚眾造反，你們還不快依黎道臺密令，將逆賊逮捕！」

淩定國從公堂內追了出來，只是瞪大雙眼揮手指向門廳大院的兩排官兵。淩定國本想在門廳大院守候的官兵並不知道林文明令牌之事，還有機會發號施令將林文明逮捕歸案，不過兩排官兵眼看公堂內那四名淩定國親信官兵都不敢上前逮捕，又見到林文明等人根本毫不畏懼，直覺事情恐怕已有生變，眾官兵不但不為所動，就連腰際大刀碰也不敢碰。

林文明走到門廳大院前頭，因為被大門所阻隔，也只能再次停下腳步，不過還是一副老神在在的模樣。林文明這次不以嘶吼的方式下令，而是中氣十足對李祥說著：「李祥開門！」

李祥聽到吩咐後，對著戴乞和李老馬使了眼色，兩人再次走向門廳大院的縣府大門準備開啟。

站在公堂大門外的淩定國，眼看這群官兵根本不敢上前，只是一再違抗自己的命令，儘管為此顯得格外憤怒，卻也只能看著林文明大搖大擺的舉動而無力反抗。但這林文明若是安然步出公堂，後頭遭殃的可能會是自己，淩定國發現先前對一群官兵下令，大家只是你看我、我看你，都在等待別人的動作，所以這次直接向其中一名佈陣在門廳大院，看起來最為粗壯的官兵大喊著：「你，就是你，要是敢違抗命令，我就用謀反重罪辦你，快去給我逮捕林文明，後頭閩府全都打點好了，不要怕，逮捕林文明就給你升官加祿！」

這名粗壯官兵被指定後，原本還有些猶豫，但看到凌定國再次瞪了過來，只好硬著頭皮抽起腰際大刀，準備奔向背對自己的林文明。

就在縣府大門微微開啟之時，門外傳來一聲宏亮的喊聲：「迎媽祖！」

「砰！砰！砰！砰！砰！」

門外突然響起震耳欲聾的炮竹聲。

大門還沒開啟完畢，這粗壯官兵已在這陣刺耳的炮竹聲中手握大刀衝向林文明。

由於戴乞與李老馬正在開啟縣府大門，這時只剩下李祥與游捷在兩側護衛。

「逆賊林文明，你給我站住！」凌定國賣力的嘶吼被炮竹聲完全掩蓋。

所幸李祥練武之人，四周雖被炮竹聲所掩蓋，但那粗壯官兵突如其來的舉動還是被李祥所注意。

李祥轉身拔起一旁其他官兵的腰際大刀，而游捷看到李祥的動作後也跟進拔起另一名官兵的配刀。

「砰！砰！砰！砰！砰！」

炮竹聲仍持續著，門縫已飄進陣陣硝煙味。

正在開啟大門的戴乞與李老馬，在炮竹聲中也發現一名粗壯官兵舉刀而來，而武家出身、反應敏銳的林文明更早已察覺，但想來這名官兵雖然粗壯，自然也不會是李祥與游捷的對手，完全不以為意繼續背對殺兵、面向大門等待開啟。待到戴乞及李老馬將大門開啟時，原本成竹在胸的林文明突然口中唸著：「你這是在做什麼？」

不過這微弱的聲音完全被炮竹聲所掩蓋，林文明扭曲的臉上滿是錯愕與憤恨，右手緊壓著脖子右側，卻也止不住從喉管湧出的大量鮮血，緊接著林文明口噴鮮血，噴在身旁舉刀護衛的李祥臉上，使一臉驚恐的李祥滿面是血。

林文明瞪大雙眼，一臉無法置信盯著遠方，接著緩緩倒下，衣袖內的令牌跟著掉出，沒多久這塊掉在地上的令牌已被鮮血染成暗紅。

目睹這一切的凌定國驚魂未定，接著只是雙腿一軟，倒退幾步後便扶著公堂大門有些無法站立。而在公堂內的王文棨及林應時見到這驚恐的場面，雙雙嚇癱在地，久久無法自己。

縣府大門外開始出現零星民眾，各個都被眼前滿臉是血的李祥嚇得目瞪口呆，真不知是在抬媽祖轎時出了什麼差錯，因此受了重傷。儘管炮竹聲還沒結束，凌定國這下總算回神，使出渾身力氣大吼著：「快關門！快關門！快關門！」

由於炮竹聲尚未結束，但門廳大院內的官兵從凌定國的手勢也能瞭解長官所下達的指令，趕緊推開呆立門邊的戴乞與李老馬，合力將縣府大門迅速關上。

縣府大門外已聚集眾多虔誠香客與湊熱鬧的民眾，把炮竹爆裂範圍外的縣府街道擠得水洩不通。沒多久縣府大門再次開了一個小縫，從中鑽出了一名滿面是血、全身血跡斑斑的男子，正是林文明最得力的助手李祥，從門外的人群中奮力擠了出去。李祥瞪大雙眼，表情甚為痛苦，跑沒幾步路先是摔了一跤，但仍舊咬牙起身繼續狂奔。

縣府門前聚集的民眾看得一頭霧水，想來是否因為抬媽祖轎或燃放炮竹時出了什麼意外而負傷，也就沒有再多想下去，只想趕快見到媽祖金身。

一名原先負責點燃炮竹的官兵，見到那名滿面是血的李祥倉皇離去，這也跟在後頭追上，不過這名官兵有些不良於行，速度明顯慢上許多，又被重重人群所阻擋，看起來恐怕不容易追到目標。

不久後，縣府大門前的炮竹總算燃盡，但整個彰化縣城為了迎媽祖盛事，仍是此起彼落接續燃炮。

不知道過了多久，縣府大門再次開啟，民眾所引領期盼的媽祖金身總算就要露面，各個臉上滿是欣喜之情。不過民眾的喜悅剎那間轉為驚恐，因為大門正中央站著一名官兵，身邊扛的不是媽祖金身，反倒是手上提著一顆血淋淋的頭顱。

儘管頭顱血肉模糊，還是有民眾認出相貌很像阿罩霧林家下厝族長林文明。

「啊！那、那不是阿罩霧林二爺嗎！」一名民眾神情慌張地說著。

「為何不是媽祖金身？怎麼會這樣？」另一名民眾驚叫著。

這時提頭官兵身旁走出一位身穿官服，面無血色的壯年男子，正是審案委任專員凌定國。

「咳——」凌定國強作鎮定開口說著。「阿罩霧林文明在公堂滋事，意圖謀反，已被伏誅！來人，把林文明首級掛上城門示眾，速速出張告示，警告大家阿罩霧逆匪即將臨城，再傳令武營出動防守！」

儘管凌定國這麼解釋，信或不信就看自己，但民眾之間仍然傳來了一個刻意壓低的聲音說著：「壞了，壞了，阿罩霧兵丁驍勇善戰，不可能就此放過凌大老，彰化城真的慘了！」

城內其他尚不知情的各個角落仍接續燃起炮竹，但彰化縣城四邊的守衛接獲通報後，不但迅速將城門關上，就連城樓上也豎起了龍虎旗，官兵們神色緊張滿城亂竄，城內城外瀰漫著如臨大敵的恐怖氛圍。

一場腥風血雨就要襲捲彰化縣城，原本迎媽祖的喜悅完全消逝殆盡，前來看熱鬧的民眾眼見情勢不對，各個低頭不語慢慢散去，而周邊的店鋪見情勢不對也紛紛迅速關閉，只剩下一臉慘白的凌定國繼續獨自佇立在縣府大門，眼神時而迷茫時而堅定，不知道心裡盤算著什麼。

第十二回

文鳳拖病阻兵進　斌萍聯手破惡謀

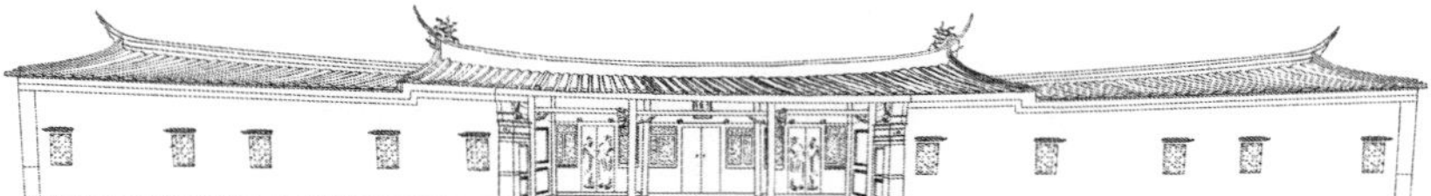

——清同治九年（西元1870年）三月，臺灣阿罩霧林家。

這個靜謐的午後，阿罩霧林家大宅一如往常，各家丁及家僕忙著自己的差事，而林朝棟及楊水萍夫妻倆只是在主屋正廳沏著閒茶。

「呼、呼、呼——」

一臉是血、渾身汗臭的李祥，臉色相當慘白，跌跌撞撞地且跑且走。

從彰化縣府逃出的李祥，在城門封鎖前早已狂奔而出。一路上不敢多作停留，一心只想將這件噩耗傳回阿罩霧林家，好讓阿罩霧林家能夠有所準備。

經過長時間的奔馳，李祥早已精疲力盡，好不容易奔回阿罩霧林家院埕，一個踉蹌直接跌坐在地，費了好一番工夫才又勉強起身，這才搖搖晃晃走進主屋正廳。

見到李祥身上處處染著血跡，臉上更是滿布血漬，原本在主屋正廳的林朝棟、楊水萍及幾名家丁全都大驚失色。

「公堂大人，你到底怎樣了？」一名家丁擔心地問著。

「大人，二家主人呢？」另一名家丁也湊了過來。

「二——家——主——」李祥上氣不接下氣說著。「二家主在彰化城遇難了！」

李祥說完後癱倒在地，兩名家丁急忙上前扶起，而林朝棟見狀後只是一臉驚恐，顯得不知道該如何是好。

「嗚、嗚——」李祥再也忍受不住，跪地放聲大哭。「二家主，被人害死了——」

「二叔到底怎麼了？快說、快說！」林朝棟緊抓李祥肩膀猛力搖著。

「嗚、嗚——」李祥緊抓林朝棟的雙臂激動說著。「少家主，二家主被凌定國陷害慘死，一定要報此血仇！」

林朝棟一臉茫然望向同樣不知所措的妻子楊水萍，接著輕輕推開李祥的雙手，緩緩起身走向正廳大門。

老夫人林戴氏這時也已出現在正廳大門前強忍悲傷，不過眼眶早已泛著淚水。

李祥見到老夫人後哭得更是厲害，連爬帶滾移到老夫人面前跪地叩頭，從懷中拿出染血的香火袋，不停對老夫人磕頭說著：「老夫人，凌定國那狗賊殺了二家主，又下令封鎖彰化城，好在封城前，我、我就已拚命跑了出來，就是想要、就是想要——嗚，無論如何，一定要報此血仇啊——」

楊水萍見到老夫人的身影，早已走到老夫人身邊，老夫人林戴氏見到李祥哭得如此傷心，接過林文明平時總是掛在脖子上保平安的香火袋後，那上頭「既壽且康」四字，如同當年林文察的香火袋一樣，都有明顯的血漬。老夫人再也無法壓抑痛苦情緒大聲哭喊：「就跟文明說過不要四處與人為敵，但這口冤氣叫我這個老母親怎麼嚥得下去！天公伯啊，這真是太——」

老夫人話還沒說完，雙腳一軟便要倒下，好在楊水萍早已上前攙扶，但老夫人卻還是承受不住打擊昏了過去。

「快送老夫人進房，也去請個大夫啊！」林朝棟見老夫人昏了過去，趕緊吩咐身旁的幾名家丁，而楊水萍仍舊扶著老夫人，並示意會一同送老夫人進房。院埕外已聚集十來名家僕及家勇，各個聞此噩耗皆氣憤不已，更有幾名家勇咬牙撫著腰際大刀，好似隨時可以聽令出征復仇。

林朝棟見到幾名家丁在楊水萍的帶領下送走老夫人後，先是輕瞇雙眼，過了好一會兒才轉身對著院埕的眾人喊著：「把人全部召集起來，一定要替二叔報此血仇！」

李祥聽到以後也趕緊起身，在林朝棟身旁補充著：「少家主，凌定國那狗賊一定會率兵攻打阿罩霧，我們得快一點，先下手為強！」

林朝棟當然也知道速戰速決方為上策，緊接著又轉身想要尋找游捷或戴乞的身影，但他一下便想起這兩名可靠的家丁當初已跟著二叔前往彰化城壓陣，如今只有李祥逃回，更可以想見這兩人必然已經不幸遇難。

百般無奈下，林朝棟只能對一旁的家丁說著：「去把那三尊大砲全部調出來，火槍也全數拿出！快！大家動作都快一點！」

儘管林朝棟也才十九歲，從沒真正上過戰場殺敵的他，在二叔林文明突然遇害，而老夫人林戴氏又昏厥不起，一下子整個阿罩霧林家下厝的重擔就突然強壓在他身上，讓他已經完全無法喘息。但為了替二叔報仇，還有為了整個阿罩霧的命運，此刻也只能繼續強作鎮定。

因二家主遇害的消息已在林家大宅逐漸傳開，此時院埕中更已集結數十名家勇，各個手持武器等待指示。依目前這個態勢看來，恐怕不一會兒就會聚集上百名憤憤不平的家勇。

「少家主，還請不用擔心——」李祥見到林朝棟神色凝重，再次在身旁說著。「那彰化城在我以前還在萬斗六洪家時，就已經跟著戴逆匪一起攻打過，這佈陣兵略的，我多少都可以提供一些意見——」

「嗯——」林朝棟點點頭，又調整一下黑色眼罩，看見李祥滿面是血，更發現他渾身是傷，便開口說著。「李祥，你要不要先去歇息，這整兵帶隊還需要一些時間——」

「不，少家主——」李祥猛力搖頭，雙眼堅定地說著。「這種時刻，我也無法安歇，我只想替二家主報仇！」

林朝棟點點頭，輕睇右眼，接著開口說著：「李祥，那我還想請你去徵召這附近的鄉勇，你出面的話，可能比我還有用！但你身子不舒服的話，真的不要勉強——」

「少家主，不打緊的，我這就下去召集——」李祥領命後，便往林家大宅大門方向離去。

集結在院埕的家勇愈聚愈多，沒多久，果然已達到上百人。不知道什麼時候，楊水萍突然又出現在林朝棟身旁，而林朝棟劈頭就關切著：「阿嬤怎麼樣了？」

「大夫說沒有大礙，但需要好好靜養——」楊水萍面色凝重，接著指向院埕上百名家勇問著。「但這是在幹什麼？難道你真的要去攻打彰化城？」

「那是當然的！」林朝棟瞪大雙眼說著。

「朝棟——」楊水萍緊皺眉頭說著。「不是跟你說過很多次，在事情尚未釐清前，不能冒然行動，況且——」

不待楊水萍說完，林朝棟早已勃然大怒斥著：「妳給我閉嘴！妳懂領兵作戰嗎？妳懂這些家勇在想什麼嗎？男人的事，女人不要給我插手！」

楊水萍從沒見過丈夫林朝棟對自己如此兇悍，想來極可能因為二叔突然遇害，這下厝的重擔整個壓了下來，若是以往遇到這樣的亂事，林朝棟一定早已慌亂無比，但此刻身為這臨時族長，也只能如此強作鎮定。楊水萍想想，依照目前這群情激憤的情勢，就算要林朝棟下令暫停出兵，恐怕也壓制不住，因為這些家勇都是二叔林文明這幾年親手帶起，必然都和林朝棟及李祥一樣只想復仇。

看著丈夫林朝棟已別過頭去，不願看向自己，楊水萍此刻心生一計，便默默離開林朝棟身旁。

又過了好一段時間，林朝棟已身穿鎧甲，後揹長管火槍，腰掛長劍，領著上百名家勇，護著阿罩霧所屬的三尊大砲，步出林家大宅。儘管林朝棟不過年近二十，此刻左眼戴著黑色眼罩板著臉孔的模樣，確實頗有大將之風。

就在林朝棟率隊走到林家大宅前的草坪山道時，已能看到李祥在山腳下等候。儘管李祥依舊滿臉是血，但已換上戰袍，腰掛大刀，身後還有上百名召集而來的鄉勇，各個手持兵器等待指示。

沒多久，林朝棟的上百名家勇已快步下山和李祥的鄉勇部隊合流，形成一支將近千人的復仇部隊。

這上百名阿罩霧家勇自是不需贅言，本就對二家主林文明遇害之事憤慨不已，而李祥另外招募而來的鄉勇，因歷來深受阿罩霧林家的照護，自然也是相當忿怒，整支部隊早已情緒激昂，等候林朝棟發號施令。

就在林朝棟拔起鋒利長劍，準備開口喊話時，部隊的尾端出現幾名家丁，共同抬著一副蓋著厚重棉被的擔架而來，上頭躺的正是林朝棟的堂叔林文鳳，而楊水萍也跟在擔架後頭。

「咳、咳——」林文鳳面色死白、雙頰凹陷，病得相當嚴重，沿路上只是不停咳著。

「阿萍，妳這是在幹嘛！」林朝棟見到楊水萍後，相當不悅地說著。

「咳、咳——」林文鳳躺在擔架上，根本無法起身，但還是勉強開口說著。「朝棟，你這才是在做些什麼！」

林朝棟對這位足智多謀的堂叔向來敬重，只是輕聲答著：「鳳叔，二叔在彰化城被凌定國那狗賊害死，我這就要率隊前去復仇！」

「咳、咳——」林文鳳繼續咳著，好不容易停止後，這才開口說著。「通通給我回去！文明阿兄被害，我也是滿腹悲憤，但你率眾圍城，就是謀反大罪，你有沒有想過這也是凌定國那狗賊的奸謀！」

「可是，少家主——」李祥見到林朝棟被堂叔林文鳳這麼一說後有些遲疑，趕緊上前勸著。「我們不去進攻，凌定國那狗賊還是會率兵來犯，請相信我，我們可以兵分兩路對彰化城搶先突襲，就像當年戴逆匪的進攻方式。彰化城的弱點和兵力佈署我很清楚，那凌定國一定招架不住，否則被動等他集結兵力後，反變成我們阿罩霧會有危險！」

「咳、咳、咳、咳——」林文鳳原本奄奄一息，一見到李祥也在一旁，不覺瞪大雙眼，情緒變得異常激動，這下更引發了一連串的猛咳，好不容易停下後，才勉強說著。「李祥，你這陰險狡詐的弒主逆賊，竟還有臉在此搧動，你害了一個萬斗六洪家還不夠，現在還想殘害阿罩霧，早跟文明阿兄說過、說過——」

林文鳳愈說愈激動，但也因為情緒過於激昂，本來身體狀況就已經非常不好，這下竟在一陣猛咳後昏了過去。

李祥見到這有些礙事的林文鳳昏死過去，繼續催促林朝棟說著：「少家主，兵貴神速，還請快快發號施令！」

楊水萍見到李祥又在一旁搧動，趕緊走到眾人面前大聲喊著：「大家是沒聽到林家主說的嗎？全部先退回阿罩霧林家大宅！」

不過這近千人的部隊，根本就不為所動，楊水萍只好轉身對林朝棟說著：「林朝棟，鳳叔的話你也要違抗嗎？還不快快下令！」

林朝棟緊皺眉頭，輕瞇右眼陷入沉思，這堂叔林文鳳說的並非全無道理，但李祥的看法也沒有錯，若錯失突襲彰化城的機會，等官兵大量集結後，恐怕會對阿罩霧極為不利。

——難道都沒有兩全其美的辦法嗎？

林朝棟想著想著，突然拔劍高舉，對眾人開口喊著：「全部給我聽令，先返回阿罩霧養精蓄銳、歇息待命，這倉促進軍也很危險。在明日拂曉前，如果鳳叔還是沒有甦醒，我便會率領大家血洗彰化城，替二叔的冤死復仇！」

林朝棟說完後直接轉身向阿罩霧山道方向走去。

「可是，少家主——」李祥想要擋在林朝棟面前，但林朝棟只是冷哼一聲，便頭也不回直接繞過。眾家勇見到後，原本還有些遲疑，但眼看已有不少家勇跟上林朝棟，其他人也只好跟上腳步，並開始推著大砲往山道緩行。而李祥召集而來的上百名鄉勇，則是站在原地等候李祥的指示。

回到阿罩霧林家大宅後，林朝棟依舊沉浸在二叔被殺害的激憤情緒，儘管妻子楊水萍一再勸阻，但心裡還是百般不願，很想率兵直接攻入彰化縣城復仇，但因為堂叔林文鳳所說的話也很有道理，為求謹慎，也只能先按兵不動。不過這些家勇畢竟還是林文明的直屬親信，先前表面上雖然服從林朝棟返回阿罩霧，但內心可就不是那麼想，上百人還是集結在林家大宅院埕中不願離去，這下又是愈聚愈多，且各個情緒激昂，更有幾名家勇想要自己集結部隊衝進彰化城。

這些在院埕內的家勇，見到少夫人楊水萍剛好經過主屋正廳，又想起她先前刻意請來林文鳳阻撓出兵，更是開始激動地大聲抱怨。

「怕什麼，為什麼還不出兵，不然我們自己殺過去啊！」

「少家主怎麼那麼沒用，二家主才不會這般窩囊！」

「凌定國那賊人沒什麼好怕！」

「頂厝林家主根本就病成那種鬼樣，這病中話語能聽嗎？少家主難道不能自己作主出兵嗎！」

「血洗彰化城啊！」

「把凌狗子抓來活活剝皮！」

楊水萍聽了以後只是更加擔心林朝棟的處境，看來若在拂曉前堂叔林文鳳沒有甦醒，這下林朝棟恐怕真的就得率兵出擊。

——難道真的只有走上攻打彰化縣城的這條不歸路嗎？楊水萍思忖著，隨即搖頭否定。

回到自己與林朝棟所屬的廂房後，發現丈夫林朝棟正在廂房內不安地來回踱步。

見到楊水萍後，林朝棟急忙開口說著：「壓不住啊，妳有看到那聚集在院埕的家勇嗎？他們說什麼也不願等到拂曉，但其實連我自己也有想出兵復仇，但鳳叔說的也很有道理，我真的不知道該怎麼辦，才會隨口說什麼等待拂曉，就是想等鳳叔醒來後再做決定，但這鳳叔到底拂曉前會不會醒來啊——」

楊水萍輕皺眉頭說著：「朝棟，我知道你的個性，你先前能有那樣的冷靜表現，已經很有家主風範，更何況那時還壓制住二叔親自帶出來的那上百名家勇，至少能先爭取些時間好釐清細節，再做出更好的決定——」

「哎呀、哎呀，怎麼辦——」林朝棟繼續來回走著，讓楊水萍看了也跟著有些焦急，不過其實楊水萍也很明白，林朝棟先前強作鎮定的表現，已經算是非常優異，現在這個慌張模樣，反倒才是他原本的樣子。但林朝棟愈走愈急，讓楊水萍還是有些看不下去。

「哼——」楊水萍一把拉住林朝棟氣憤地說著。「像樣嗎？你這是當家該有的樣子嗎？怪不得二叔一直跟我說你經驗還很不足，才會容易慌亂，這你明白嗎！」

被楊水萍嚴厲斥責後，林朝棟這才稍微冷靜下來。

林朝棟低下頭去，微微調整左眼的眼罩，接著才開口問著：「那我到底該怎麼辦？如果鳳叔拂曉時還是沒有甦醒，到底該進攻還是退兵，我也無法決定。更何況如果決定不攻打彰化城，由鳳叔來說，才壓得住這群家勇，如果是由阿嬤來說，都可能沒有效果，更何況是由我來說。剛剛那樣已經是緩兵之計，真要徹底不出兵，那一大群聽命二叔的家勇哪聽得進去我的話啊——」

對於林朝棟的這番質疑，楊水萍置若罔聞，沒多久陷入沉思。過了一段時間，楊水萍突然走向書桌將抽屜拉了出來，裡頭放著一封厚重的信函，信封上有二叔林文明親筆寫下的「水萍」二字。

楊水萍打開信封，裡頭有十數張信紙，將信函來回仔細閱讀後，楊水萍突然雙眼微睜，接著轉頭對林朝棟開口說著：「稍後我們等李祥整裝完畢，好好詢問二叔遇害的詳細經過——」

經過半個時辰的歇息，李祥再次出現在主屋正廳內，經過梳洗打扮，臉上不再沾滿血漬，而身上也換了件新衣，不過依舊可以看出李祥極為疲憊的身形。

儘管正廳門外的院埕不時傳來家勇們的抱怨，幾名家勇更對遲不出兵深感不滿而大聲喧鬧，不過由於正廳大門緊緊掩上，這反而讓正廳成為一個相對安靜的問話場所。

正廳太師椅上一左一右分別坐著楊水萍及林朝棟，李祥則安坐在側邊椅上，三人在正廳中你一言、我一語討論著。

李祥將離開阿罩霧林家後所發生的事，全都一五一十說了出來，包括他們另外派遣家丁蔡仔所執行的祕密任務。

就在李祥要說到南瑤宮夜裡來訪的楊斌時，正廳大門突然出現一陣急促的敲門聲，一名家丁大聲喊著：「少家主，有名自稱來自福建的楊先生緊急求見！」

「來自福建的楊先生——」楊水萍先是喃喃自語，不久雙眼微睜喊著。「快請他進來！」

「是！」門外傳來這名家丁快步離去的腳步聲。

「該不會是——」林朝棟一臉驚訝看著楊水萍，而楊水萍只是點點頭。

李祥看看林朝棟，再看看楊水萍，接著開口說著：「他應該就是二家主遇害前一晚所接見的楊斌吧？我正要說到此事——」

「什麼？」楊水萍驚訝地問著。「所以他前一晚就有到彰化城和二叔見面，怎麼二叔還是會遇害？不該是這樣的——」

過了一會兒，家丁再次前來敲門，沒多久大門開啟，來自福建的楊先生總算出現在半開的正廳大門前，正是林朝棟與楊水萍日日盼望的「湘公瑾」楊斌。

「哥哥——」楊水萍看到那既熟悉又陌生的身影立即起身迎接，而林朝棟也跟著走向大門。

三人上回見面已是林朝棟與楊水萍成親之時，由於夫妻兩人當時忙於婚事，需要招呼眾多親友，也沒機會與楊斌好好相聚，這麼匆匆一別算算也已兩年未見。

楊斌依舊還是那副斯文俊美的模樣，不過嘴上已蓄起黑鬍，而原本烏黑的頭髮已出現許多斑白髮絲相間其中。再仔細一看，一臉憔悴的楊斌，臉上更已出現少許細紋，令楊水萍看了以後不禁有些心疼，又有些感傷。

「妹子、朝棟，我想你們應該都已經知道——」楊斌步入正廳後垂下雙眼說著。「對不起，哥哥我又讓你們失望了——」

沒有提起還好，經楊斌這麼一說，楊水萍馬上想到當年自己還不懂事，只是一味責怪楊斌沒能幫助林文察，致使林文察殉國的胡鬧情景。

「哥哥，別這麼說——」楊水萍輕拉楊斌就坐，而楊斌只是一路低頭沒有說話。

楊斌儘管衣著華麗，卻是一身汗臭味，想必和李祥一樣，都是使盡全力從彰化縣城趕了過來。

楊水萍在楊斌手上還聞到一股硝煙味，更勾起了她多年前初次相遇的回憶。

楊斌見到楊水萍輕皺眉頭緊盯自己的雙手，就坐後開口說著：「我這一路趕得急，也沒時間梳洗，這是燃放炮竹所留下的氣味。都怪我太大意，以為燃炮這一招可以確保文明平安無事——」

「什麼意思？」林朝棟喃喃自語。

林朝棟由於沒有注意到楊斌身上的硝煙味，完全無法理解楊斌這句話的意思。

楊斌轉頭對李祥說著：「我記得你是李祥，先前在福建就見過，那晚在南瑤宮也有再次見面，文明有跟我簡單介紹過你的一些事，還好你還活著逃出來，不過文明真的就沒那麼幸運了——」

李祥點點頭，先前就聽說楊斌是楊水萍的哥哥，但李祥並不知道其實楊斌並非楊水萍的血親胞兄。

「妹子——」楊斌繼續開口說著。「我在福建收到文明的求救信，待準備完畢後，就趕來臺灣助陣，深怕凌定國那幫人早有預謀，一心要陷文明於不義。當晚我到南瑤宮將御賜令牌交給文明，就是要確保他隔日進入公堂，就算凌定國有詐，也不敢胡來。本想以文明的凌人氣勢及此御賜令牌，必能使其安然步出公堂，但怕凌定國事後有悔，也聽說兵備道黎兆棠與鎮總兵楊在元早與凌定國勾結，恐怕縣城內有佈署伏兵，故我在縣府大門外早已安插人馬，並散布媽祖金身就在縣府內的消息，只要縣府大門開啟，就會燃炮迎接，屆時聚集在外的所有信徒一定會衝向縣府大門前迎接金身，凌定國那幫人要再怎麼耍陰使謀，即便佈署重兵，也不可能在眾目睽睽下對文明做出什麼事。誰知道原本一切都很順利，眼看文明就要成功步出縣府，卻在準備跨出大門的前一刻，縣府大門又被凌定國下令關上，文明就在裡面遇害了——」

號稱足智多謀的「湘公瑾」楊斌，能把計謀策畫到這個地步，倒也讓其他三人聽了以後驚訝不已，尤其是李祥，這下總算明白當天為何縣府大門一開就傳來震耳的炮竹聲，原來這一切都是楊斌確保二家主安危的第二段計謀。

「李祥——」楊斌開口問著。「那天縣府大門關上後，裡頭到底發生了什麼事，你之後又是怎麼逃出來的，其他人呢——」

李祥把進入縣府後到二家主遇害前所發生的情形全都詳細說了一遍。

「唉——」李祥輕嘆了口氣。「誰知道縣府大門開啟後，傳來了震耳的炮竹聲。儘管炮聲隆隆，我還是有察覺到一名粗壯的官兵抽刀準備砍向二家主，於是趕緊拔起一旁官兵腰上的大刀，貼向二家主身邊戒護，游捷也跟著奪刀守在二家主另一側。哪知這名粗壯官兵突然停下腳步，我又感到臉上一陣濕熱，這才發現身旁的二家主手摀脖子鮮血直噴，不知道被凌定國那幫人怎麼用計殺害！」

李祥眼眶濕熱，吞了口口水後繼續說著：「之後一片混亂，原本還在開門的戴乞、老馬仔也奪走官兵大刀，我們四人合力與群官兵亂砍一陣，儘管砍倒幾名官兵，我們四人也身受重傷。那游捷不知何時已將二家主身上的香火袋拿在手中，塞給我後吩咐我逃離縣府，務必回阿罩霧討救兵。我原本百般不願，想與他們一同廝殺到最後，但後來戴乞說我跑得最快，腦筋又比較靈活，一定可以想出什麼辦法，就連同老馬仔硬是再把縣府大門開了個縫隙，我就這樣被他們給強推出來。我知道他們在裡頭一定活不成，所以一出縣府後就只有狂奔，一定要回來阿罩霧討救兵報仇！」

說到激動處，李祥早已淚流滿面，突然跪在地上叩頭說著：「少家主、少夫人，你們一定要替二家主、游捷、戴乞及老馬仔報仇，他們死得好冤枉啊！不要再等林家主了，要是他醒了還是不願出兵，這還得了，誰來報這個血海深仇啊！」

見到李祥渾身顫抖，額上更已磕出鮮血，楊水萍趕緊吩咐著：「朝棟，今日就到這裡吧，我想李祥也疲憊不勘，趕緊帶他好好歇息吧——」

林朝棟上前拉起李祥，本來李祥還百般不願，但因體力已經有些透支，根本無法抵抗林朝棟的強力胳膊，也只能在少家主的攙扶下緩緩離開正廳。

主僕兩人離去後，正廳只剩下楊水萍及楊斌這對義兄妹對坐著。楊水萍緊盯楊斌陷入沉思，銳利的雙眼讓楊斌覺得有些不適，不覺別過頭去。

不久，楊水萍突然開口問著：「哥哥，你覺得凌定國就如李祥所言，是挾黎兆棠的密令，要逮捕二叔至福建受審，又怎麼會突然改變主意殺害朝廷命官，況且二叔又有哥哥帶來的御賜令牌，這凌定國怎麼可能敢下毒手？」

「妹子——」楊斌語重心長地說著。「我剛剛不敢開口細說，是因為朝棟和李祥還在。現在我得說，在彰化縣府大門開啟時，我看到文明走在大門正中央，而後如李祥所言，他和游捷突然抽走官兵大刀跑向文明身旁，我因為有段距離，也不是看得很清楚，沒多久文明便倒地不起，而縣府大門又再次緊緊關上。等到李祥逃離縣府後，過了一段時間，大門再次開啟，卻出現一名官兵佇立門口，手上提著一顆頭顱——」

楊水萍倒吸一口氣，不過楊斌還是繼續說著：「沒錯，正是文明。凌定國下令把文明梟首示眾，剛剛顧忌到朝棟，我沒有多說。凌定國宣判文明在公堂滋事意圖謀反，已被伏誅，並警告阿罩霧林家已率大軍準備圍城謀反，所以彰化城已被封鎖。」

「這——」楊水萍想要開口卻又把話吞了回去。

楊斌雙眼銳利說著：「縣府內那麼多官兵，如果全力廝殺，李祥竟然還能活著逃出，我直覺有異，趕緊接在李祥後頭，在封城前逃出彰化城，想把這些訊息都帶來阿罩霧。明明文明才帶四名家丁步入公堂，而凌定國卻栽贓文明率眾滋事，還要舉兵攻入彰化城，這分明就是凌定國那幫人早有預謀——」

「哥哥，看來我們有志一同——」楊水萍打斷楊斌的話語，並從袖中拿出一疊信紙說著。「這是二叔生前託付我的信函，不過裡頭幾乎都是交代林家重要家僕及家勇的身家資料，有哪些家丁、哪些家勇擅長什麼，還有誰可信任等等。不過就是這李祥的部分——」

楊水萍把其中一張信紙抽了出來，上頭林文明書寫著個人這麼多年來所參與的主要戰役內容，想要給姪兒林朝棟作為日後領兵的參考。但其中多年前率鄉勇圍攻萬斗六洪家庄的那件往事，讓楊水萍非常在意。

「這——」楊斌輕瞇雙眼說著。「那逆賊洪花的死因，怎麼和這次文明的狀況有些類似。」

「還有這張——」楊水萍又把另一張信紙抽了出來。

信紙上林文明寫著三十歲的李祥是個可信任、可重用之人，儘管他知道李祥過去曾經反叛弒主，但當初這麼做是為了顧全洪家大局。即便林文鳳當時一直想斬殺李祥這名弒主之人，但林文明因為欣賞李祥才華，還是將李祥帶入阿罩霧。多年觀察下來，李祥對阿罩霧林家忠心耿耿，辦事能力又很不錯，雖然也曾用了比較激烈的手法替阿罩霧辦事，但念在出發點是為阿罩霧著想，也就不再繼續深究，往後林朝棟還是可以繼續重用李祥。

「這是巧合嗎─」楊斌緊皺眉頭說著。「當年洪家庄之戰，李祥假意守護洪花，而又出其不意從背後刺頸殺害，而親眼目睹李祥殺害賊將洪花的那幾人──」

「很難說是單純巧合──」楊水萍點點頭。「這幾年時常聽見家僕流傳李祥是弒主小人，但說實在也無從查證，而李祥又是二叔跟前當紅家丁，也沒人敢去詢問二叔。原以為只是家僕們眼紅李祥受寵而惡意中傷，想不到真有這段往事。當年在場的就是二叔、鳳叔、戴乞、游捷還有李老馬，但如今這些人除了鳳叔臥病在床外，其餘竟全都──」

「妹子，妳該不會覺得凌定國與李祥──」楊斌一臉嚴肅地說著。

楊水萍微微頷首，而後繼續說著：「這李祥前些日子，因為被戴乞、游捷兩人舉發一些踰矩行徑，想必會懷恨在心──」

楊斌不待楊水萍說完，搶先開口說著：「是率眾圍庄、逼簽田契，還有脅迫撤案的那幾件事嗎？」

「哥哥，你怎麼知道？」楊水萍雙眼微睜問著。

「那晚在南瑤宮──」楊斌輕閉雙眼說著。「文明有跟我提起這些事──」

「哥哥──」楊水萍點點頭，接著將信紙全部收入袖中，起身凝視正廳大門說著。「不管怎樣，我絕不會讓阿罩霧林家陷入奸人陷阱！」

楊水萍說完後起身走向正廳大門旁，將大門微微拉了個縫隙，透過縫隙依舊可以看見院埕內還是集結著上百名家勇不願離去，楊水萍心想，一定不能讓這群家勇白白犧牲。

攙扶李祥回宿歇息後，林朝棟回廂房等待楊水萍歸來。不過等了好長一段時間，始終沒有見到妻子，林朝棟再也按捺不住，直接去正廳尋找楊水萍的身影。

不過到了正廳，卻是空無一人，悄悄打開正廳大門，卻發現院埕中還是聚集著上百名家勇，嚇得林朝棟趕緊將大門關上。回頭詢問幾名家僕後，這才發現楊水萍早已送楊斌進客房歇息。走到客房詢問家僕，又說少夫人早已離去。不知道楊水萍跑到哪去，林朝棟只好帶著焦急的心情再次返回自己的廂房。

又過了好一陣子，楊水萍總算歸來。

楊水萍一進門，林朝棟便氣急敗壞說著：「都什麼重要時刻，還跑去哪鬼混！」

「嗯——」楊水萍面無表情不為所動說著。「去看鳳叔是否甦醒，還有去向阿嬤報告目前的狀況，那個蔡仔也已回到阿罩霧，我剛剛有跟他確認一些細節，當然之後又去找李祥討論一些事情。」

「唉——」林朝棟重重嘆了口氣。「找妳找得好苦，妳跑那麼多地方幹嘛？到底該如何是好，要怎麼對付凌定國那賊人！聽楊哥哥說，黎兆棠和楊在元也與凌定國合謀，這樣彰化城恐怕有重兵防守，到底該進兵，還是堅守，不管如何那些家勇們真的會聽我指揮嗎？」

「哼，還滿腦子作戰、作戰、作戰——」楊水萍瞪著林朝棟，不久才又開口。「不只凌定國、黎兆堂、楊在元，我們阿罩霧林家恐怕有個看似戰友卻又是個更難纏的敵人了——」

「聽不懂啦！」林朝棟不悅地說著，起身來回踱步。

「你這當家的遇有亂事就焦躁不安，還不冷靜穩重點！」楊水萍厲聲叱著。

林朝棟實在聽不懂楊水萍的話語，變得更為心浮氣躁，伸手調整左眼眼罩，卻怎麼樣也調不好，「嘖」的一聲便忿忿然踱出廂房。

當夜，睡在楊水萍身旁的林朝棟，一點也感受不到楊水萍要求自己的冷靜穩重。楊水萍強忍不安翻來覆去，明顯無法入睡，好幾次已經睡著的林朝棟都被楊水萍吵醒。但這一點也不像平時那沉著冷靜的妻子，也讓林朝棟有些心疼，不敢戳破自己被吵醒的事實而繼續裝睡，久而久之，自己竟然也跟著楊水萍徹夜難眠。

等到即將天明之時，林朝棟拖著疲憊的身體簡單梳洗。

穿過正廳打開大門後，院埕已有上百名家勇整裝待發，聽家丁先前回報，堂叔林文鳳似乎還未甦醒，就等待楊水萍去做最後的確認。不過依目前情勢看來，這下林朝棟真的得信守承諾，率兵進攻彰化城。

林朝棟走向一旁為自己整裝，一想到真要進攻彰化城，突然變得有些手忙腳亂，李祥見狀後趕緊上前幫忙整備。李祥經過一夜歇息，氣色已比昨日好上許多，炯炯有神的雙眼，好似訴說進攻彰化縣城的強大決心。「湘公瑾」楊斌雖未換上兵裝，卻也遊走在隊伍間協助家勇們整備兵器。

等待林朝棟整裝完畢，李祥上前說著：「少家主，這裡大家已準備差不多了，其他召集而來的鄉勇已在山腳下等候。」

林朝棟點點頭，看了看天色已逐漸亮起，便往院埕正中央走去，李祥也跟著站在身旁。院埕中上百名家勇全都引頸期盼宣布出兵復仇的這一刻，就在此時，楊水萍也已在院埕正中央現身。楊水萍向站在正廳大門旁的楊斌點頭示意後，便一臉嚴肅走向林朝棟身邊。

楊水萍的目光慢慢掃向眼前的百名家勇，各個手撫兵器，等待出征，其中幾個更是滿臉怒容，一心就想為二家主雪冤。楊水萍輕閉雙眼，不久後再次睜大雙眼喊著：「剛剛頂厝林家主已經甦醒，但他狀況還不是很好，所以暫時無法下床，不過託我務必轉告大家，還是一樣的決定，就是不要出兵，堅守阿罩霧！」

「什麼——」林朝棟瞪大雙眼說著。「鳳叔真的醒了？」

「不能這樣啊——」李祥緊皺眉頭轉身對楊水萍哀求著。「少夫人，不能聽林家主的，我們不出兵，等凌定國那賊人集結大兵來攻，就會大勢已去，還是得先發制人啊！」

「恕難從命！恕難從命！恕難從命！」

「少夫人，不要管頂厝林家主，下厝的事，下厝自己決定，請讓少家主自己作主吧！」

「少夫人該不會這是妳自己的意思吧？那林家主根本就沒醒吧？真的不能這樣，竟要讓二家主蒙冤！」

「你們不去，我們自己去替二家主報仇——」

前頭幾名家勇陸續喊著，接著後頭也開始敲打兵器大聲鼓譟，院埕中上百名家勇眼看就要失控造反。

「阿萍，鳳叔到底——」林朝棟滿臉愁容問著。

李祥也順勢再次苦勸著：「拜託了，少夫人，兄弟們無法接受，二家主不能這樣死得不明不白啊！」

楊水萍冷冷看了李祥一眼，隨即轉頭向正廳內點頭示意，沒多久楊水萍身後走出一名瘦弱的家丁，便是那名執行祕密任務的蔡仔。

眾家勇見到蔡仔，不知道楊水萍有何用意，喧天的鼓譟竟慢慢緩和下來，沒多久整個院埕變得寂靜無聲，等著楊水萍的說明。

李祥只是緊皺眉頭看著蔡仔，而站在正廳大門旁的楊斌也顯得有些驚訝。

見到蔡仔一跛一跛走出後，李祥輕皺眉頭問著：「蔡仔，你這是在幹嘛？回到阿罩霧竟不來找我，我還以為你被困在彰化城了！」

楊水萍掃向院埕中的家勇們，接著開口解釋著：「那日蔡仔另有任務，早先在二叔的授意下，為怕當日在縣府內出事，以重金向官府官兵私下換得假冒混進縣府的機會，雖然最後沒能順利混進縣府，只是駐守縣府外頭，不過——」

林朝棟不知道楊水萍的用意，只是顯得相當疑惑，不過楊水萍接著轉頭對蔡仔問著：「那天彰化城到底發生了什麼事？到底是誰殺了二家主？」

蔡仔伸手指向楊斌，而楊斌只是雙眼微睜。

「他──」蔡仔緩緩說著。「當日二家主一行人走進縣府後，他就一直在縣府大門外的對街徘徊。」

原以為蔡仔要指認自己是兇手，不禁讓楊斌嚇了一跳。

「這我們知道──」林朝棟趕緊緩頰說著。「楊哥哥守候在縣府門外是為了支援二叔。」

「那天到底是誰殺了二叔！」楊水萍開次開口問著。

蔡仔點點頭，接著伸手指向李祥說著：「就是他！」

林朝棟驚訝地叫著：「李祥？這怎麼回事？」

家勇們聽到蔡仔的指認後，全都無法相信，一下就開始竊竊私語，聲音愈傳愈大，讓整個隊伍又開始心浮氣躁。

李祥見狀後對蔡仔吼著：「蔡仔，你不要胡亂指認，我待你不薄，為什麼要這樣誣陷我！」

「這到底發生了什麼事？」林朝棟問著。

蔡仔點點頭，而後開口說著：「那日是二家主安排我假扮官兵想要混進彰化縣府，我直接頂替被收買的官兵，其他人看我瘦弱又跛腳，並沒有太大威脅性，也比較沒有起疑，不過畢竟只是代班，無法真的混進縣府內，只能在外頭留守。我那日看到二家主一行人走進縣府後，縣府大門便被緊緊關上。這名楊先生隨後出現在縣府外，帶著一堆爆竹告訴我們，王縣令指示在縣府大門開啟後的那一刻，便要點燃數串爆竹迎接媽祖金身，又說明因為媽祖金身即將出駕，縣府大門外的街道必須淨空，故又吩咐我們守候兩旁街口，先不要讓民眾闖入。淨空街道後，我被分派到點燃爆竹的任務，這也只能就位等待。因為需要抓準燃炮時機，我必須緊盯大門，但我想楊先生之後就一直在對街那等候著。」

昨晚楊斌只把這段過程簡略描述，詢問蔡仔時，倒也沒有現在說得詳細，楊水萍聽了以後不覺微微頷首，再次細細思量「湘公瑾」的計謀，原來是透過這種方式來完成，原本一直想不通的環節倒是獲得清楚的解答。

蔡仔停頓了一會兒才又開口：「等到縣府大門再次開啟，雖然我看不到楊先生身影，但可以辨認出是楊先生大喊一聲『迎媽祖』後，我便一如先前吩咐，隨即點燃數串炮竹，而等在兩旁街口的民眾，一聽到爆竹聲便全部湧了進來，官兵是怎麼擋也擋不住，最後也就放棄。而開啟的縣府大門中，出現二家主的身影，沒多久李祥和游捷分別拔起官兵的腰際大刀衝向二家主身邊，緊接著二家主卻喉部噴血倒下，而李祥臉上滿是二家主的鮮血。雖然大批民眾湧入，視線因此有些擋住，看得不是很清楚，但我確定二家主遇害時身旁只有李祥及游捷。最後縣府大門雖被關上，但再次開啟後，只有李祥活命逃出，其他三名同伴都沒有成功逃出，這就是李祥與凌定國那幫人共謀的鐵證，不然還會是誰殺害二家主！」

「哼——」李祥異常激動怒吼著。「蔡仔，你簡直一派胡言，我念你人算正直，才向二家主推薦，沒想到你恩將仇報！你們這些人不想報仇，別編出這種爛戲來誣陷我！」

李祥接著轉身面對家勇高喊著：「誰要隨我一起去報仇，就跟我一同動身吧！」

不過家勇們聽到蔡仔剛才的那番話語，再加上本來就很不喜歡李祥總是仗著二家主林文明寵愛而囂張跋扈，已開始對李祥有所動搖，現場沒人敢再鼓譟出兵。

見到情勢有些轉變，李祥更是怒氣沖沖，轉身對著林朝棟及楊水萍怒吼著：「這蔡仔的話你們也要相信，二家主待我恩重如山，我怎麼可能會忘恩弒主！況且——」

楊水萍突然開口打斷說著：「李祥，你明明就曾殺過自己的家主，那些家丁的傳言都是真的，但他們並不知道細節，你當年在洪家庄就是假意守護賊將洪花，而後出其不意從背後以小刀刺頸殺害，你不覺得跟這次手法如出一轍嗎？」

李祥聽了以後，整個人突然愣住，而後才又開口：「這點我不否認，那是因為洪花那賊人殘暴不堪，我為了顧全洪家才會反叛殺害，當年我若不那樣做，那洪花又如此孔武有力，就算集合幾人之力，也未必能擒殺洪花！」

楊水萍拿出二叔林文明親筆寫下的信紙繼續說著：「二叔是如此信任你、重用你，但你只因為自己率眾圍庄還有脅迫撤案的事被戴乞、游捷告發，更因此與二叔親近關係產生變化，你這才決定與凌定國聯合痛下毒手，同時將你痛恨的戴乞及游捷一同殺害，你真的是個忘恩負義的叛徒！」

李祥瞪大雙眼，極為憤怒地吼著：「少夫人，妳不要在那含血噴人！」

「夠了，別再狡辯了——」楊水萍突然向前一步厲聲說著。「你狡詐無比，別想再混淆視聽。你為了復仇，與凌定國那幫人合謀，把二叔及同行者都在緊閉的縣府內滅口，再假裝讓你逃回阿罩霧，只是要讓你藉機鼓動我阿罩霧林家派兵復仇，屆時我們真的出兵進攻彰化城，兵備道及鎮總兵所佈署的官兵正好能將我們以謀反罪名一網打盡，甚至名正言順反攻阿罩霧，好讓我們招致滅族大禍！」

眾家勇聽到此處，再加上多少都吃過李祥的苦頭，早就將原先的仇恨對象轉往李祥身上。

「可惡，李祥，你這小人，不要狡辯了！」

「那日凌狗賊夜訪阿罩霧，我就有看到你在大廳與他密談甚久！」

「太可恨了，果然『顱後反骨，日久必反』！」

「還什麼『李公堂』，根本就是個弒主叛徒！」

「李祥狗賊，二家主對你那麼好，竟敢如此！」

「狗賊果然狡詐陰險，二家主被你殺害後，一回來就馬上扒著少家主爭寵，還好少夫人英明，識破你的奸謀！」

眾家勇愈講愈激憤，有人更已經高舉兵器想要上前教訓李祥，不一會兒竟有幾樣兵器直接飛往李祥身上，雖被李祥閃過，但一下又有碎石突如其來打在李祥臉上。鮮血從李祥額上緩緩流下，李祥儘管吃痛，依舊面不改色瞇眼看向極為憤怒的上百名家勇，不過一下就又有碎石砸了過來。

楊水萍見狀早跑向一旁兵器堆中拔起長劍大喊著：「全部都先冷靜下來，待我先將這逆賊押下，再看怎麼處置！」

眾家勇儘管聽到少夫人如此囑咐，絲毫並不領情，一下就有幾名家勇拔刀要向李祥砍去。李祥見狀後也已拔刀準備應戰，但這幾名家勇看到李祥的怒目，又深知李祥極為武勇，也不敢冒然上前。

李祥見到眾家勇趁機落井下石，更是宣洩隱忍已久的怨氣，說什麼也不可能再有用處，早已是淚流滿面怒吼著：「少夫人，算妳厲害！那二家主確實待我不薄，只是那戴乞、游捷處處只想與我作對，不但誣陷我，還讓二家主從此冷落我，我確實一直很想殺了這兩名狗賊，還有讓阿罩霧滅族，才會跟凌定國勾結，更才因此鼓動大家進攻彰化城。那頭早有重兵陷阱等著大家跳入，假使成功誘使大家出征，我也會故意帶大家進入官兵埋伏！哼，眼見就要成功，想不到卻半路殺出程咬金，但事已至此，不必你們動手，我自己來！你們看清楚，我是不是對二家主一片赤誠忠心！」

李祥說完高舉手中大刀，一旁的林朝棟早已拔出長劍準備應戰，前頭的家勇更對李祥早有戒心，一部分的人已迅速移到少家主林朝棟身旁戒護，其他人則向前圍住李祥。

不過李祥根本就不在乎眾人的圍攻，一下便將手中大刀反握，竟將刀鋒刺向自己的胸口，接著還奮力劃開，之後更伸手往自己的胸膛挖去，不過一顆活跳跳的心臟還沒完全拉出，李祥早已先行斷氣。

楊水萍知道李祥個性剛烈，但這樣的結果與原先料想完全不同，讓楊水萍也只是看傻了眼。

林朝棟及眾家勇原先想要上前攻擊，但見到這種狀況後也全都愣住，只能呆立原地，眼睜睜看著李祥悲慘死去，當然得知這一切都是李祥的陰謀後，也不可能再有進攻彰化城的念頭。

驚魂未定的楊水萍獨自往一旁走了幾步，掃向阿罩霧林家的一景一物，這百年基業是如此蒼老，如此令人憂心，不知不覺中竟已雙眼溼熱。微微轉頭看向後方，一直站在正廳大門旁目睹這一切經過的楊斌，心情異常沉重，發現楊水萍的目光後，只是緩緩轉身背向眾人，重重嘆了一口氣。

再次回頭凝視前方，楊水萍一時之間所有的迷惘困惑全都湧上心頭，而淚水更讓視野逐漸模糊，直到最後已完全看不清遠處，好似阿罩霧林家難以捉摸的未來路途。

尾聲

楊斌內渡討朝援　水萍再無相逢時

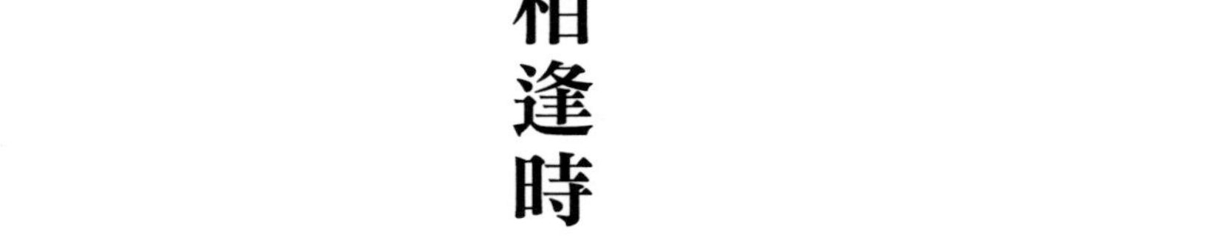

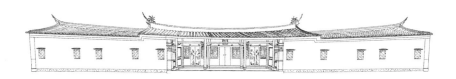

——清同治九年（西元1870年）三月，臺灣鰲西港。

梧棲港位於牛罵溪口五水汊，故又名「五汊港」，道光年間因臺灣中部各港口相繼淤積，「五汊港」便發展為中部重要貿易商港，更成為除了鹿港以外，臺灣與福建兩地往來的重要港口。因其地處鰲峰山之西，故在道光、同治年間稱為「鰲西港」，一直到光緒十六年才取「鳳非梧不棲」之義，改名為梧棲港。

鰲西港外帆船林立，而港邊街道四處可見行棧，而每個行棧更有堆積如山貨物等待搬運，整個鰲西港可說是繁華熱鬧。

夕陽西下，海與天燃燒在一片橘紅晚霞，更把整個港口染上絢麗色彩。

「妹子——」楊斌開口說著。「我並非刻意不去鹿港，而是因為彰化城還處於封鎖狀態，自然不能再由鹿港內渡福建，好在還有另一個渡頭可行——」

楊水萍想要開口卻又把話吞了回去。

這一路上楊水萍顯得心事重重，就連楊斌都察覺異狀，即便楊水萍時常沒有回應，楊斌也沒再多說什麼。

兩人穿過熱鬧的街道後，來到一處人煙稀少的渡頭。

「哥哥，你在這邊等著。」

楊水萍說完後便向渡頭的船家走去，過了一段時間又出現在楊斌身旁說著：「已和我們林家熟識的船家交涉好，也已付過銀兩，等會兒船家準備完畢後，哥哥就可搭船內渡福建。」

「妹子——」楊斌微微頷首說著。「這鰲西港倒是不熟悉，真是多謝陪同與安排。」

楊斌說完後，從懷中拿出一張署名兵備道黎兆棠的印示交給楊水萍，上頭寫著：

副將林文明，謀反有實據。

現在已伏誅，脅從皆罔治。

諭爾眾民人，安業勿驚懼。

倘有造謠言，擒斬決不貸。

楊斌等待楊水萍看完告示後開口說著：「這告示是剛才路途中發現撕下的，看來已經四處張貼，這分明就是栽贓嫁禍。果然黎兆棠、楊在元及凌定國早有合謀。還好妹子聰穎識破奸謀，這才阻止阿罩霧林家進攻彰化城落入陷阱，這下凌定國那幫人眼見計謀不成，反因不按程序送審受判，即斬殺朝廷命官，恐怕早已心急如焚，只能開始藉由告示以假亂真。我這次內渡會直奔陝甘尋找左督帥，將文明被害慘事詳細訴說，並求左督帥尋朝廷支援。即使短期內不能平反，也要先施壓阻止凌定國栽贓構陷阿罩霧謀反的奸謀。阿罩霧這邊日後風波暫定也要同時對那幫賊人進行呈控，府控不行就省控，省控不行就京控，先行透過訟案牽制那幫人的後續動作。雖然我料想京控最後必然不了了之，還是得持續反覆呈控，才能一方面制住那幫人，一方面也使阿罩霧脫離謀反重罪，我也會尋求左督帥在朝廷那邊同時努力——」

對於楊斌的解說，楊水萍置若罔聞，只是看著遠方一艘艘逐漸駛離的帆船，這讓楊斌有些難以繼續言語，只好先停了下來。

「哥哥——」楊水萍表情突然變得有些哀傷，依舊凝視遠方說著。「當年戴逆亂事初次相遇時，你說因為你曾有一雙弟妹與我和朝棟年齡相仿，不忍我們在那戰場上受到傷害，才會出手相救，這是真的嗎？」

「是、是啊——」楊斌對於楊水萍這突如其來的話題，顯得有些摸不著頭緒。

「我是指哥哥真的有過一雙弟妹，還是只是騙騙我的藉口？」

「唉——」楊斌長嘆了一口氣。「我那一雙弟妹還有其他家人全都在長毛賊亂事中不幸罹難，舉家只有我承蒙左督帥的拯救才活了下來，這我何必騙你們？這幾年即使很少見面，我都還是一直把妳和朝棟視作弟妹，尤其是妳，更像親妹妹。」

「如果是這樣——」楊水萍語帶哽咽說著，視線依舊不與楊斌交會。「哥哥真的是一個很暖心的人，但為何會作出這般冷血殘酷的事——」

「什麼意思？」楊斌輕皺眉頭問著。

「哥哥——」楊水萍總算轉身看著楊斌，不過淚水早在眼眶打轉。「你為何要殺害二叔！」

「妳在說什麼——」楊斌驚訝地說著。

「哥哥——」楊水萍隱忍淚水說著。「後來鳳叔醒來，我把李祥的慘死告訴他，你知道鳳叔跟我說了什麼嗎？」

楊斌搖搖頭，楊水萍繼續開口說著：「鳳叔說，李祥是因為二叔已經不在人世，又早被眾家丁所怨恨，而且還是恨之入骨，根本不可能繼續待在阿罩霧。他這麼一承認，並擔下所有罪責，眾人本來就對他無比怨恨，原本大夥兒針對凌定國還有志一同，姑且願意在他帶領下進攻彰化城。一旦發現全是他的陰謀後，群情激憤下，他一定會被眾人亂刀砍死，這才選擇壯烈自裁跟隨二叔而去。不過這也確確實實阻止阿罩霧冒然進兵落入陷阱，也算是他對二家主最後的回報——」

楊斌只是輕皺眉頭沒有開口，楊水萍見狀後說著：「我那天聞到你身上的硝煙味，就開始懷疑你，後來經過蔡仔的詳述案發實情後，更是想通你如何殺害二叔的，但我始終不懂你為何會如此殘酷無情。」

「妹子——」楊斌一臉嚴肅說著。「兇手不就是家丁李祥嗎？」

楊水萍一臉哀傷說著：「聰明如哥哥，那漏洞百出的推論，哥哥不可能沒有察覺破綻，而哥哥卻完全置若無事，尤其看到你對李祥認罪後的反應，讓我更確定你是兇手。」

「喔，什麼漏洞百出？」楊斌挑眉問著。

「二叔的那封信，我還特地給哥哥看過，裏頭有李祥先前在萬斗六洪家庄弒主的經過。二叔信中也一再強調李祥是對阿罩霧林家相當忠誠的家丁，是可以重用的人。那蔡仔既是李祥向二叔推薦執行任務的家丁，如果李祥已和凌定國合謀，根本不需要用心安排，沒有人會想安排一個目擊者來目睹自己行兇。更何況若是凌定國也知道那名遣入官兵群的家丁，若非同夥也不可能讓他平安歸來。若硬說是李祥要和凌定國那幫人合謀，假裝逃回阿罩霧，就是要鼓動出兵使我們招致滅族厄運。但因為整座縣府內都是那幫人的官兵，在兩道大門緊閉的公堂內就可以下手，完全不需要等到縣府大門開啟時的那一刻才下手，這樣還會冒著被人目擊的風險，更可以說明李祥不可能是兇手。這些事情都有讓哥哥知道，哥哥卻對李祥認罪的結果沒有反應。聰明如你，不可能會沒有發現這些不合理的地方。目睹這一切經過與得知這些事實，明知李祥不可能是兇手，卻又對這樣的結果視而不見，真不像足智多謀的『湘公瑾』。因為儘管在你來到阿罩霧後一路誘導我不能出兵反攻，又恰好看到李祥那件萬斗六的弒主往事，最適合成為栽贓嫁禍的對象，順勢和我一同將兇手導向李祥。二叔那晚特別跟你介紹過李祥，你原想以李祥剛烈的個性，若再次遭受弒主汙名，尤其對象又是他最重視的恩人二叔，恐怕會有自裁明志的激烈舉動。只是你明知他不是兇手，他最後卻還是俯首認罪，儘管哥哥有千百個納悶，也不敢當場戳破，因為真正的兇手是你，你不可能跳出來推翻這些推論！」

楊斌搖搖頭：「我只能說，就算我知道李祥不是兇手，我也不會戳破你們合演的那場精彩好戲。若不這樣演出澆熄眾人的怒火，朝棟也好，甚至是文鳳可能都壓不住一心想為文明復仇的上百名家勇，恐怕真的就會落入凌定國那幫人的謀反陷阱。」

「哥哥，你事到如今還想狡辯——」楊水萍輕皺眉頭說著。「我事發那天晚上蒐集各種情報後，有去找過鳳叔，鳳叔那時剛好醒來，我們才逐步商討出這場戲碼，後來也花了好長一段時間才說服李祥一同參與演出。他得知這是凌定國的誘攻陰謀後，也知道自己在阿罩霧已無立身之處，若是此刻突然叫大家不要出兵，他先前早已得罪阿罩霧絕大部分的家丁，更不可能有人願意聽從他不出兵的指示。不過為了阿罩霧，也為了報答二叔，就像他當年為了洪家庄，就算揹負弒主罵名，他也願意再次犧牲。甚至這次最壞的情況，就此被其他激憤的家丁砍死，他也願意赴死。原只想在李祥假裝承認犯案後將他押下，事後會再偷偷將他放走，就此遠離阿罩霧。只是我萬萬沒想到，他為了徹底讓阿罩霧平息進攻彰化城的怒火，讓眾人的憤恨全部轉移到他身上，竟然如前述鳳叔所說的原因，為報答二叔的恩情，而選擇背上罵名壯烈犧牲。」

「唉——」楊斌若有所思地嘆了一口氣，又來回走了幾步，過了好一會兒才又一臉輕鬆說著。「妹子，那我倒要聽聽妳為何會一口咬定我是殺人兇手。」

楊水萍雙眼變得炯炯有神說著：「那晚哥哥與二叔會面，除了帶給二叔禮部尚書令牌外，另外還將殺害二叔的計畫告訴二叔執行。」

「啊，別開玩笑了——」楊斌顯得有些不以為然。「我把殺害文明的計畫告訴他，他怎麼可能還去執行？」

楊水萍繼續說著：「二叔先前透過我娘家發給哥哥求救信函，哥哥說在福建接到信函處理好相關事宜後便趕來臺灣救援。試想陝甘距離福建如此遙遠，哥哥又怎麼可能一下就找到左督帥，更何況這禮部尚書令牌，我雖然不清楚程序，但想來也不可能那麼快就能弄到，而且這臺灣地方媽祖進香，為何會和朝廷禮部有關，我也有些懷疑。想來因為哥哥長年為左督帥親信，經常出入朝廷官府，要偽造這令牌並不困難，而我想凌定國那幫人大概也會和我們一樣，搞不太清楚那令牌是否合理，更無法辨識那令牌的真偽。況且這令牌事後一定會被凌定國那幫人銷毀，你根本有恃無恐。那晚你除了給二叔保命令牌外，還告誡隔日入公堂後氣勢上一定要強壓凌定國，一路上要大搖大擺走正道而出，一方面是二叔個性耿直，另一方面又聽哥哥如此吩咐，也使二叔真如哥哥所言，離開公堂皆走在正道中央。」

「這算哪門子殺害文明的計謀？」楊斌搖搖頭。

楊水萍沒有理會，只是繼續開口說著：「再來就如蔡仔所言，縣府大門深鎖後，哥哥便在外頭假傳指令吩咐官兵，等候媽祖金身燃放炮竹迎接。而之所以要淨空街道，是因為哥哥要方便進行謀害二叔的計謀。當然，在官兵淨空街道後，你又到街道外散布炮竹聲響後，可以衝進街道迎接金身的消息，甚至可能也吩咐過駐守街口的官兵屆時要讓群眾進來迎接。」

楊斌一臉正經問著：「妹子，我又不是什麼人，這些官兵怎麼可能乖乖聽我的話——」

「哼——」楊水萍冷哼一聲。「哥哥既為左督帥親信，又須執行各種任務，想必也擅長偽造信函，又長期在福建活動，自然對閩官們也很熟識，當然要偽造當今閩浙總督英督帥或是福建巡撫何璟的密令，對你來說都不是難事。凌定國原本就知道哥哥是左督帥親信，甚至也可能知道哥哥仍滯留在福建，不知道是否也為其他閩官所重用，如果又看了上級長官的密令，豈能不對你百般順從。我甚至懷疑凌定國那幫人當日引誘二叔進入縣府的計謀，恐怕也可能出自哥哥之手，而縣府官兵見到凌定國等人都對哥哥如此禮遇，哥哥再怎麼假傳指令，官兵哪敢不聽。尤其哥哥待到凌定國宣告二叔謀反之事，彰化城早已進入封鎖狀態，若不是官兵認得哥哥才放行，哥哥又要怎麼出城。這也是你事後為何堅持不再經由鹿港內渡福建的原因，儘管我已承諾可以繞路避開彰化城，但你還是相當謹慎小心，要是再被凌定國那幫人撞見，恐怕就會揭穿假傳密令的陰謀，你打算案發後不再與凌定國那幫人相見，所以你才會請我帶你走鰲西港離臺。」

「嗯——」楊斌點點頭。「聽起來還真合情合理，那我倒要如何殺害文明？」

楊水萍冷冷看了楊斌一眼，而後開口說著：「哥哥精心將縣府大門外的街道佈置好後，等待縣府大門開啟，便高喊『迎媽祖』。官兵點燃炮竹後，一連串鞭炮讓四周全掩蓋在爆竹聲中，而此刻依據哥哥叮囑的二叔，切切實實就站在縣府大門正中央等待大門開啟，而站在縣府大門對街的哥哥，早已等候多時準備執行謀害計畫。」

「喔——」楊斌依舊一派輕鬆。

楊水萍伸直右手食指及拇指比了個手勢說著：「哥哥在爆竹聲的掩護下，早已架好短槍等候縣府大門開啟，等到大門微開二叔現身後，便擊發短槍，而槍法精準的哥哥，一發便射中二叔喉部，使二叔喉部湧血倒地。我想那短槍便是當年在斗六之役先父所贈的新式短槍，那時我還不知道那款洋槍厲害之處，後來看過一樣款式的短槍，才知道屬於燧發短槍，不同於火槍需要先點燃火線預備，燧發槍可直接擊發，作為這次殺害二叔的凶器最為合適。槍擊巨響便巧妙在炮竹聲中完全隱藏，而後湧入迎接媽祖金身的群眾更把街道擠得水洩不通，哥哥一下就能脫身。」

楊斌微微苦笑說著：「我何必這樣大費周章殺害文明？」

「唉，哥哥——」楊水萍輕嘆一口氣。「你在隱瞞凌定國及二叔兩方人馬的情況下用計殺人，就是要讓二叔死於凌定國所掌管的縣府之中。而縣府之外早被你設計，讓迎媽祖的群眾擠得水洩不通。在雙方不知情的情況下，凌定國只能下令再次關閉縣府大門，而四名家丁直覺二叔是凌定國所害，為了護衛也只能與官兵廝殺。凌定國本打算將二叔引入公堂逮捕送至福建受審，好再由閩府對二叔進行如同叔公先前所遭受的栽贓下獄，不料二品官員及其家丁死於縣府之中，而城外原本就佈署要將二叔押送福建的重兵，凌定國也只能硬是讓二叔扣上意圖聚眾謀反的罪名。凌定國始終都不知道二叔被誰所害，僅發現脖子上的致命槍傷，一不做二不休，也只能配合謀反重罪，將二叔梟首，為的就是將那脖子上的槍傷藉由梟首隱瞞過去。原先在哥哥的算計下，就算有家丁在二叔身旁一同走出，真的不巧撞見你開槍的模樣，也會以為你是凌定國同夥，但事發後這些目擊者還是會被凌定國殺害，所以大可不必擔心是否會被看見。這一切本就在哥哥的計畫之中，但哥哥萬萬沒想到家丁李祥，竟然在其他家丁的幫助下，從縣府中逃了出來。這下你真的急了，深怕李祥知道了什麼，但又想知道凌定國是否依照你的計畫栽贓，只好等確定二叔被梟首後，也趕在李祥後頭直奔阿罩霧。不過因為李祥年輕有力，而且深黯捷徑小道，儘管身負重傷，還是比哥哥早到了許多。哥哥雖也為習武之人，但從哥哥初到阿罩霧的渾身汗臭，就能知道哥哥也是一路苦苦追趕。」

楊斌搖搖頭：「倒不能這麼說，我當初見到文明被凌定國殺害後，還可能與黎兆棠及楊在元合謀誘導阿罩霧進攻，好讓阿罩霧蒙上反叛罪名，這才直奔阿罩霧而來。」

「哥哥——」這次換作楊水萍輕搖著頭。「確實不管李祥是否活著逃出，你都會前來阿罩霧阻止我們出兵，為的不過是讓我們爾後對凌定國那幫人不斷提出呈控。因為被扣上謀反大罪，我們一定擔當不起，勢必想盡辦法對那幫人上訴自保。而凌定國在迫不得已下，偽造成二叔聚眾謀反，然而阿罩霧並未反擊彰化城，而使計謀出現漏洞，即未依程序自行斬殺官員的極大弊端。自此在我們的不斷呈控下，勢必由下而上到福建巡撫，甚至閩浙總督都要為了圓謊而不斷撒謊，整個閩官群未來得想盡辦法對付阿罩霧林家的反訴。」

「妹子──」楊斌露出慘澹的苦笑。「妳到底在想什麼，左督帥跟我一直都幫著阿罩霧林家，怎麼可能會這樣？」

楊水萍沉默了好一會兒，突然雙眼銳利說著：「飛鳥盡，良弓藏，狡兔死，走狗烹。」

「妳在胡說什麼？」楊斌輕皺眉頭說著。

「哥哥，我不得不懷疑，當年左督帥還是閩浙總督時，你也在先父林提督身旁共事，那萬松關一役，富於謀略又驍勇善戰的先父，竟然還會中了長毛賊埋伏，而叔公去討救兵也遲遲沒有下文，最後反因救援不力下罪入獄，至今仍拘留在福州。這一切讓我非常懷疑，因為長毛賊亂事已接近尾端，先父功高震主，除逐漸失去武人價值外，日後更可能成為地方隱憂，所以才被有心人士合謀除去。而此次哥哥用計讓凌定國那幫閩官背上斬殺朝廷命官的弊病，及阿罩霧林家被凌定國扣上謀反大罪，一方面可大大削弱阿罩霧林家在臺灣的勢力，又可利用阿罩霧林家日後的呈控，牽制住閩官群，唯一得利者，真的就是那向來被閩官群所痛恨的左督帥。可能那些痛恨左督帥的群官，一直想伺機要拉下左督帥，更可能早與李中堂淮軍人馬有所連結，這些從我在福建經商的娘家那頭都有聽過左督師與閩官、李中堂極為不合的類似傳聞。而阿罩霧林家向為左督師寵信，日子一久，必成為這些閩官群下手牽連左督師的首要目標，這左督師為了自保實在陰險萬分！」

楊斌聽到最後一句話突然勃然大怒斥著：「不許妳亂說左督師的不是，左督師為人正直、忠勇愛國，對阿罩霧林家文察及文明兩兄弟更是百般愛護。妳可以罵我、恨我，但休得羞辱左督師！」

一向對楊水萍疼愛有加的楊斌突然變得如此滿臉怒容，讓楊水萍也有些嚇了一跳。

此時夕陽將整個港口染得更紅，讓楊斌及楊水萍兩人的臉龐都照得紅通通。後頭的船家這時已經準備完畢，開始向楊斌及楊水萍這邊高聲催促著，而楊斌只是揮手示意再等一會兒。

「妹子——」楊斌這下總算恢復平時對待楊水萍的溫柔模樣說著。「妳的奇臆狂想，我一概不會承認。我只想說這一切都與遠在陝甘的左督師無關，而且當年文察殉國也與左督師無關。」

「這——」楊水萍輕皺雙眉看著楊斌。

「妹子，這一切推論是否只有妳知道而已——」

「是的——」楊水萍點點頭。

「哥哥我這就要上船，有件東西想要交還給妳——」楊斌說完，把手伸入上衣懷內，就要拿出某件物品。

沒多久，一道黑影從楊斌懷中現蹤，掏出的正是前福建陸路提督林文察當年所贈的那把燧發短槍，眼看就要對向楊水萍，但楊水萍絲毫沒有懼色，只是雙眼堅定死盯著楊斌。

原以為楊斌會有什麼攻擊舉動，楊水萍早已將藏在右袖中的短匕微微露出，不過楊斌卻只是將短槍輕輕交給楊水萍，令楊水萍有些進退兩難。

楊斌看著楊水萍右袖口所露出的短匕，先是微微一笑，接著又將目光轉往楊水萍左手中接過的短槍說著：「這是林提督生前所贈的短槍，我猶記得他在萬松關對我所說的最後一句話，便是『守護左督帥，守護阿罩霧』，如今我想已經差不多了，也該是時候將這柄短槍還給阿罩霧林家——」

「哥哥，你！」楊水萍收下短槍後緊皺眉頭說著。

「妹子——」楊斌看著楊水萍右袖口尚未收入的短匕，面帶笑容說著。「妳因苦於了無實據，純粹自己推測，才想要隻身誘敵逼我下手，是吧？」

楊水萍聽了以後迅速收回短匕，接著只是低下頭去沒有回應。

楊斌繼續說著：「不過就算真如妳所願，我是兇手，又被妳誘導而殺妳滅口，或是妳想逮住我攻擊妳之前將我反制，甚至是殺了我，但這能改變阿罩霧目前所面臨的處境嗎？凌定國那幫人若如妳所說，已陷入騎虎難下的窘境，又如何能收回已發出的所有告示？」

楊水萍輕瞇雙眼看著楊斌，卻什麼話也說不出來。

「妹子——」楊斌語重心長地說著。「請別再胡鬧，衝動行事的朝棟，還需要再多磨練，絕對也需要妳好好輔助，好好面對阿罩霧林家日後的重重難關吧！」

楊斌說完後露出微微一笑，不過楊水萍依舊還是低頭不語。

船家這時又再次高聲催促著。

楊斌轉頭朝遠方船家揮手示意，接著又回頭對楊水萍點頭微笑，見楊水萍沒有反應，繼續僵持下去也不是辦法，只好作了一個長揖，接著轉身起步就要踏上歸程。

眼看楊斌就要離去，楊水萍卻被楊斌先前的話語弄得啞口無言，只能眼睜睜看著楊斌往渡頭走去，而且此次恐怕再也不會回頭。

「楊斌！站住！」楊水萍終於大喊一聲。

從沒被這樣喊過的楊斌，這才停下腳步回過頭來。

楊水萍向前追了過去，但還沒追上前反先停下腳步，過了好一會兒，才哭喪著臉說著：「哥哥，我知道你不會承認，但我很確定兇手就是你，你說與左督帥無關，但我怎麼樣也想不透哥哥有什麼動機會作出這樣殘酷的事，更不能接受哥哥竟然會是如此殘忍的人。」

楊斌不急不徐走了回來，拍著楊水萍肩膀輕柔說著：「妹子，這件事姑且不管兇手是不是我，事情已到這般地步，後世就只會知道文明被凌定國設計斬殺公堂，而阿罩霧林家為了避禍自保，一定得與那幫人呈控並奮戰到底，切記、切記、切記。」

「哥哥你還是不願承認——」楊水萍語帶哽咽說著。「為什麼好好的一個忠誠志士，會變得如此邪惡——」

「妹子——」楊斌轉身眺望遠方，語重心長說著。「從前有個大樹園，園中分為好幾塊沃土，最邊緣的沃土曾有蓊鬱梧樹染病而亂，幾乎顛覆整個邊緣地區，好在已被剷除，但也讓家主對這邊緣地區十分掛心。而這梧樹後代因深得該區總管寵愛又再次長得無比繁盛，招致同區其他樹木的強烈反感，也再次讓家主擔憂，但因還有用處而暫不處置。而該區其他樹木對總管大力改造甚為反感痛惡，早想聯合其他區域樹木對付該區總管。」

「這——」楊水萍聽得不是很懂，樹木又不是人，怎麼會有喜好，又怎麼能聯合作戰？楊水萍愈聽愈是糊塗，表情顯得十分疑惑。

楊斌繼續說著：「該區園丁受總管之恩甚重，一心只想全力報答，亦察覺總管所受處境，更知道家主在梧樹逐漸失去價值後，便不斷下令要總管好好處置，但總管仍甚愛梧樹，以至於遲遲沒有動作。但其他樹木及厭惡總管的管區，早已預謀要以梧樹為目標，向家主不斷密報梧樹又再次染病的謠言，日後就要顛覆邊緣地區，並將總管包庇護短情形不時上報，就是要塑造總管共謀假象，而想把總管硬生生拉下。因邊緣地區歷來時有染病亂事，家主素來顧忌此區，又有負面消息不斷湧入，家主恐怕不用多少時間就會深信不疑。園丁見總管岌岌可危，卻因惜才愛物之故，不但遲遲不執行家主指示，還與家主不斷澄清梧樹的好。園丁為免總管長年寵信梧樹而終有受累之日，又怕再拖下去梧樹必招致連根拔起的厄運，只好在欺瞞總管的情況下，自己執行家主指示的處置。園丁用計去除梧樹主幹而保留根部，以求這株良木日後還能存活。但這梧樹主幹一砍，眾人只以為是反總管勢力所為，就連總管想必也是如此思考，而深知非自己所為的反總管勢力，日後只能疲於奔命，處理此案衍生的後續弊端而坐立難安，此後再無餘力對總管有所反擊。園丁向來照料梧樹，早有深厚情感，但為保全總管及梧樹後代，這已是園丁竭盡全力所作的最好方法——」

「哥哥，你到底在說什麼？」楊水萍滿臉疑惑問著。

「唉——」楊斌長嘆了一口。「妹子，有些事就是如此，追根究柢並非好事，不需知道何人所為反而更好。真相並不等同後人所知，還是好好思考如何渡過日後的難關吧——」

楊斌始終未再看向楊水萍，船家又再次不耐地高聲喊著，楊斌只好無奈地往船家渡頭緩緩走去。

楊水萍對於楊斌這段故事似懂非懂，卻也不知道該再說些什麼。一陣無力感強襲而入，這次真的只能眼睜睜看著楊斌離去。

艷紅的夕陽讓楊水萍有些睜不開眼，楊斌這一路上再也沒有回頭。等到楊斌登上帆船駛離後，站在船頭上的楊斌總算回身，伸手朝著楊水萍比了一個短槍的手勢，並伸出另一手指著相當於槍口之處。

原先還有些不懂楊斌的用意，楊水萍一會兒後才明白暗示，趕緊將手中的短槍舉起，並將槍口朝向自己。這槍口果然還留有近期開過槍的硝煙味，而槍口中被塞了一張紙。

楊水萍將槍口中的紙張抽了出來，上頭的字跡明顯不像楊斌所寫，但也可能是楊斌刻意扭曲字跡不被辨認。紙張上頭寫著短短數字，但楊水萍匆匆看完後卻不太明白這段文字的真實用意。再將紙上文字細讀了一遍，楊水萍心頭先是一震，終於明白楊斌所說那段樹園的故事，也明白為何楊斌先前一口咬定京控必然沒有下文。

一股莫大的陰鬱強壓而入，壓得楊水萍喘不過氣，整顆心糾結不已，正如早已成為玩物的阿罩霧林家，又要如何面對自始就毫無能力抗衡的悲慘命運。楊水萍抬頭看看逐漸遠去的楊斌身影，只見整艘帆船已快被橘紅色的大海所吞沒。

直到帆船消逝，就連殘餘的夕陽也即將沒入，讓天與海只剩下連成一片的慘紅，好似阿罩霧這百年來汩汩而流的淚血，往後降臨的更是那漫漫黑夜。一想到此，楊水萍斗大的淚滴已不禁潸然而下，雙腳更是癱軟無力跪倒在地。跪地後的楊水萍淚流滿面，源源不絕的淚水更讓紙上的墨字逐漸暈開，這暈開的信紙上頭只剩下模糊的字跡寫著：

君疑世道不容賢，命運衰頹涕淚憐；
難禍安康非自許，違寒草芥履冰淵。

（全書完）

【後記】迷霧繚繞，真峰難現

（內容涉及小說主要劇情及謎底，建議閱畢小說後再閱讀此後記）

「史料不等於史實」，這點在黃富三教授的《霧峰林家的興起》及《霧峰林家的中挫》兩本專書及駱芬美副教授的臺灣史研究中得到了充分的討論及印證。當初在構思及撰寫這本《阿罩霧戰記》時，為推廣這段臺灣歷史故事，希望盡可能依據史實來發展整段歷史故事，不過為了劇情安排，當然也有小部分參酌不同史料內容及鄉野傳聞加以整併修飾。但也因為這種想要以史實為底的主要結構，需要反覆研讀各種史料及傳聞，然而在閱讀的過程中，也發現了不少相當令人疑惑之處。針對這些疑點反覆思考並加入個人想像，便逐漸形成了《阿罩霧戰記》的主要劇情，以下便就這本小說的兩大疑案，分享整個主要劇情的形成經過。

林文察「萬松關殉國」疑案

在閱讀黃教授這兩本書時，就對於史料上的林文察頗為疑惑，一位已可說是身經百戰的將領，在最後的萬松關之役，先是輕易出兵漳州而後退守玉州，之後更被太平軍侍王李世賢所率領最後的上萬賊兵擊退，只能退而堅守萬松關，與鎮守漳州沿海的水師提督曾玉明互為犄角之勢，意圖以此戰略包圍被太平軍所據守的漳州城。

臺籍將領林文察當時雖然只有三十七歲，不過自二十六歲小刀會亂起，即開始率領家勇及鄉勇四處征戰，而後更正式加入官軍行列。由於臺灣為移民社會，再加上開墾時的土地及水源爭奪，外來的移民漢族又不斷入侵臺灣原住民原有地而發生衝突，為求擴張及自身利益，長年下來已形成結黨結群的不同「幫派」勢力，各自擁有強大的火力、兵器及家勇，更時常發生黨群間的械鬥，民風可謂相當剽悍。阿罩霧林家也在這樣族敵環伺的環境下成型，而林文察及林文明這對兄弟早先又花了將近三年的時間追擊、埋伏當時地方勢力非常龐大的殺父仇敵四塊厝族長林媽盛，發展出戰鬥力極為強大的阿罩霧家勇，以及受惠林家進而世代效忠的阿罩霧鄉勇群。

林文察及所率領的臺勇便是在這種環境下鍛鍊出來的精英部隊，能夠適應山林作戰，更因為對於颱風早已習以為常，更能在狂風暴雨般的惡劣氣候中處變不驚。這些臺勇歷經臺灣大大小小的地方亂事，後來部隊的武勇更先後在兩次太平天國援浙的多場戰役中嶄露無遺，數次擊退就連戰力甚強的湘軍都無法輕易解決的太平天國侍王李世賢所屬大軍，而後在臺灣爆發清治時期規模最大的民變戴潮春之亂後，林文察又與弟弟林文明先後告假回臺平亂，也歷經多場相當激烈的拉鋸戰役。

雖說林文察至萬松關之役，正式投入官軍生涯僅有十餘年，但如前所述，林文察兄弟倆可說早在追擊仇敵時就已開始其武力布陣、統領家勇等類似軍事中的領兵作戰經驗，再加上臺灣因為地理位置特殊，先後歷經西班牙人、荷蘭人等西方人治理，很早就開始接觸洋槍、大砲，而後又歷經明鄭及滿清的統制權爭奪，臺灣又一直都是西方列強為取得與中國貿易的重要轉繼站。而閩粵械鬥、漳泉械鬥或是族敵械鬥時有所聞，漢人爭奪臺灣原住民棲息地必然招致原住民奪回產權之事，因而時有兵戎相見。臺灣就在這種時有紛爭、鬥爭的高度警戒環境下，使得戴潮春之亂雖為地方民變，但擁兵自重的反叛勢力，用的卻都是火槍、大砲，據資料所示，阿罩霧林家已有自製火槍的能力，更多資料也顯示地方義首如羅冠英也擅於使用火槍，戴潮春部隊也大量使用這類槍砲，可以推斷火槍的使用在臺灣已經相當普遍。

遠在另一頭的太平天國已算是擁有相當嚴密軍訓制度的龐大組織，再加上政教合一，使其軍隊戰鬥力甚強，而滿清的正規軍隊早已腐化，完全不是太平軍的對手，這也是造成太平軍能夠一下就攻佔中國東南各省的主要原因之一，清廷最後反而是靠著民團如湘軍、淮軍等組織抵抗才得以遏阻太平天國的不斷擴大。故在臺灣民變戰爭的激烈程度，從臺勇橫掃太平軍的結果來看，可以想見在臺灣的戰爭恐怕也不亞於位於中國內陸諸多場激烈的太平天國之役。尤其在平定戴潮春之亂時，即便戰力甚強的阿罩霧臺勇，在掃蕩戴潮春、林日成、陳弄、洪欉也是歷經了相當壯烈的數場戰役，並運用許多軍略奇策，才得以擊敗反叛方的主力部隊，可以想見林文察這十餘年所經歷的太平天國及戴潮春之亂，各場戰役強度應不至於太低。

雖然史家在評定林文察最後的萬松關之戰，總以年輕氣盛、急於搶功，想要立功反轉閩官對他的觀感，因而誤入敵計，成為敗戰原因。左宗棠的奏摺上更是記載：「十月十二日進勦漳郡踞逆，副將惠壽營盤先陷，林文察退紮玉州。十一月初三日，漳郡踞逆初犯萬松關、瑞香亭陸路各營；又分股直撲水營，林文察督軍接仗，因後路被賊抄襲，兵勇敗潰，林文察中槍陣亡。其瑞香亭、萬松關陸營，同時失陷。」

不過從諸多現象卻可以發現，林文察軍旅身涯十餘年，說長不長，但說短也不短，更何況其所遭遇的戰爭密度及強度均不算弱，又是統領過上萬官兵的大將軍，除史料記載自幼熟讀兵法外，多場戰役中也顯示其富於軍事謀略，如以溼棉掛於單輪車並列推進，阻擋太平軍槍砲攻擊；或是於戴潮春之亂圍城時，賊兵為閃避猛烈砲擊掘窟躲避，林文察反就地引水淹滅等，攻敵戰術的使用上非常靈活，並非一般單純只知衝鋒陷陣的魯莽將領，理論上其軍事才能、領導統馭及作戰經驗，可能還勝過其他「年資」更長的老將領。況且根據一些後人傳聞顯示，另一名通曉兵法、允文允武，為各家陣營極力爭攬的智囊幕客謝琯樵，當時也在林文察陣中，會在萬松關之役出現這樣的行為，確實頗令人起疑。

林文察因為升遷過於迅速，又享有不需另赴他省任官等種種特例，更重要的是，林文察又是極受閩官群所痛惡的閩浙總督左宗棠，其一手提拔的愛將，自然成為閩官的共同排擠及除之後快的首要政敵。在反覆研究這段歷史資料時，總覺得有很深的疑惑，萬松關自古即為「閩南第一關」的兵家必爭之地，為攻打漳州城，林文察搶先佔領萬松關，這在戰略上是絕對沒有問題，或許也因為萬松關過於重要，林文察為搶得先機，才會沿路集結素質不一的近萬名官兵搶先防守，就是避免這麼重要的關防被敵軍所奪，否則萬松關為太平軍所佔領，這場戰役的攻防將變得極為困難。

由於太平軍已到末期，林文察也已有一段時間沒有直接與太平軍交鋒，這最後竄出由侍王所率領的十萬太平軍，究竟戰力如何也無法得知，就進攻漳州及退守玉州的歷史資料，個人會比較傾向解讀為林文察是在試探這支太平軍的實力及搶佔萬松關的更前線，這些可能都是虛晃一招的戰略佈局，林文察真正的戰略可能打從一開始便是要以薄弱的軍力先堅守萬松關，等待閩軍或各省官軍的支援一到，便可以與曾玉明的水師一同夾擊漳州城。況且當時人在浙江的左宗棠亦要求林文察就地堅守，等浙軍到來再一同進攻，不過畢竟浙江距離戰地漳州仍有一大段距離，勢單力薄搶佔萬松關的林文察，仍需要其他閩軍急速支援，才能穩固持久的守勢。而左宗棠是極力提拔林文察的恩人，也是林文察極度敬重的上司，兩人上下合作的關係又如此密切，林文察理應沒有違背左宗棠指示的動機，林文察會為搶功而草率出擊，確實相當令人匪夷所思。因為林文察早已成為閩官群的眼中釘，左宗棠因大力抨擊閩政及著手改革，更是閩官群的痛恨對象，而當時太平軍的勢力也已接近尾聲，非常懷疑這一切真的是閩官群所合力構陷的一場計謀。

萬松關因為地勢險要，自然成為重要關頭，並有「一夫當關，萬夫莫敵」之稱，但這前提是在正面迎敵時的優勢，一旦被繞過山林從後山進軍包抄，這個優勢可說完全消失殆盡。雖無證據顯示閩府與太平軍勾結，但閩府沒派出援軍卻是事實。當初林文察為搶奪戰略要點萬松關，才會急忙集結部隊以免被敵人先佔領，就是要等待閩軍的後援。不過因為萬松關被林文察佔領，太平軍也不敢進犯，但觀察日久發現根本沒有後續增援部隊，而困守萬松關的官兵更因物資缺乏導致軍心渙散，這才讓太平軍決定繞路從後頭圍攻。然而從後頭繞路需耗掉許多時日，又怕遇到閩軍的增援反被夾擊，先前和林文察多次交手，應深知林文察戰術運用靈活，竟沒有懷疑其中是否有誘兵之詐，反而非常篤定出兵奇襲並成功包抄，可見太平軍不知從何處得知閩府不會派兵支援的軍情消息。

閩府看來更像打從一開始就決定讓林文察孤守萬松關，動機可能出於不願意讓林文察取得戰功，畢竟當其他閩軍一到，還是要聽令於福建最高軍事指揮官陸路提督的指令進攻，成功取下漳州城滅掉可稱是最後的太平軍，這首功必然會是林文察所有，這也是閩官群絕對不想見到的結果。思考至此，林文察急於搶功的動機似乎非常薄弱，慢慢等待援軍到來與水師一同進行總攻擊，不管最後實際在戰場上由誰居首功，身為此次戰役官階最高的軍事總指揮官不可能沒有戰功，甚至很高的機率不管實際是誰殺敵，都還會是首功。除非閩浙總督左宗棠率浙軍來援並擔任總指揮，但此種狀況下，事後論功行賞左宗棠也不可能不照顧愛將林文察。然而這裡也衍生出另一個值得探討的疑點，不知道太平軍是從何處知曉閩府絕對不會出兵的動態，是閩府與太平軍有勾結，或是太平軍探子回報的軍情，這也就不得而知。不過繞路包抄對太平軍來說，確實也是一個相當驚險的賭注，如果沒有確切的情報，太平軍又要如何判定這不會是林文察與閩軍合謀的誘敵之計。

閩府按兵不動的策略相當高明，即便林文察後來知道被閩府所構陷，困守在萬松關卻也莫可奈何。在當時將領棄守陣營逃亡是重罪，尤其是官階愈高的將領，更是殺頭重罪。即使林文察後來發現這一切是閩府的陰謀，卻也無法離開萬松關，因為一旦棄守這個最重要的戰略要地，不僅個人將遭議處，更可能牽連左宗棠識人不明，或許這也是閩府所想見到的結果。

再者從事後的結果來看，從萬松關突圍逃出的副將林奠國，也就是林文察的叔父，同時也是阿罩霧林家頂厝的族長，馬上與前護漳州鎮總兵郭什春，一同狀告閩府諸多將領並未實力救援，並分去林文察的軍餉四千三百兩，左宗棠亦以此拏問審辦，而後林奠國有了新事證，更將指控私吞銀兩上修為九千五百兩。但最後於閩府查辦時，反變為林奠國救援不力，閩軍僅收到八千五百兩，並已全數分發，林奠國信誓旦旦給了閩軍九千五百兩，幾經對質後，閩軍只承認收到八千五百兩，反咬暗指林奠國才是私吞銀兩者，而林奠國所控按兵不動的兵勇，則又解釋為歸屬林奠國管帶。最後林奠國也因為閩府的這些指控而被下罪入獄，直到死亡時都還是以帶罪之身被關押在福州。

不過此處的判決相當不合理，林奠國與林文察為叔姪之親，阿罩霧林家無論是頂厝或下厝均經商有成，財力都十分雄厚，更有諸多記載顯示林奠國長子林文鳳為人慷慨熱施，更在抵禦林日成猛攻的阿罩霧攻防戰散盡千金犒賞義勇，而林奠國之後與林文明一同攻打戴潮春叛軍時，也有多次重賞部隊的紀錄。頂厝在經濟上應當相當無虞，林奠國理應沒有私吞銀兩的動機，更何況林奠國同樣與林文察困守萬松關，直說是命運休戚與共，更不可能見死不救，因為自己也會身陷死亡危機，但最後林奠國卻還是因為這樣的判決入獄。

照理說阿罩霧林家及福建水師提督曾玉明均為閩浙總督左宗棠在福建少有的直屬人馬，林奠國的證詞對於左宗棠來說應該更為可信，所以一開始便據此偵辦。不過就結果看來，左宗棠似乎也採信了閩府這樣詭異的證詞。以左宗棠在福建的處境，諸多現象均能發現雖貴為閩浙總督，就職位上是閩府的頂頭上司，但閩官群因為共同政敵早已連成一氣，甚至付諸行動聯合抵制，而後更有散佈詆毀左宗棠的「竹枝詞」事件。在轉任陝甘總督後，直屬人馬如吳大廷、劉明燈等人，沒多久就從福建官僚體系中清空，均顯示左宗棠在福建的地位極不穩固，甚至有被架空之勢，許多閩官已然不聽令於直屬長官的指示，即便表面服從者，因為內心不服，也可能只是陽奉陰違。如果閩府官員的檢討報告全都合力捏造指向林奠國才是見死不救者，儘管極其不合理，左宗棠也不可能竄改上呈的報告，下頭的人更不可能聽令秉公查案。更何況閩府只要一再虛應謊稱，經過多次重查均是這樣的結果，左宗棠所能做的也只能繼續退回重簽，但不管修改幾次都是一樣的結果，這下左宗棠再厲害也莫可奈何，畢竟事發當時人在浙江，也只能依憑閩官上呈內容辦理。這或許也可以解釋為何左宗棠明知萬松關之役的真相極可能不是這樣的結果，最後還是只能簽案押字再往上呈。

在回頭來看史料上記載林文察最後在萬松關，是因為中了誘敵之計而輕率出兵追擊，才被賊兵包圍殉國，這部份也相當令人存疑。林文察在堅守萬松關前已和太平軍短兵相接，又在玉州交戰過，當然不可能不知道這次太平軍的實力不容小覷，更何況還是十萬大軍，而林文察這頭只有倉促集結的一萬官兵，只能利用天險牆堅處於守勢。在抵禦太平軍的襲擊後，身經百戰又富於謀略的林文察，面對這樣一翻兩瞪眼的懸殊兵力，又有親近長官左宗棠堅守陣營的指示，林文察會做出這樣草率的追擊決定，似乎完全沒有任何意義，更何況這種追擊也不可能就此扭轉守勢拿下漳州城，在此似乎又讓人感覺到某種被刻意修飾的史料記載。

儘管林文察身經百戰，如果軍師謝琯樵當時也真的同在萬松關，即使知道閩官群深惡阿罩霧林家，確實很難料到「敵人」是在自家後方，閩府竟然敢「玩」得那麼大，直接讓近萬名官兵孤守覆滅，想來這中間閩府一定不斷虛應回報馬上就會運送物資及派出援軍，好讓林文察真的以為援軍將至。當然，閩府的按兵不動一開始或許只是想「惡整」林文察，誤判太平軍只剩下殘存勢力不足為懼，不想讓他這麼順利立功，並想重挫林文察的銳氣，想讓林文察戰戰兢兢困守到左宗棠的浙軍來援。倘若閩府與太平軍沒有勾結，太平軍竟敢繞路包抄萬松關，這極可能也是閩府始料未及之事，萬萬沒想到「玩」得過火，竟然讓驍勇善戰的陸路提督也一同被「玩」掉了。

萬松關之役最後林文察的出擊應當屬於事實，其證詞更可能是出於同屬左宗棠人馬的曾玉明，其曾報稱當夜「土匪瞰官出隊，即將營帳搶劫一空」。守在漳州沿岸的水師提督曾玉明，遠遠望見林文察率兵突圍，也跟著發砲增援，關於林文察出擊這點若來自曾玉明所見，是相當可信的。在前面已描述過林文察各種不會主動出擊的理由，但最後還是出兵攻打太平軍，從結果看來更像是被迫出擊。想來可能是因為林文察已經識破閩府的孤立陰謀，在被太平軍繞路團團包圍下，為怕守軍全滅，或想保留叔父林奠國的生路，更可能是因為這樣的冤案，需要有人將真相突圍帶出，好請左宗棠日後主持公道，避免全軍覆沒而讓真相石沉大海，而讓近萬名官兵，包括四百名渡海而來的臺勇精英蒙上駑鈍臭名而慘遭冤死。既然林文察突圍即便能夠成功，將領陣前棄守也是死罪，林文察想想還不如親自率隊進行最後的全力反擊，在萬松關已被賊兵圍住的情況下，大將出陣更能成為誘餌，好讓叔父林奠國可以從另一頭突圍而出。

不過這樣的舉動，在閩府事後刻意的醜化下，反倒成為林文察年輕氣盛、急於搶功而誤入敵計，其人相當有勇無謀的解釋，這和林文察已是經驗老到、戰術靈活的戰將風範，確實有相當違和之處。想來與林文察同為多年密友、更是最初其步入軍旅提拔者的曾玉明，當晚儘管目擊到這一切的戰況，事後只是回報看見林文察出擊，而萬松關於林文察出擊後被土匪攻入，鎮守沿岸的曾玉明見狀後給予砲火支援。但在閩官體系中屬於左宗棠人馬的曾玉明，不難想像其所遭受的排擠應當不下林文察，也很難扭轉閩官群後續的刻意修飾。這也是在研讀這段史料時，一直覺得是相當突兀的記載，反覆翻閱後更覺得其中似有極大的冤情。

林文明「壽至公堂」冤案

除了林文察與四百臺勇在萬松關之役的冤情外，副將林文明「壽至公堂」事件更是另一件極大的冤案。在史料及鄉野傳聞中，林文明總是被描述為囂張跋扈、性直粗魯的莽夫形象，更因為被以謀逆之罪處斬公堂，阿罩霧林家族史中自始至終也不敢為林文明立傳，只能從其他資料中見到林文明的各項事蹟。但在對比各項資料所顯示的冤屈跡象，想來也可能是相當悲慘的遭遇。

其實在各項史料的記載中，林文明在戰場上多次展現其聰明智慧，如在援浙戰役中以搶奪而來的太平軍旗誘使太平軍深入伏擊，這與後來戴潮春之亂斗六之役的戰略也有異曲同工之妙。當然，或許這些謀略是出於軍師獻策，也可能是林文察的規劃，但林文明在得知其兄林文察戰死萬松關時，接任族長的林文明幾乎同一時間就收到丁曰健商借大砲支援圍攻洪家的請求。儘管阿罩霧林家素來和丁曰健甚為不和，如果林文明個性魯莽，在叔父林奠國因案拘留福州及其兄莫名戰死的種種跡象看來，很難不讓人與閩府從中作梗有所聯想，更何況林文明又曾率兵當面與丁曰健聲討「安家銀」，兩人之間過去的交惡應當不亞於其兄林文察。

失去最強支柱林文察後，在閩府體系地位本就相當不利的阿罩霧林家，自然更是一落千丈。在面臨極大轉變的危機之時，林文明又有兵權被丁曰健奪走架空的不快經驗，如果個性莽撞，理應負氣拒絕，但此舉更可能招致往後來自官府的各種為難。衡量協助平亂既可肅清族敵又可與丁曰健交好，林文明反而在丁曰健久攻不下的困境中，放下雙方對立已久的立場，轉而與丁曰健密切合作。除了派人運送大砲外，更主動集結鄉勇前往增援，這些都有雙方往返的書信、諮文可以證明，而文件中的用字遣詞更是極為平和示誠。如果不知道阿罩霧林家與丁曰健的積怨背景，直接觀看往來的書信內容，丁曰健與林文明更像是一對交情頗深的至交密友。

不管林文明此舉是否出於真意，至少顯現林文明的應對進退還算知曉官場之道，整個阿罩霧林家在林文明主政後，路線有了不同的轉變，這似乎也不像莽夫所能做出的冷靜行為。從援浙戰役與危機處理的種種事蹟看來，林文明的心思應是相當細膩，就算這些深思熟慮均非出於林文明之手，但畢竟最後決策者還是林文明，也至少可以證明林文明身旁還有深謀遠慮之人極力輔佐。在此也不禁令人想起，當年林文明與其父林定邦被四塊厝林家襲擊時，林定邦當場中槍死亡，而林文明則是身負重傷而被四塊厝林家擄走。比照林文明的前後事蹟，那時身負重傷的林文明，其身材不但高大又極具武勇，四塊厝林家又與阿罩霧林家極度交惡，而四塊厝林家更也無法預料，事後林文察會在母親林戴氏的勸阻下，主動選擇忍氣吞聲以重金贖回其弟。四塊厝林家會不懼唯一目擊證人林文明未來告官或私下報復而留下活口，似乎又可以想像林文明在個性上或許有其機變智巧之處，得以說動讓四塊厝林家留其生路，這點和後來面對阿罩霧林家失去林文察的轉變時，似有其面臨危機時所共有「能屈能伸」的軟硬並存性格。此外從先前閩府事後有修飾林文察中計敗戰的可疑之處來看，林文明魯莽無知的醜陋形象更可能是在死於公堂後才被閩府及族敵刻意醜化竄改。

再看看鄉里間的傳聞及閩府告狀奏摺，林文明囂張跋扈而官不敢辦，還有彰化「內山王」之稱。除了反應阿罩霧林家財大勢大以外，更有可能是族敵林立的仇家所散佈的不實謠言，正好與閩府政敵一拍即合，合力創造出的人物形象。當然，因為阿罩霧林家財產龐大，身為族長的林文明不可能凡事親自處理，一定有很多需要授權親信決定的事務。所謂「樹大有枯枝」，相信一定有家丁在辦理各項事務時，仗著阿罩霧林家的名號四處欺壓鄉里百姓，或許連林文明本人自始至終都無法知道。

在閱讀到同治八年歲末時，族敵突然紛紛撤回訟案之事，就相當懷疑背後的人為因素，這些族敵極可能是在阿罩霧林家軟硬兼施的利誘及威脅下撤案。這當然也可能出於林文明的授意，畢竟林文明本人欺壓鄉里的記載也可能屬實，如果是這樣的話，林文明至少應當是屬於上諂下驕的類型，但這和先前種種事蹟如向上冒犯丁曰健所雕塑出來的形象又相當不符。如果林文明真是地方惡霸，作盡燒殺擄掠的殘忍勾當，當所有族敵都在他的欺壓下乖乖一同撤案，只剩下林應時還在堅持呈控，身為官不敢辦的「內山王」林文明，應該早就找人將林應時幹掉，豈會留得林應時繼續活蹦亂跳告個不停。林應時既無家勇護衛，官府就算為了這顆對付阿罩霧林家的棋子，也不可能特別派人保護，更沒有軍隊鎮守，這對「無惡不作」的林文明來說，要將林應時暗地裡碎屍萬段根本就輕而易舉，面對這樣的「惡煞」，官府就算知道幕後黑手是林文明，應該連個屁也不敢放，這才是「官不敢辦的內山王」，有如電影「教父」般該有的處理手段。

但從林應時好端端活到林文明死後多年的各次京控中來看，這林文明會是地方惡霸的可能性似乎不是很高，尤其林文明與其兄林文察均為朝廷官員，而林文察自小就是極度崇拜關羽、岳飛的忠孝節義，也因為受到這樣的影響才會踏入軍旅。從林文察與林文明並未如同上一代兄弟分家的慣例來看，兩人感情似乎非常要好，林文明會不會受到兄長影響進而崇尚忠孝節義，因為沒有相關記載，當然也就不得而知。但阿罩霧林家放任族敵一再呈控，全都走檯面上的司法途徑，儘管纏訟多年，族敵卻都安然無恙，這和殺人放火的被控內容，又有極度矛盾之處。儘管後來族敵幾乎同時撤案，阿罩霧林家極可能有檯面下的動作，但檯面上至少是表現出尊重當代的司法體制，整個阿罩霧林家更因為是朝廷官員，表面上更應呈現出奉公守法的形象，才是比較合理的狀況。

前後連貫看來，林文明的個性更像是處於雖難取勝，但分析至少是不敗優勢時，為了部屬弟兄的權益會硬起來爭取，如「安家銀」事件及回臺平戴亂因軍餉之事故意且戰且休以向官府表達抗議；而分析時局不利，為保護族人，也會選擇採取柔軟身段，如林文察死後轉而與丁曰健合作。但不管如何，至少從極力修正路線與官府交好來看，再怎麼樣林文明也決不會是史料中所斷定的魯莽無知形象。

也因為與官府交好的修正路線，最後官府請求由林文明擔任媽祖繞境的壓陣要角，即便凌定國已有威脅勒索林文明的紀錄在先，而當時的臺灣鎮總兵楊在元，就算經過阿罩霧林家極力討好卻也不得善意回應。想來這樣的壓陣請求並不單純，以當時的情況來看，林文明也很難婉拒，不然香客、里民也會紛紛前來請求，還是只能答應親自出席，事後看來這樣的決定與阿罩霧林家不與官府交惡的路線又似有相符之處。

在「壽至公堂」事件後，無論是來自阿罩霧林家及官府的雙方指控中，或是民間流傳的版本，均可以確認事發當時林文明身著官服前往公堂，也因此更被後人譏笑為「傻呼呼」，以為身穿二品官服步入公堂，凌定國就拿他沒辦法。如同先前描述，林文明應非單純愚夫，或許在其年輕氣盛、勝券在握及尚有其兄林文察當靠山時，有其桀驁不馴、驕傲妄為的強硬舉動，不過當他面臨危機時，卻又能很快機變巧應。根據雙方呈控的說詞，林文明會步入公堂有兩種說法，其一是凌定國以約定銷毀訟案為由，誘使林文明步入公堂討論；其二則是繞境的媽祖金身被彰化縣令王文棨藏於公堂，要林文明親自前往迎接，但實際上藏在外頭的觀音亭。由於阿罩霧林家訟案於前一年歲末幾乎均告撤案，第一種說法很顯然是要刻意醜化林文明為輕易中計的駑鈍之徒，所捏造出來的虛假版本。而第二種說法，則相當具有說服力，一步步巧妙運用香客、里民的壓力，迫使負責繞境的總理林文明不得不親入公堂迎接媽祖金身。但林文明想必也察覺其中有詐，還會在僅帶四名親丁的狀況下步入虎口，必然也是有所準備。身著官服可能只是其中一項賭注，林文明應當還有什麼更有把握的武器，才敢這樣步入明顯就是陷阱的葬身之處。但不管如何，種種跡象看來，林文明並不是一名如後世所流傳的有勇無謀之徒。

另一個案情疑點則是，凌定國等人的奸謀當初是否真有想置林文明於死地？從事後阿罩霧林家多次京控中所記下雙方證詞來看，凌定國、王文棨等人的證詞反反覆覆，前後矛盾之處甚多，看起來對於林文明之死與其說是預謀，更像是出乎預料之外，才會造成同黨證詞不斷浮現出入，更因京控耗時甚長，時間一久捏造出來的事實，便從不存在的記憶中不斷改變。試想這般血淋淋的斬殺畫面，或是阿罩霧林家率眾圍城造反，此種生命飽受死亡威脅的恐怖場景，儘管經過多年，應當不至於記憶如此模糊錯亂，顯見凌定國這些人的證詞不但屬於虛構，還沒有事先套好。但明明是早有預謀，卻出現這樣證詞混亂的結果，必定是在公堂內發生凌定國等人預料外之事。

比較可能的解釋，從事後證詞來看，當初凌定國等人並沒有將林文明置於死地的規劃，官場打滾多年的凌定國等人，更不可能不知道朝廷命官就算犯下重罪也需要循程序送審，不能如此草草就地正法，這也是與凌定國等人切身相關的保障措施，黨人更不可能全都渾然不知。因此當初極可能只是預謀栽贓並逮捕林文明，只要循構陷林奠國的前例模式，便可以輕鬆「永久」關押林文明。當時閩浙總督左宗棠尚且掌管福建，林奠國案都能如此輕易嫁禍定案，而「壽至公堂」事件時，左宗棠早已遠赴陝甘就任多年，對福建政局的影響力自然更為減少，想循同樣模式「黑掉」林文明當然更為容易，並不需要冒著違反律令，甚至讓更上頭知道事有瑕疵的風險而隨意斬殺朝廷命官。況且明明已知林文明輕裝壓陣，不具極大的威脅，之所以在彰化縣城外佈下重兵，更像是為逮捕林文明後，預防阿罩霧林家於押送福建的過渡期間發生搶人舉動。

至於閩府合力栽贓逮捕林文明的動機，如前所述，林文明是姦淫擄掠極惡之徒的可能較低，況且林文明雖為二品副將，但兵權早被完全奪去，閩府也不可能讓他再有發揮空間，只成為空有職銜的虛位，在官場上既已沒有什麼影響力，未來更難再有向上的官途。就算林文明真是地方惡霸，閩府從各種跡象看來，對於臺灣的治理從來就不是非常有心，更不可能大費周章只是為民除害，如此惡霸讓他繼續作惡，受害的也只是臺人，對閩府來說這些邊疆地區的「化外之民」如何受苦根本無關痛癢，更大的動機應來自於林文明讓閩府所感受到的強大威脅。在此更讓人想到，真實的林文明更可能是另一種相反的形象，因為財大勢大再加上臺人除先前的浙江提督王得祿外，甚少出現如林文察這樣的朝廷高官，如果阿罩霧林家又與鄉里相處良好，甚至只要時常花點小錢援助鄰里，除了族敵以外，阿罩霧林家更會深獲臺人擁戴，其在臺灣的影響力自是非常強大。但林文察及林文明之前早已與閩府交惡，閩府又有「黑」掉阿罩霧林家林文察及林奠國的可疑事蹟，更像是怕繼林文察之後，心思還算細膩的林文明，其後若是中國內陸又發生什麼動亂，朝廷迫於無奈，還是會想起具有軍事才能的林文明及驍勇善戰的臺勇，如此林文明更有在閩府再次崛起的一天，這從被朝廷冷凍又於清英鴉片戰爭危急狀況時再次起用的王得祿身上，可以看見明顯的前例。要是頗具才幹的林文明一旦崛起，當初阿罩霧林家的幾件可疑冤案，恐怕待林文明位高權重後，會在林文明的主導下重啟調查，這更是當初那些參與其中的閩官最不想見到的結果，當然會想在不幸東窗事發前，先將最有翻案潛力的林文明剷除。

再回頭來看凌定國等人的計謀，若一開始便想置林文明於死地，林文明也沒帶多少人馬入城，更該說林文明可能事先也想到帶領重兵入城，容易被扣上造反亂事罪名，所以才輕裝壓陣。面對這樣的林文明，完全不需要如此佈下重兵。倘若當初原始計謀即為斬殺林文明，並誘使阿罩霧林家出兵彰化城，之後再扣上謀反罪名，以過去閩府大膽「黑」人的事蹟，斬殺林文明後，有如此重兵只要直接出兵攻打阿罩霧即可，還傻傻等著對方會不會中計攻來。最後阿罩霧林家根本沒出兵，讓這個密謀已久的「計劃」反變成「笑話」，阿罩霧兵馬都沒來，還四處發放謀反告示，彰化縣民又不是沒有眼睛，還不如直接出兵攻打阿罩霧，就算行軍至阿罩霧時並未實際開戰，事後謊稱在中途遇見阿罩霧造反賊兵，賊兵見官兵軍勢浩大，便退守阿罩霧，如此再扣上謀反罪名，都還比較真實。不然彰化縣城還真的是出現阿罩霧的隱形兵馬，才讓每個縣民都看不到。

就結果看來，若當初本有意殺害林文明，這樣的規劃似乎又太過漏洞百出。況且阿罩霧軍火向來強大，又有大砲助陣，就算官兵與阿罩霧部隊正面交鋒，也未必有十足的勝算，或許該說輸的機率更高，彰化城更可能因此被攻破，而凌定國等人不但會命喪於此，還會被群情激憤的阿罩霧族人虐殺慘死，這些應該都是凌定國等人在密謀時可以料想到的情事。只因為想要讓阿罩霧出兵扣上謀反罪名，故而用計斬殺林文明，又讓自己陷入極高的死亡危機，這種謀略看來相當不合理。因此凌定國等人更像是密謀逮捕林文明，只要「活」的林文明在凌定國等人手中成為人質，又有重兵鎮守彰化城，佈下兵力防範劫囚，阿罩霧林家根本不敢隨意出兵攻打，否則阿罩霧林家族長林文明必死無疑。這種能確保凌定國等人自身安全的謀略，似乎較為合理。

種種跡象看來，林文明之死確實真的是在凌定國等人的計劃之外，基於律令規定更不能就地斬殺官員，然而凌定國等人見到林文明死於公堂，縣府外頭又有目擊林文明一行人步入且已不耐久候的大批香客及縣民，凌定國等人更不可能就這樣讓林文明在公堂內憑空消失，這才急就章順應當時狀態，在有重兵佈署的情況，匆匆忙忙硬轉為林文明率眾造反而就地正法。雖說硬扣上阿罩霧林家率兵造反的罪名，但想來在彰化縣城的凌定國等人，如同先前所述，這般急忙轉變的險招，應當更怕阿罩霧林家真的進兵來犯，心情上更像是在「剉咧等」。

那麼究竟是誰殺害了林文明？既然看起來林文明之死出現在凌定國等人意料之外，與林文明一同步入公堂的親丁，想要謀害林文明，下手機會多得是，更不需挑在這種成功機率更低，事後又無法脫身的場合。既非凌定國等人，又不是阿罩霧林家，看起來更像是兩者之外的第三方所為。事後從阿罩霧林家糾纏十餘年的京控看來，雖說清朝時期的京控幾乎沒有成功翻案的例子，況且一旦翻案失敗，就會是重罪。阿罩霧林家將此案鬧得如此之大，也很難不傳入高層耳中，更何況林戴氏多次喧鬧公堂，讓審案官員頭痛不已，將此案視為燙手山芋。但阿罩霧林家也承擔不起造反大罪，自是會傾全力翻案，而林戴氏更放言若是阿罩霧林家真有謀反重罪，為何不誅滅全族，並以全族性命為保向上大聲喊冤。鬧得如此之大、如此之重，若傳入紫禁城中，理應有人出面干涉、關切，甚至狠心一點，依據判決結果真可能牽連全族，好逼迫阿罩霧林家不再讓這椿使官府威信掃地的醜聞繼續鬧大。但雙方鬧得如此喧騰，紫禁城內的人卻始終睜一隻眼閉一隻眼，不禁讓人聯想到紫禁城內原先就有人伸入此案的可能性。即便不是如此，就林文明被斬殺之事，至少也是紫禁城認可的結果，但既知此案林文明有冤，也不忍心就此再錯殺阿罩霧其他族人，也因此才有這樣的冷處理。

不管如何，林文明「壽至公堂」事件，既大大削弱了朝廷向來擔心成為戴潮春第二的阿罩霧林家，又讓阿罩霧林家與結黨營私的閩府官員互咬，讓閩府在長期的為所欲為中首次踢到了強大的鐵板，也算是給了政局腐敗的閩府一個刻骨銘心的教訓。就其事發後所造成的狀態，不敢說是紫禁城直接受益，但相信至少會是紫禁城所樂於接受的結果。

真實與虛幻之間

其實闡述了那麼多對於阿罩霧林家林文察及林文明的想法，就只是在閱讀相關史料及傳聞時的個人心得與發想，這也是《阿罩霧戰記》這本小說劇情的整個構思過程，在此分享給有興趣的讀者朋友參考。因為既不是歷史大師，更不是相關科系出身，再怎麼樣都不過是業餘興趣使然，僅是個人以狹隘的視野及所能閱讀到的有限資料，所作出充滿個人主觀及武斷的想像。這一切都只是個人小小的所見所聞慢慢堆砌出來的幻想沙堡，只要其中一塊積木磚頭不屬事實，或是有更多個人沒有讀到的史料或傳聞與這些幻想相左，更上層衍生的高塔就會倒塌，整座沙堡的薄弱程度更是經不起細浪的輕擊，當然可以想見一下就會被不同的佐證資料「打臉」。所幸因為只是歷史題材的小說創作，身為作者還是可以於合理範圍內在劇情中自行排除某些人、事、物，或加入自創元素、條件、事物等加以穩固自說自唱的劇情，這大概就是身為創作者能享有的獨特權力。

不過也是在閱讀相關資料時，嗅到林文察及林文明這對本可能都是在清治時期少數由臺灣出身的英雄人物，甚至成就更應該不僅於此，最終下場卻都如此隱含內情而「冤」味頗重。這也讓戰力應當不下湘、淮兩軍的臺勇遭受重擊，想來兩案若均是蒙冤受謗，算算事發至今也有一百五十年，若是繼續含冤下去，也是非常悲慘之事，這才萌生想嘗試架構在現有史料上，給予兩人不同的小說面貌。

閱讀相關資料時，總是會不時想像，若是林文察沒有驟逝萬松關，而臺勇部隊這支勁旅能排除閩府阻撓而繼續活躍，在湘、淮、臺軍共同激盪較勁下，或許清帝國的命運會大大不同。對於林文察萬松關殉國及林文明公堂慘死，小說中雖然給予了一種充滿作者個人幻想的解釋，但究竟歷史真相為何，其實自己也很想知道，但就只能留待未來或許會有其他專業歷史學者的不同研究及解釋。

在此僅是以推理創作者的角度，去闡釋這段歷史的一種想像空間，主要目的還是希望能透過通俗小說的方式來推廣這段臺灣歷史，也希望未來能有更多創作者投入臺灣史題材的小說創作。最後，當然更希望臺灣阿罩霧林家這對猛將兄弟若是真的雙雙蒙冤，這兩件冤案未來終能有撥雲見日、獲得平反的一天。

秀霖

要推理70　PG2358

要有光 FIAT LUX　阿罩霧戰記

作　　者　秀　霖
責任編輯　喬齊安
圖文排版　詹羽彤
封面設計　蔡瑋筠

出版策劃　要有光
發 行 人　宋政坤
法律顧問　毛國樑　律師
印製發行　秀威資訊科技股份有限公司
114台北市內湖區瑞光路76巷65號1樓
電話：+886-2-2796-3638　傳真：+886-2-2796-1377
http://www.showwe.com.tw
劃撥帳號　19563868　戶名：秀威資訊科技股份有限公司
讀者服務信箱：service@showwe.com.tw
展售門市　國家書店（松江門市）
104台北市中山區松江路209號1樓
電話：+886-2-2518-0207　傳真：+886-2-2518-0778
網路訂購　秀威網路書店：https://store.showwe.tw
國家網路書店：https://www.govbooks.com.tw
總 經 銷　聯合發行股份有限公司
231新北市新店區寶橋路235巷6弄6號4F
電話：+886-2-2917-8022　傳真：+886-2-2915-6275

出版日期　2020年1月　BOD一版
定　　價　400元

國家圖書館出版品預行編目

阿罩霧戰記 / 秀霖著. -- 一版. -- 臺北市 :
要有光,2020.1
面； 公分. -- (要推理 ; 70)
BOD版
ISBN 978-986-6992-34-6 (平裝)

863.57 108019873

讀者回函卡

感謝您購買本書，為提升服務品質，請填妥以下資料，將讀者回函卡直接寄回或傳真本公司，收到您的寶貴意見後，我們會收藏記錄及檢討，謝謝！如您需要了解本公司最新出版書目、購書優惠或企劃活動，歡迎您上網查詢或下載相關資料：http:// www.showwe.com.tw

您購買的書名：______________________________

出生日期：_______年_______月_______日

學歷：□高中（含）以下　□大專　□研究所（含）以上

職業：□製造業　□金融業　□資訊業　□軍警　□傳播業　□自由業

□服務業　□公務員　□教職　□學生　□家管　□其它_____

購書地點：□網路書店　□實體書店　□書展　□郵購　□贈閱　□其他

您從何得知本書的消息？

□網路書店　□實體書店　□網路搜尋　□電子報　□書訊　□雜誌

□傳播媒體　□親友推薦　□網站推薦　□部落格　□其他_______

您對本書的評價：（請填代號　1.非常滿意　2.滿意　3.尚可　4.再改進）

封面設計____　版面編排____　內容____　文／譯筆____　價格____

讀完書後您覺得：

□很有收穫　□有收穫　□收穫不多　□沒收穫

對我們的建議：______________________________

____

____

____

請貼
郵票

11466
台北市內湖區瑞光路 76 巷 65 號 1 樓
秀威資訊科技股份有限公司 收
BOD 數位出版事業部

(請沿線對折寄回，謝謝！)

姓　　名：________________ 年齡：________ 性別：□女　□男

郵遞區號：□□□□□

地　　址：________________________________

聯絡電話：(日) ________________ (夜) ________________

E-mail：________________________________